Hingabe

Dorothea Schafranek

Impressum:

Hingabe

Dorothea Schafranek

edition sonne und mond
Wien 2o21
ISBN: 978-3-9504897-9-8

www.sonneundmond.at

www.pappelblatt.at

Umschlagbild: Zarte Blüten, Dorothea Schafrenek
Lektorat: Manfred Stangl
Layout und Satz: Mathias Hentz

Druck: bookpress.eu

Mit freundlicher Unterstützung

durch die MA 7 - Kultur

Hingabe

sonne&mond

Dorothea Schafranek

www.sonneundmond.at

25 Jahre Schlaf

Bleib noch ein wenig, sagte Jo zu Selma, als sie eben aus dem Wagen aussteigen wollte, mit dem er sie nach Hause gebracht hat.
Jo: Ich kann jetzt noch nicht schlafen, außerdem, stell dir vor, habe ich mir ausgerechnet, wenn du 75 Jahre wirst, dann verschläfst du zwei Jahre davon. Ist das nicht verrückt so viel zu schlafen, nein, ich werde versuchen, immer weniger zu schlafen, immer mehr wach zu sein.
Selma: Gut dann bleibe ich noch, aber es wird mir sehr kalt werden. Jo: Ich habe gestern ein sehr schönes Erlebnis gehabt, ich habe mit einer Frau geschlafen. Sie hat ein Kind, aber ist noch ganz mädchenhaft, 22 Jahre. Es war wunderschön. Weißt du, früher habe ich den Geschlechtsverkehr nur in einer Region wahrnehmen können, jetzt aber spüre ich ihn am ganzen Körper, es wird zu einem Ganzkörper-Erlebnis, das den Geist einschließt, nein ihn nicht einschließt, sondern erlöst freigibt.
Selma: Ach das freut mich, dass du wieder einen Menschen getroffen hast, der dir etwas bedeutet.
Jo: Ja es war sehr schön, sie hat auch so gut geduftet, aber gleich beim ersten Mal, habe ich ihr zu verstehen gegeben, dass ich nicht auf eine Beziehung aus bin, außerdem hat sie einen Freund, sie ist nicht allein, aber ich möchte, nein ich kann gar keine Beziehung anfangen, ich spüre, dass ich allein sein muss, meinen Weg allein gehen muss. Ich bin noch immer so stark mit meiner Frau verbunden, ich wohne mit ihr und meinem Kind zusammen, noch immer, obwohl wir schon lange körperlich, ja es scheint auch geistig getrennt sind. Und doch kann ich nicht weg, will ich nicht weg, solange das Kind mich noch braucht. Leider will mir meine Frau auf dem Weg, den ich eingeschlagen habe, nicht folgen, sie will diesen Weg nicht gehen, stellt alle Haare auf, und verwehrt sich mit all ihren Kräften.
Selma: Schade für dich, wie viel leichter würde alles für dich sein, die Geborgenheit der Familie, und dann noch zu wissen, wohin man geht, wäre eine schöne Einheit. Weißt du, ich denke mir immer: Man muss bei einem Menschen anhalten, denn sonst verirrt man sich doch ganz. Wenn ich bedenke, wie viele hübsche Mädchen auf dich zugekommen sind, mit wie vielen ich dich schon gesehen habe, dann kommt ein leichter Schauer über mich, wenn ich bedenke, wie viele Hoffnungen du

schon genährt, wie viele Funken schon gezeugt, alles in Brand gesteckt hast, bei deinem Aussehen. Ich kann mir vorstellen, dass du schon viele unglückliche Wesen hinter dir gelassen hast, nachdem du sie kurz gestreift, angefasst und wieder vorbeigezogen bist.

Jo: Nein das glaube ich nicht, denn ich weite alle meine Freundschaften aus, schon am Beginn, weiß dieses Mädchen oder diese Frau, dass ich keine Beziehung will, ich mache immer klaren Tisch. Zum Beispiel habe ich Hanna sehr gern gehabt und habe sie noch gern, aber da war von ihr so ein Verwehren, sie hat mich abgestoßen, hat mich weggestoßen.

Selma: Eigenartig, immer liebt man den Menschen mehr, der einem nicht so ganz möchte, der einen abstößt, sich verwehrt, als den Menschen, der einen mit offenen Armen entgegenkommt. Es muss in dem Sich-Verwehren eine starke Anziehungskraft sein, ja richtig wie eine Forderung, das nicht Vorhandene um jeden Pries zu erreichen. Ich erinnere mich an Betty, die du sehr gern gehabt hast, aber die dich eigentlich nicht wollte, wieder derselbe Fall.

Selma sieht Jo an, seine dunklen Augen stehen wie Feuer in seinem Gesicht, sein langes Haar umrahmt die feinen Linien, von Auge Nase und Mund. Sein geistiger Weg den er eingeschlagen, hat sein Gesicht lebendig gemacht, hat die feinen Linien zu Kristallen zusammengesetzt, die ihr jetzt nur so funkelnd entgegenleuchten.

Jo: Ja das ist eigenartig, aber es reizt anscheinend den Jäger in mir, das sich Verwehrende zu erhaschen.

Selma: Weißt du, dass ich glaube, dass man überhaupt nur die Kraft lieben kann, die ein anderer Mensch hat. Wenn man bei einen Menschen keine Kraft wahrnimmt, dann kann man diesen Menschen gar nicht lieben. Rasputin, von dem man erzählt, dass er jede Frau besitzen konnte die er wollte, da war etwas in ihm, das ich Kraft nennen möchte, und sich aus seinem hässlichen Aussehen wie ein Strom umgibt und strahlend erscheinen lässt, und alle Frauen wie geblendet in seine Arme gefallen sind. Seiner Kraft hat sich niemand entziehen können. Auch bei dir weiß ich, dass es so sein muss und bedenke auch, deine Schönheit die du besitzt. Wenn dich eine Frau ansieht, ist sie schon entzündet, und du brauchst sie dann nur aufzunehmen, ganz nach Belieben. Es geht alles zu leicht für dich, deshalb willst du Anstrengung spüren, Anstrengung um dieses andere Wesen zu erreichen, um zu ihm durchzudringen. Das Leicht-zu-Erlangende reizt dich zu wenig.

Jo: Nicht immer, aber es ist manchmal sehr schön. Wir sind zusammen im Auto gesessen und ich habe sie gefragt: Soll ich noch zu dir hinaufkommen? „Ja, hat sie gesagt, spürst du nicht wie ich zittere", und im gleichen Augenblick, habe auch ich zu zittern begonnen, und obwohl alles sehr leicht war, war es doch wunderschön, sogar besonders schön.

Selma: Ja aber du sagst, sie hatte sowieso einen Freund, vielleicht ist da, doch schon wieder diese Schwelle gewesen die du gespürt hast, trotz des anderen, dieses Mädchen zu erreichen. Aber ich finde es sehr schön, dass dieses Mädchen dir gesagt hat, was sie fühlt, im Augenblick fühlt, sie hat die Worte ausgesprochen, die ihr Herz gezeigt haben, hat sich nicht in formlosen banalen Reden verflochten, in Worten die belanglos zu dieser Situation gestanden wären. Nein, sie hat genau das gesagt, was in ihr aufgestiegen ist und ohne eine künstliche Schranke aufzubauen. Und ich muss dir sagen, immer denke ich mir, wir müssen eine neue Sprache finden, eine Sprache die ausdrückt was sich eben in uns abspielt, eine Sprache die zeigt, was sich in uns bewegt, eine Sprache, die zeigt was sich in der Tiefe des Menschen bewegt und nicht auf seiner obersten Schicht, wie er es immer, meist sogar ablenkend von sich selber zeigt. Jeder spricht so oft über Dinge, die mit ihm kaum etwas zu tun haben, um von ihm selber abzulenken und nichts sichtbar werden zu lassen, was eben in ihm vorgeht. Natürlich denke ich auch an dieses Land, wo man mit dem andern nichts mehr sprechen muss, wo alles nur mehr Einheit ist, alles nur mehr einziges Zusammenfließen und Hinübergleiten in den anderen Bereich. Wo kein Wort mehr zu sprechen und keine Stimmnotwendigkeit mehr besteht, wo alles schon gesagt und alles noch nicht ausgesprochen, jedoch keines Wortes, keiner Handlung bedarf, wo man sich in die Bereiche des anderen vorwagt ohne Grenzen und Eigenschutz, ohne Verbau und Verbergen, wo man aufeinander zugeht, ohne Angst etwas zu verlieren, ohne Gedanken etwas zu verlieren, und einfach nur ist, mit dem anderen ist. Trotzdem möchte ich nicht davon abgehen, dass wir eine neue Sprache finden müssen, um nicht aneinander irr zu werden, wo schon in der Sprache, die Möglichkeit sich erkennen lässt, dass man auch zu sprachlosen Zuständen kommen kann, durch dieses Gefühl in jedem Wort.

Jo: Du hast Recht, das wäre schön. Jetzt erst denke ich oft über einen Freund nach, der sich vor kurzem in der Lobau erhängt hat. Nach einem Streit, mit seiner schwerkranken Frau, erhängt hat, die sich über seine Freundin erregt, die Freundin angegriffen hat, und er hat nicht gewusst, wie er sich dem Ganzen stellen soll. Und ich denke dauernd daran, warum habe ich nicht mehr mit diesem Freund gesprochen, nicht mehr über Dinge, die sich in seiner Tiefe abgespielt haben, vielleicht wäre es dann nicht geschehen, was sich in ihm, in seiner Einsamkeit, mit niemanden darüber sprechen zu können, gebildet hat, und dann geschehen ist, in dieser Flucht, wo er keinen anderen Ausweg mehr gesehen hat. Immer wieder denke ich: Warum habe ich nicht mehr mit ihm gesprochen, obwohl ich oft mit ihm zusammengekommen bin, ihn gut gekannt habe, gut in seiner Oberfläche gekannt habe und doch nur an ihn angestreift bin, ohne mich wirklich mit ihm zu verbinden. Langsam denke ich, man trägt Schuld an allem, was sich um einem herum begibt, was geschieht, alles hat einen Zusammenhang, man ist nicht unbeteiligtes Wesen, dem anderen gegenüber, man ist mit hinein verwoben, nur weiß man es noch nicht.

Selma: Ach schon lange werden in mir die Leiden meiner Bekannten und Freunde wach und spürbar, als wären sie mein eignes Leben. Schon oft habe ich bemerken müssen, dass ich so stark mit anderen Wesen mitschwinge, dass mein eigenes Leben erschüttert ist, dass ich oft nicht mehr trennen kann, wo beginnt mein Leben und wo das andere Leben, dass die anderen Leben, in mir wirken und mich bewegen, so als gäbe es keine Grenzen, keine Körper die Grenzen darstellen, so als ob alles ein einziger Leib, der Körpergeistleib aus allen Menschen, der sich um die Erde pulsend bewegt, und wirklich ein Ganzes darstellt, einen Organismus darstellt, der verflochten den Gesetzen dieses Planeten ausgeliefert, und auch noch den Gesetzen des Menschen selbst, ausgeliefert, den produzierten Gesetzen, die in den kranken Gehirnen, nur mehr ein Leben von Vorstellungen haben, die nur ihr eignes Leben haben, aber den Zusammenhang verloren haben, zu allen anderen Leben. Nicht mehr wissen, wenn andere leiden, dass man selber doch auch nicht glücklich sein kann, oder das Glück nur von kurzer Dauer sein kann, weil schließlich der ganze Weltkörper zu zucken beginnt, wenn ein Teil von ihm betroffen, oder man könnte jetzt schon bald sagen, getroffen ist. Dabei ist es nur, als wenn sich die Hand des großen Geistkörpers selber einen Dolch ins Herz stößt, schließlich wird der ganze Körper daran zu Grunde gehen, denn die Extremitäten werden allein nicht weiter bestehen können. Obwohl manche glauben, man kann allein mit dem Kopf leben, ohne zu bemerken, dass sie sich nicht mehr rühren, nur mehr in imaginären Gedankenflügen sich durchs Licht schaukeln, und der ganze Körper schon lange gelähmt, wie lebendig eingemauert dahinvegetiert.

Jo: Oft denke ich an meine Arbeit und finde sie ganz sinnlos, möchte keinen Einsatz mehr liefern in dieser Hinsicht, möchte keine Energie mehr aufbringen dafür, möchte nur meinen Neigungen folgen, in einen Leben, den Weg des Geistes zu gehen und auf alles andere zu verzichten und zu vergessen.

Selma: Nein, ich finde das nicht richtig, denn ich finde, dass sich auch ein neues Bewusstsein durchsetzen muss, dass alles gleich ist. Jede Arbeit die man leistet, der Arbeit die ein anderer leistet, gleich ist, dass alles Bedeutung hat und die gleiche Bedeutung hat, dass nicht das Eine das Wichtige ist und das Andere ist gar nichts. Deshalb sind die Menschen verschieden, dass jede Arbeit die hier notwendig ist, geleistet werden kann. Ich glaube man muss wie zwei Menschen, in einer Person, in einem Körper leben, auf der einen Seite nimmt man Teil an der großen Arbeit die zu tun ist, man macht eine Arbeit die einem natürlich nahe steht, nicht ein abartiges Gebilde ist, in dem man sich verliert, und in der zweiten Person geht man den Weg, der einem vom Geist, vom Gefühl her kommt, und den verwirklicht man ebenso wie das Materielle, oder setzt sogar die geistigen Akzente, um Gott sichtbar werden zu lassen, irgendwann sichtbar werden zu lassen, im Materiellen. Denn alles was es gibt, hat sich zuerst im Geistigen gezeigt und ist schließlich Materie geworden, es hat keine andere Möglichkeit gegeben. Denn du kannst selber zusehen: Denke dir etwas aus und warte. Es wird sich zeigen, wird sich sichtbar zeigen. Zum Beispiel habe ich mir bei meinem Freund gedacht, als einmal eine sehr schöne Frau zu Besuch war: „Die würde meinem Freund gefallen, die würde er lieben", und prompt, du wirst es nicht glauben, es hat sich materiell gezeigt, es ist sichtbar geworden. Mein kleiner Gedanke ist sichtbar geworden, natürlich nicht zur Freude für mich, aber ich muss zugeben, dass ich es war, die diese Möglichkeit in den Raum gedacht hat, und wie soll ich darüber verwundert sein, wenn sie sich gezeigt hat? Haben sich doch auch all die anderen Dinge materiell gezeigt, die ich für mich selber erdacht habe, die ich für mich selber, als Möglichkeit in den Raum gedacht habe. Alles hat sich erhoben, aus dem dunkeln Gedankenbereich ins Licht, und ich muss dir sagen, langsam habe ich vor dem Denken Angst, denn es wird wahr. Dabei möchte ich gar nicht, dass manche Dinge wahr werden, die ich denke, also sehe ich, dass ich auch darauf zu achten habe, was ich denke und worüber ich denke, es ist ja nur der innere Ausschlag der Handlungen, denn diese ebenso sorgsam angewendet, ergeben weniger Schmerz als ohne Bedenken ausgeführte und die Gedanken werden schließlich auch materiell und sichtbar, wenn sie auch oft aus unserem Gedankenbereich wieder entschwunden und lange vergessen sind, dass wir selber es waren, die gezeugt haben, im besten Sinne des Wortes gezeugt haben, was sich eben zeigt.

Jo: Jetzt soll ich wieder etwas für diesen Schlossherrn machen, du weißt, ich habe dir davon erzählt, er will das Haus ganz eingerichtet haben. Aber wenn ich darüber nachdenke, kommt mir das alles so nichtig vor, so unsinnig vor, dass ich glaube, nicht weitermachen zu können, und auf den Auftrag verzichten muss, obwohl ich spüre, wie leicht es mir fällt, etwas kreativ zu gestalten, obwohl ich mich dabei wohl fühle, spüre ich so einen unsinnigen Zug in dem Ganzen, und möchte am liebsten nichts mehr damit zu tun haben.

Selma: So geht es mir natürlich auch manchmal, wenn ich den Beruf meiner Freundin mit dem meinen vergleiche. Sie ist Ärztin in einem Spital, wird täglich notwendig gebraucht, und ich als Dekorateurin, ich setze täglich Handlungen die ganz unwichtig sind, alles nur für den Augenblick kunstvoll aufgebaut, im nächsten als Unwichtiges, nicht Notwendiges abgerissen. Ich sehe diesen Unterschied, sehe so eine Diskrepanz und weiß doch, dass ich für den Beruf eines Menschen, der mit dem Dauerschmerz der Anderen in Berührung kommt, keinesfalls geeignet gewesen wäre, dass ich an diesen Schmerz gestorben wäre, und es nicht hätte aushalten können, und sehe dass meine Freundin, eine ganz andere Substanz, mitbekommen hat für dieses Leben, um diesen Beruf gut auszuführen. Aber eines muss ich doch feststellen, noch nie bin ich mit verzagtem Gesicht, in meine Arbeit gegangen, bin immer lachend unterwegs, und du wirst es nicht glauben, nach vielen Jahren, macht er mir noch Freude, Freude in aller Widersprüchlichkeit, die ich nur in meinem Denken aufbaue, und ich vergesse, dass alles den gleichen Stellenwert besitzt, in unserem runden System, in dem alles notwendig ist was sich im Menschen zeigt, sonst würde das System zusammenbrechen. Jeder gibt sein Teil ab, zu dem er die Möglichkeit hat und ist das nicht genug? Ich gebe für die anderen, was ich kann und ist das nicht gleich viel wert, wie das meiner Freundin? Ich glaube doch.

Jo: Ich will nicht sagen, dass mir meine Arbeit nicht auch Freude macht, aber ich sehe sehr stark die Vergänglichkeit in allem, und würde mich am Liebsten nur dem geistigen Weg widmen, der mir Dauer in sich zu tragen scheint und den wichtigeren Teil der Arbeit. Denn erst durch den geistigen Bereich kann alles verändert werden, all diese Unzulänglichkeiten die hier herrschen, erst verändert werden, und ich will daran arbeiten, ich will mich dieser Aufgabe ganz widmen.

Selma: Aber du musst erst noch dein Teil in der anderen Arbeit abgeben, denn deine Situation zeigt, wo du dich befindest und hättest du nur diesen geistigen Weg zu durchgehen, wärst du nicht Vater und Ehemann, wärst vielleicht in einem Kloster und selbst da würde sich die Aufgabe deines Lebens zu teilen beginnen, denn vielleicht, würdest du neben deinem geistigen Weg, die Bibel neu übersetzen, oder was weiß ich. Jedenfalls du würdest wieder arbeiten, denn Sri Aurobindo sagte es so schön „Wir müssen hier den Weg der Arbeit gehen", auch er ging davon aus, nur sechs Stunden Schlaf zu brauchen, um all die Arbeit zu leisten, mehr Arbeit zu leisten als andere, und nicht dieses Leben, diese Aufgabe zu verschlafen, die sich vor einem ausbreitet, nicht wie ein Weg, sondern ein weites Land, das man zu bestellen hat, das langsam zu wachsen beginnt und schließlich eine Ernte abgibt, die nicht für einem selber, sondern an der die andern Wesen teilhaben. Zuerst war die eigene Arbeit, für einem selber und schließlich, da alles im Wandel, war diese Arbeit für alle anderen Wesen, für einen Teil der anderen Wesen. Wenn jeder, für einen Teil der anderen Wesen etwas tun würde, wäre schließlich allen geholfen. Aber wir glauben noch immer, wir tun etwas für uns, für unsere Familie und mehr ist nicht drin, dass ist das Fehldenken, das Fehlverhalten mit all seinen Aspekten des Irrtums.

Jo: Aber ich spüre, ich möchte den Weg allein gehen, ohne Beziehung, und ohne Beziehungslosigkeit, die in den Beziehungen herrscht. Ich möchte gern eine Weggenossin haben, die neben mir auch diesen Weg geht, die mir folgen kann, mich überholen kann, neben mir bleiben kann, das wäre mein Wunschbild, meine Wunschvorstellung meiner Beziehung.

Selma: Ich verstehe dann nicht, dass du immer so von Äußerlichkeiten schwärmst, die ein Mädchen dir entgegenbringt, diese schöne Figur, die langen schlanken Beinen, das schöne Gesicht, und nirgendwo ist diese Welle, die auch zusammenträgt, auf den Weg, auf dem du dich schön befindest, nirgendwo die Kreuzung, die eure beiden Wege, zu einem fließen lässt. Immer noch bist du in Äußerlichkeiten verhangen, und nirgendwo ist deine Hingabe zu spüren, dieses Wesen, wie immer es auch aussehen mag, als deine Weggenossin anzuerkennen, die diesen Weg auch geht. Ich glaube sogar, du würdest an ihr vorbeigehen, als ob du sie nicht sehen, als ob du sie nicht wahrnehmen könntest, weil dein Auge blockiert ist, weil dein Wesen in einer Vorstellung lebt, dass dieses andere Wesen so und so aussehen muss, genauso wie du dir ein Bild malst oder ein Bild erstehen lässt in deinen Gedanken. Ich muss immer wieder bemerken, dass mir oft ein Mensch, der sehr schön ist, wo mich sein Äußeres total anspricht, ja mich zu ihm hinzieht, wenn ich ihm nie wirklich begegne, im Gespräch begegne, nirgendwo die Brücke finden kann, die zu ihm hinüberführt. Und ich brauche diese Brücke des Gesprächs, zu seinem wundervollen Aussehen, ich will diese Brücke schlagen zum anderen hin, will allen Einsatz liefern der notwendig ist. Aber wenn ich dann auf seinem Land ankomme, dann muss auch ein Boden da sein, auf dem man Pflanzen kann, neue Gedanken pflanzen kann. Und ich darf nie im Morast versinken, beim ersten Schritt, dass ich mich selber nicht mehr finden kann, denn dann wäre meine Mühe, meine ganze Anstrengung umsonst gewesen. Leider fällt es mir oft schwer, selbst die Brücke zu finden, ja sie ist nicht vorhanden, was ich auch versuche, in all der Schönheit, die mir entgegenleuchtet, sie ist nirgendwo zu finden, diese Brücke, auf der ich zu diesem anderen Wesen gelangen könnte. Ich muss immer wieder feststellen, dass die Schönheit nicht Ausschlag gebend ist, wie dieser Andere zu mir steht, ja im Gegenteil, wenn ein Mensch nicht so schön ist, mir am Beginn nicht so ins Auge sticht, muss ich immer wieder erkennen, dass ich sehr langsam, alles an ihm, immer mehr zu Lieben beginne, jede kleinste Krümmung seiner Ohrmuschel bis zu seiner Zehenform, wenn ich diese Brücke zu ihm geschlagen oder gleich gefunden habe, diese Brücke auf der ich mit ihm verkehren kann, in Wort, Bild und Vorstellung, in geistigem Austausch und der Gedankenbewegung die mich weiter trägt, die ihn weiter trägt, und wir uns plötzlich miteinander weiterbewegen ohne es zu bemerken, sprachlos in all den Worten uns Weiterbewegen, und schließlich erkennen, dass wir uns an den Händen halten und es schön ist, sich an den Händen zu halten, weil wir miteinander Lachen, so herzlich miteinander Lachen können, weil wir uns in der Freude dieses Lebens gefunden haben und umarmen können, in der Freude die alle anderen Wesen mit einschließt, nicht ausschließt. Wie es sonst in

diesen Zweierbeziehungen der Fall ist, die sich abzugrenzen beginnen und Zäune aufstellen, dass ja kein anderer mehr teilhaben kann an ihrem Gluck, das so klein ist, dass es nach einem kleinen Regenschauer im Boden versickert und nach kurzer Zeit, sie nichts mehr wahrnehmen, nichts mehr davon wissen. Denn das kleine Glück ist zu einem kleinen Kerker geworden, in dem sich keiner mehr bewegen kann, mit all den Dingen die sie darin angehäuft haben, sich langsam zusammen eingemauert, bewegungsunfähig gemacht haben und wer sollte oder wollte das schon aushalten? Niemand kann das ertragen. Jeder braucht die Weite vor sich, jeder will sich bewegen, jeder will nicht an oder vor dem anderen stehen, der so groß geworden ist wie eine Mauer, dass jeder den anderen nicht mehr sehen kann und damit ganz abgeschirmt von den anderen ist, sich gebunden fühlt, sich abgebunden fühlt vom ganzen Geistkörperleib, dass man schon glaubt, der Atem bleibt ihnen weg, wenn sie noch länger, diese kleine Beziehung aufrecht erhalten. Und somit beginnen sie sich wieder loszureißen, aus all dem angehäuften loszureißen, werfen alles um. Plötzlich ist es ihnen ganz egal, sie brauchen all das angehäufte nicht mehr, dass ihnen vorher als notwendig erschien, sie brauchen nur den freien Raum, um endlich aufatmen zu können, um sich wieder frei bewegen und regen zu können, in allen Richtungen die Arme strecken zu können, ohne andauernd an den Anderen anzustoßen, oder mit Argusaugen betrachtet zu werden, wo jede Bewegung kritisiert und verurteilt wird. Und erst diese Beziehung wird halten, die Bewegungsfreiheit in sich birgt, wo nicht nur einer sich bewegt und der andere darunter leidet, sondern wo sich beide bewegen, ohne Bedenken bewegen, aufeinander zu, voneinander weg, wie ein großer Atem, aus und ein, wo Ebbe und Flut, die Gezeiten des Meeres, wie ein großes Regen, das zu keiner Erstarrung führt, sondern im Erstaunen sich vollzieht, und trotz Bewegung oder gerade deswegen, keine Trennung in sich birgt. Keine Trennung in sich birgt, weil jeder in diesem Bewegen total geborgen, weiter getragen zu allen neuen Möglichkeiten, niemals verstellt vom anderen, sich anbieten und entgegenbewegen. Die Hand die den Anderen hält, ist so lange, dass leicht der Mond ergriffen werden kann, und die Umarmung ist so weit, dass die ganze Erde mit umarmt, und alle Wesen die sich darauf bewegen. Kannst du dir diese schöne Beziehung vorstellen?
Jo: Ja das kann ich.
Selma sah Jo an und sie spürte, wie er auch auf sie zu wirken begann,

seine Schönheit, seine Kraft die er ausstrahlte, und doch war niemals ein Einander-Näherkommen vor sich gegangen. Einmal waren sie zusammen auf einem Fest gewesen und er hatte mit dem Lied das eben im Raum laut spielte mitgesungen: „Ich liebe dich", und hatte sie dabei angesehen, und sie hatte nur gelacht, und dabei gedacht: Ich weiß es, denn auch ich liebe dich, aber ich liebe dich nur wie ein Wesen, das neben dir mitschwingt in deine Bereiche, ohne dich besitzen zu wollen, ohne dich einem Zwang unterwerfen zu wollen. Einmal hatte er zu ihr hin, im Freundeskreis ausgerufen: „Selma und ich führen eine geistige Ehe", und er hatte damit recht gehabt, denn im Geist waren sie sich oft sehr nahe gekommen, zueinander gekommen, wie ein Körper der sich verflochten, mit dem andern ineinander überging, ohne dabei sich selbst aufzulösen, und immer wieder hervorkam in Schönheit und Ganzheit, und keinerlei Furcht davor kannte sich zu verlieren. Und doch streckte keiner von Beiden jemals die Hand nach dem Anderen aus, um seinen Körper zu fassen, um seine Haut zu spüren und das Irdische das so zwischen den Fingern zerbröselte zu erreichen.

Selma: Also ich werde jetzt gehen, mir ist kalt geworden, fährst du weg zu Weihnachten?

Jo: Ja vielleicht fahre ich ein paar Tage zu Rudolf ins Haus und nehme dieses Mädchen mit. Natürlich werde ich wieder versuchen, alles in eine schöne Freundschaft zu führen, um in ihr nicht die Hoffnung zu nähren, dass ich mit ihr zusammenbleiben will.

Selma: Ich kann mir dies Flattern von Wesen zu Wesen nicht vorstellen, ich würde mich irgendwo verlieren habe ich das Gefühl, denn jedes Wesen ist schön, immer wieder kommt ein anderes auf dich zu, das du noch nie gesehen hast, dass dir noch besser gefällt, als alle vorher, und es würde mich total verwirren. Ich möchte lieber bei einem Wesen anhalten und versuchen, mit diesem Wesen weiterzugehen ohne irgendwo stehen zu bleiben oder vorauszulaufen, einfach neben ihm durch dieses Leben gehen. Über schöne blühende Wiesen, bis zu dunklen Nebelstellen, wo ich den anderen kaum oder gar nicht mehr sehen kann, und doch von dem Wissen getragen, dass ich noch neben ihm bin, ihn nicht verloren habe, und mich wieder finde in der Geborgenheit des einander Kennens, einander nicht absichtlich Verletzens und des einander Achtens. Niemals die Achtung vor dem Anderen zu verlieren, und den eigenen Wert immer zu wissen. Das wäre meine Möglichkeit in meiner Vorstellung. Natürlich sieht die Praxis ein wenig anders aus, und ich muss sehr hart daran arbeiten, um alle diese Vorstellungen zu verwirklichen, vor allem nicht am Anderen arbeiten, sondern an mir selber, um mich nicht zu verlieren, irgendwo in den Gefilden des Anderen, den Faden einfach nicht verlieren der durchs eigene Leben führt, und den Faden nicht zerreißen, den der andere zum Leben braucht. Ich hoffe ich schaffe es noch.

Jo: Ja, ich hoffe ich auch.

Sie küssen einander auf die Wangen, Selma steigt aus dem Auto. Jeder geht auf seinem Weg weiter.

Blutverlust

Red war im Spital da war ich schon am Nachhauseweg, sagt Helen, löffelt die Minestrone und die Tränen rinnen wie ein kleiner Fluss aus ihren Augen, ihr volles dunkles Haar lässt ihr Gesicht schmal und blass erscheinen. Wir haben uns gekreuzt, ich war noch ganz benommen von dem Betäubungsmittel das man mir gegeben hat bei der Kürettage, ich bin herum gewandelt, endlose Gänge entlang gegangen, als hätte ich meinen Körper verlassen und verloren und konnte ihn nicht mehr finden. Sie haben mir Valium gespritzt zur Beruhigung, ich war wie auf einem Trip und ziemlich geschwächt. Red sagte, dass er dies und jenes zu tun hat, er muss seine Mutter betreuen die bettlägerig ist, dann muss er noch Freunde treffen, viele brauchen seine Hilfe, er muss ihnen Kräutersubstanzen mischen. Ich habe ja nichts dagegen, er soll so viele Freunde treffen wie er will, er hat einen großen Bekanntenkreis, ist immer von vielen Menschen umgeben. Abends war dann Dethlefsen im Konzerthaus, da muss er natürlich hin und dann ist es mir in der Nacht sehr schlecht gegangen, ich habe versucht ihn zu erreichen, aber er war bis zum Morgen nicht zu erreichen. Da ist ungeheurer Zorn und Wut in mir hoch gekommen, ein Anspruch den ich an ihn stelle, dass es mich vollkommen durchdrehte. Ich weiß ich sollte die Konsequenzen ziehen, ich weiß, dass er sich nicht richtig verhält, aber ich kann es von allen Seiten sehen und ich weiß, dass ich es selbst bin die es ist. Ich will die Beziehung nicht eng werden lassen, obwohl sie eng ist in meinem Inneren, so eng wie noch bei keinem Mann, als wäre ich seit Äonen mit ihm verbunden, aber äußerlich, will ich frei sein und er soll frei sein und jetzt habe ich das Gefühl, dass ich da stehe wie ein kleines Kind und dass er mich so da stehen lässt, ich spüre, dass ich im Grunde vollkommen allein bin, total allein bin, das macht mich so traurig.

Helen rinnen die Tränen über die Wangen, während Lilian ihre Hand ergreift und sagt: Du bist noch sehr schwach, deine Nerven sind noch ganz aufgerüttelt von dem Eingriff in deinen Körper, du sollst jetzt nicht darüber nachdenken, was du tun wirst, oder was er getan hat, werde erst einmal gesund und dann entscheide was zu tun ist, alles was du mir gesagt hast solltest du ihm sagen, damit er weiß wie es dir geht. Lilian fährt sich durch ihre blonde Stachelfrisur, als würde sie darauf hinweisen, dass sie dagegen ist, dass Red oder jeder Mann sich gegen eine Frau so verhalten kann.

Ich spüre dass alles falsch ist, sagt Helen, nicht dass er lügt, ja manchmal vielleicht, aber ich spüre ich lüge, ich bin niemals ehrlich, ich würde mich ihm niemals so zeigen, da bin ich viel zu stolz, dass er mich so zertrümmert sehen soll, da lasse ich lieber Tage Wochen vergehen um mich wieder in meinem Glanz und meiner Lüge zu zeigen, so als ob mir das alles nichts ausmacht was er tut und dabei fühle ich mich jetzt so allein gelassen wie noch nie, merke es ist keine Beziehung keine echte Beziehung, wenn er an so einem Tag die Nacht über anderswo verbringt, dabei will ich nicht fragen wo er war, es interessiert mich nicht, ich will es nicht wissen.

Ich habe immer das Gefühl dass wir uns alles selbst antun, sagt Lilian, schneidet ein Stück von der Pizza ab und steckt es in den kirschrot geschminkten Mund, alles was geschieht drehen wir uns selbst wie einen Strick um den eigenen Hals ohne es zu merken, aber vielleicht hätte Red an solch einem Tag, wo es dir schlecht geht, auf den Dethlefsen verzichten sollen, um bei dir zu bleiben, um dir zu zeigen wie nahe er dir ist, wo du seine Nähe gebraucht hättest. Sie würgt den Bissen hinunter als würde sie die Schnur an ihrer Kehle spüren.

Ja genauso ist es, sagt Helen und greift nach dem Pizzatortenstück, das ihr Lilian vorbereitet hat.

Aber hast du ihm gesagt dass du ihn brauchst?

Natürlich nicht, ich will ihn nicht belasten.

Aber manchmal ist man das kleine Kind, sagt Lilian, jeder hat dieses kleine Kind in sich, da will man umarmt und geherzt werden, da kann man nicht erwachsen und vernünftig sein, da schreit das kleine Kind in einem auf und will sein Recht.

Ja es schreit richtig auf, sagt Helen, lacht hysterisch auf und wischt sich die Tränen aus den Augen. Ihre dunklen Augen brennen, als würde es ein schwarzes Feuer geben das aus ihrem Inneren flackert. Aber wie soll man das lösen, wie kann man da heraus. Ich bestreite mein Leben ganz allein, brauche keine Hilfe, stelle meinen Mann, ich brauche keine Ablenkung, ich habe meinen Kreis in der Arbeit, es ist auch nicht so, dass ich die Beziehung unbedingt brauche.

Aber da ist doch die Liebe für diesen Mann, sagt Lilian, die geht doch darüber hinaus, da kannst du nicht mit dem Denken hinein fahren und alles zerstören. Du willst jetzt, wo du noch nicht einmal gesund bist, schwere Entscheidungen treffen, die dich vielleicht selbst total zerstören.

Ich mache immer solche Entscheidungen, die mich total zerstören, sagt Helen verbittert, ich weiß es selbst, aber ich spüre es ist zu Ende. In meiner Arbeit habe ich Frauen mit denen ich über alles sprechen kann, ich fühle mich nicht einsam oder alleingelassen, nur in diesem Augenblick erscheint es mir so, wie kann man das lösen?

Gar nicht, sagt Lilian sanft, es ist einfach so, dass man manchmal wie ein kleines Kind ist und Geborgenheit sucht, du musst es akzeptieren das ist alles, integrieren in dein Leben, es ist ein Teil der auch zu dir gehört und es nützt nichts, wenn du den Fehler bei ihm suchst. Wenn du ehrlich bist war Red immer so und er wird sich nicht ändern, der Fehler liegt bei dir, wann bist du es die ihm Geborgenheit gibt? Lilians grüne Augen schießen Blitze und wie ein Blitz ist ihr dieser Satz heraus gefahren, den sie am liebsten wieder zurückholen und hinunter schlucken würde. Ich muss dir das so scharf sagen, lenkt sie sanft ein, damit du es wirklich hörst und überdenkst, wie Karl zu mir sagte: Wenn du deiner Schwester ein Geschenk machst, kann es für sie wie eine Vergewaltigung sein. Das ist bei mir gesessen, als hätte er mir meine Vorstellung über die Dinge wie sie in meinem Kopf sind, mit einem Schlag zertrümmert, aber wenn er es mir nicht so eindringlich gesagt hätte, dass es so unterschiedliche Fühlens und Betrachtungsweisen von einer einzigen Sache gibt, dann hätte ich mir nicht einmal gemerkt was er mir sagte, so aber musste ich über dieses Wort Vergewaltigung, was alles bei einem anderen Vergewaltigung sein kann, lange nachdenken und ich merkte, dass er es mir gut nahe gebracht hat.

Ja das stimmt schon, ich will Red nur treffen, wenn ich Lust habe ihn zu sehen, sagt Helen, ich will es sein die entscheidet was geschehen soll, jetzt aber bin ich so in meinen Gefühlen verletzt, ich habe solche Wut in mir, dass ich mich so verletzen lasse, es hat mich tief getroffen, ich fühle mich zerstört, als würde ich auseinanderfallen.

Weil du jetzt nach der Operation vollkommen offen bist, sagt Lilian, und was sich da aufbläht ist dein Ego das sagt: Man kann mich nicht so behandeln. Saint Exypery sagt: „Was willst du von den Menschen erwarten wenn du dich nicht demütigst für sie". Zerstört bist du noch lange nicht, vielleicht dient diese Geschichte nur dazu, um zu erkennen wie tief du auch getroffen wirst, niemand kann dich wirklich zerstören, in dir gibt es einen Punkt der unzerstörbar ist, an den niemand heran kommt. Vielleicht solltest du mehr beten als nachdenken.

Ich habe sehr viel gebetet, sagt Helen, aber plötzlich als das Blut so geronnen ist, war ich selbst wie weggeschwemmt und ich konnte nicht mehr beten.

Du hast dich jetzt den fremden Ärzten ganz hingeben müssen, sagt Lilian, wie du dich Red nie hingeben willst, du bist noch nicht ganz aus der Narkose heraus, alles sitzt noch in deinen Zellen, die Erschütterung über das viele Blut das du verloren hast. Dass du so schwere Regelstörungen hast, ist doch auch nur ein Zeichen, dich verwehren zu wollen, dass du dich hingeben sollst, wie sich Frau jeden Monat ihrem Frausein hingeben muss. Du willst nicht akzeptieren, dass du dich hingeben sollst, alles soll in deiner Hand sein, du willst die Fäden nicht loslassen, willst alles selbst regieren.

Ja das kann sicher so sein, sagt Helen. Sie haben mich gleich dran genommen, obwohl ich nicht ganz nüchtern war, weil sie gesehen haben was mit mir los ist und die Blutungen, möglicherweise habe ich es eingesetzt, eine Nuance zu weit ins Verwehren verschoben, um frei zu bleiben und habe nicht bedacht, wohin mich das bringt, wo ich jetzt stehe, allein wie ein Kleinkind vollkommen abhängig und das wollte ich nie sein, genau das Gegenteil, ich wollte frei sein und auch ihn frei lassen, aber jetzt sehe ich es ist aus, es ist wie ein Kreis der sich schließt.

Du urteilst aus einer Lage heraus, aus der du nichts anderes tun sollst als gesund zu werden, sagt Lilian, hast du schon einmal in der Bibel die Stelle über die Liebe gelesen?

Nein.

Lies nach in den Korinther Briefen was Liebe ist, da steht nichts vom Denken, vom Auflisten der Fehler des Anderen und du willst Entschlüsse für dein weiteres Leben treffen in diesem Augenblick. Was habe ich dir schon so oft gesagt: Das Denkrad anhalten, das ist das erste was du tun musst um heraus zu kommen aus dem Wirrwarr, das sich in dir dreht wie ein Ringelspiel. Das Denken ist wie ein Sog der dich hinunter zieht, wie ein Strudel unter Wasser zieht, wo du ertrinkst, aber wenn du aufhörst zu denken, dann kannst du dich darüber erheben, dann kannst du erst sehen was ist, bist wieder in der Liebe und nicht in Gedanken der Trennung, die nur aus verletzten Stolz oder Hochmut hochsteigen, dass du nicht zeigen kannst wie du Red brauchst. Die Liebe ist über diesen Gedanken, die dich jetzt rädern, du musst aus diesen Gedanken heraus, wieder in die Liebe, die über allen ist. Als ich heute durch das Bassin geschwommen bin, die sich drehenden Spiralen und Lichtkreisel betrachtete, die sich wie Schlieren durchs Wasser zogen, Spektralfarben aufblitzten, habe ich gedacht: Dass egal wer es ist, es immer ein Fremder ist, der einem gegenüber steht, ein Fremder der immer ein Fremder bleibt, aber die Liebe ist es die hinüber reicht wie eine Brücke, die einem trotz der Fremdheit mit dem anderen verbindet und vereinigt.

In diesem Augenblick fällt der rote Sonnenschirm ein Stück herunter, der die beiden Frauen vor der Sonne schützt und sitzt ihnen beinahe wie ein Hut auf den Köpfen. Sie lachen beide, es ist ihnen als hätten sie Antwort bekommen, als wollte dieser letzte Satz unterstrichen werden durch eine Geste, dass er nie verloren geht in ihrem Denken.

Das Blut die kostbarste Substanz, das Leben selbst, sagt Lilian, in einem Tropfen Blut kannst du den ganzen Menschen analysieren, es fließt aus dir heraus, was will es dir sagen, du siehst zu wie dir das Blut das Leben ungenutzt davon fließt. Vielleicht hättest du etwas gebären sollen, kein Kind, aber deine Kreativität voll einsetzen. Dein Vater war Bildhauer, hat er dir nicht ein Erbe hinterlassen, das du ausführen kannst, ja musst? Mit Kreativität hast du Halt in deinem Leben, du fällst nicht um, wenn der andere sich anders bewegt als du es erwartest.

Es hat schon vor einem halben Jahr begonnen, sagt Helen, da hatte ich starke Ohrenschmerzen, ich sah das ganze Ohr wie ein Lebewesen.

Wie ein Embryo?

Ja wie ein Embryo, es war mir als müsste ich etwas gebären und jetzt war es mir fast wie eine Geburt. Ich spüre ich möchte zeichnen und verschiebe es andauernd auf später.

Eine Neugeburt, dein neues Leben beginnt jetzt, sagt Lilian, jeden Augenblick kann man das Leben selbst neu gestalten, solange man es noch hat.

Da fährt ein Windstoß in den Sonnenschirm und klappt ihn zu. Die pralle Sonne fällt auf die erschreckten Gesichter der beiden Frauen, die jetzt ganz wach sind und leuchtet sie einen Augenblick hell aus, als müsste die eine in der anderen wie in einem Spiegel erkennen, wo sie steht.

Das reine Selbst

ER: Ich will jetzt mit dem Seminarleiter meine Innerlichkeit durcharbeiten, bis ich Knoten um Knoten dabei auflöst, mein Verhalten, was sich alles seit der Kindheit gebildet hat, um dann wenn der letzte Knoten sich öffnet, man bei seinem reinen Selbst angekommen ist. Und er macht eine Faust und umschließt sie mit der anderen Hand und lässt einen Finger nachdem anderen aufgehen, wie eine Blume, und zeigt dann die Faust nicht eingeschlossen, die übrig bleibt.

SIE: Und was ist dann, dann bist du erleuchtet?

ER: Nein, das nicht, aber dann kannst du ansetzten, mit neuen Schritten, wie in einem neuen Leben.

SIE: Wie lange gehst du schon in diesen Kurs?

ER: Vorher zehn Jahre, mit Unterbrechung, jetzt sechs Jahre.

SIE: Wie lange glaubst du, wirst du noch hingehen?

ER: Das ist doch egal, ich will eben an mir arbeiten.

SIE: Man kann nur an sich selbst arbeiten, in die Stille gehen und alles aus sich heraus arbeiten, bis man zu seinem innersten Kern kommt. Ich nähe zuerst vielleicht fünf oder zehn Stunden, dann bin ich in der Stille, so nahe zu mir selbst gekommen, dass plötzlich ein Gedicht hochkommen kann. Glaubst du ein anderer kann mich dahin bringen, ja wenn er mich so aufregt, dass ich über ihn schreiben muss, dann spüre ich die Qualität die sich auftut, weil mich seine Worte nicht in Ruhe lassen, und ich muss bearbeiten, was sich zwischen uns abgespielt hat. Und lustigerweise bekomme ich dabei auch noch aus der Tiefe, in die ich dabei absinke, neue Erkenntnisse, die ich selber vorher nicht gewusst habe. Ich bekomme durch meine Arbeit, meine Erkenntnisse, und kein anderer kann mir dazu verhelfen. Räume zuerst einmal deine Wohnung Picko Bello zusammen, dann ist die erste Energie weg, die dich blockiert, und du kommst näher an dich heran, wenn alles um dich herum in schönster Ordnung liegt.

ER: Durch Arbeit geht das nicht, da kommst du niemals zu deinem Selbst, sondern nur durch diese Gespräche, durch Klärung, du musst daran arbeiten und Knoten um Knoten öffnen, damit du sehen kannst, von wie vielen Stricken du umspannt, eingespannt und eingeengt bist, und alles wie du agierst, noch nichts mit dir zu tun hat.

SIE: Aber du hast jetzt eine starke Energie, die oben auf liegt, wenn ich an deinen Unfall denke, wo du dein Gesicht nicht mehr erkannt hast, weil es durch den Sturz so abgeschunden war. Das wollte dir schon etwas sagen, es war ein Hinweis, dass etwas bei dir läuft, was nicht gut ist, wenn du so weiter machst. Auch wenn du nicht einmal auf den neben dir Sitzenden im Auto hörst, wenn der sich vor Angst im Sitz einstemmt und verkrampft, weil du so unvorsichtig fährst jeden überholst an jeder Stelle, und keinerlei Rücksicht auf ihn nimmst, ja nicht einmal spürst, was in dem Menschen neben dir vor sich geht, dann ist das doch keine guter Weg. Und wenn ich daran denke, was eben passiert ist, wie du dem alten Mann den Parkplatz genommen hast, als er eben einparken wollte, bis du von vorne in die Parklücke hinein gefahren, und ich habe gedacht, ich sehe nicht richtig, und mein Aufschrei: Was machst du denn, hat nichts genützt.

ER: Wenn er so langsam ist, das halte ich nicht aus, dann soll er sehen wo er bleibt? Es regt mich eben auf, wenn andere so langsam sind.

SIE: Wohin willst denn mit deiner Schnelligkeit? In den Himmel der Erde? Oder was? Warum kann ein anderer nicht langsam sein, so langsam wie er will, und wie er kann? Du hast mir immer von der Schnelligkeit deiner Freundin erzählt, dass sie in alle Richtungen zugleich gelaufen ist, nun sie war dir anscheinend das beste Spiegelbild. Und deshalb hast du sie nicht ausgehalten, weil du das bei dir selbst nicht gesehen hast. Und wenn man bedenkt, dass alles was von einem ausgeht, wie im Kreis, wieder auf einen zurückkommt, dann hast du bei deinem Meister noch nicht viel gelernt.

ER: Wie kannst du das sagen, du kennst ihn doch gar nicht, du sprichst nur andauernd dagegen, und lässt mich nicht einmal aussprechen.

SIE: Ich lasse dich aussprechen, weil ich ja wissen will, was in dir vorgeht. Aber ich merke wie du agierst, und das tut mir körperlich weh, meine Seele ist gleich davon geflogen, weil sie diese Schwingung, die du gehabt hast, nicht ausgehalten hat. Du hast mich in ein Geschehen eingebunden, an dem ich nicht beteiligt sein wollte, und ich konnte nicht aussteigen, aus dem fahrenden Auto, und aus deinen Taten. Da merkt man wie man mit Menschen verbunden ist, und genau darauf achten muss, welche Schwingung sie haben, weil sie können einen bis in die Hölle zerren, die Hölle des Trinkens, der Drogen, des Einkauf Rausches und der Unbewusstheit. Alles ist dabei möglich, wenn man nicht auf sich achtet. Ich spüre, du hast jetzt zu viel Energie, die geleitet gehört, genau in deine Arbeit, die zu dir gehört, aber das machst du anscheinend nicht. Ein anderer kann einem nicht zur Erleuchtung verhelfen, das ist eine Gnade, die fällt einem zu oder nicht.

ER: Es gibt verschiedene Wege, Aurobindo ist einen anderen gegangen, Buddha ist einen anderen gegangen, und Bhagwan ist einen anderen gegangen. Es gibt viele Wege, für jeden Menschen einen anderen.

SIE: Ja es waren unterschiedliche Wege, Buddha hat nach seiner Erleuchtung kein Wort mehr gesprochen, wie viele sich danach ganz zurückziehen, nur seine hundert Schüler haben alles aufgeschrieben, was er vorher gelehrt hat. Bhagwan, hat zweimal am Tag eine Stunde gesprochen, sonst ist er in seiner Stille gewesen, und er hat in jungen Jahren eine Erleuchtung gehabt, und was er dabei gesehen hat, wollte er anderen mitteilen. Aurobindo ist einen geistigen Weg gegangen, da kann ich nur Teile verstehen, was er lehrt, und Parmahansa Yogananda ist wie Jesus den Weg der Liebe gegangen, den habe ich am Foto angesehen, und mir sind die Tränen herab geronnen, so verbunden war ich mit. Und keiner hat von einem anderen seine Erleuchtung bekommen, das geht eben nicht. Vor allem nicht, beim Sprechen mit einem anderen.

ER: Wieso sagst du, dass es nicht möglich ist, es ist alles möglich, auch dabei kann es geschehen.

SIE: Ja du hast recht, auch dabei kann es geschehen, aber ich glaube, der Therapeut verdient gut an dir. Aber was hast du für hohe Vorbilder, wo willst du denn hin? Dein „Schütze" ufert schon wieder aus in unermessliche Weite. Man kann sich doch nur selber als Vorbild nehmen, und aus sich heraus machen was man ist. Bist du in deiner Arbeit so unglücklich? Ist es nicht das Richtige?

ER: Nein, sicher nicht, aber ich muss einiges klären, wo ich anstehe, wo ich blockiert bin, durch meine Eltern, noch genauso handle und agiere wie sie, und noch nicht, wie ich selber. Ich will das aufschlüsseln.

SIE: Vielleicht musst du den sicheren Posten aufgeben, und etwas anderes machen. Aber es wird schwer sein das zu tun. Jedenfalls könntest du, was du gelernt hast, schon lange an andere weitergeben. Ich spüre wie du vorne stehen willst, und es auch kannst, aber du hast nicht genug zutrauen zu dir selber, das hält dich davor zurück. Wenn ich an den Douguan denke, an die feinen DO&CO Restaurants im ersten Bezirk, ein Unternehmer der so feine Restaurants aufgemacht hat, jetzt auch für die Flüge der AUA arbeitet, das hat er alles aus sich selber geschaffen, und das meine ich mit: seinen Weg zu gehen.

ER: Aber du musst mir doch zugestehen, dass ich es auf meine Weise machen kann.

SIE: Ja sicher, aber wenn dir alles zu langsam geht, warum nicht auch das, um endlich zu finden, was du bist. Weißt du, wenn du gesagt hättest, ich habe sechs Jahre getrommelt, dann hätte ich gedacht, du hast es gefunden, von dem ich spreche, aber nicht durch das Sprechen mit dem Therapeuten, weil du dabei niemals in solche Tiefe kommst. Ich habe neulich so marokkanische Musiker gesehen, die auf ihrer Gimbri spielen, ein kleines Saiteninstrument, einer erzählte, er war Schneider, hat immer musiziert, plötzlich hat er den Beruf aufgeben müssen, um nur mehr Musiker zu sein, denn man muss einem Weg folgen, einer sagte, der Weg ist schwer, er wird mich umbringen, aber ich muss ihm folgen. Auch ich habe immer dem, was von innen aufgestiegen ist, folgen müssen, ich habe neben meinem Beruf noch einen Beruf gehabt, habe doppelt gearbeitet, es war schwer, aber vielleicht, wenn ich es nicht getan hätte, hätte ich mich umgebracht. Das kann auch sein, so war ich immer beschäftigt, und es heißt ja: „Auf dass der Teufel dich nie unbeschäftigt antreffe", ich weiß es war gut.

ER: Aber ich habe eben noch nicht gefunden, was ich wirklich gern machen möchte. Ich habe schon so viel gemacht, meinen Beruf, nebenbei als Masseur gearbeitet, die Trommelkurse, Taxischein, Kutschenschein, und, und, und...

SIE: Wir würden dieses Gespräch nicht führen, wenn du glücklich wärst, aber du willst mit dieser endlosen Gesprächstherapie etwas finden, und das sagt mir, dass du woanders hin willst.

ER: Ja, da sind wir schon wieder bei der Veränderung. Jeder kann zu dem werden, was er innerlich ist, eine Rose.

SIE: Nicht jeder ist eine Rose, mancher muss ein Stachel sein, sonst kann er vielleicht nicht Schlächter sein, in seinem Beruf. Jeder ist etwas anderes, aber wenn du das innerste eines jeden Menschen meinst, das ist das Geistwesen, das hat jeder.

ER: Wie willst du schon wieder wissen, wie das aussieht, das hat vielleicht viele Formen, für jeden eine andere!

SIE: Nein ich weiß es nicht, ich kann es nur von mir sagen. Zum Beispiel wenn ich ganz bei mir bin, und tief versunken arbeite, dann funkt immer so ein kleines Blitzlicht auf, und ich sage immer: Mein Engel bist du bei mir, das ist schön, dann weiß ich, dass ich den richtigen Weg gehe. Und jetzt habe ich angefangen, etwas für eine Ausstellung herzurichten, was sehr viel Arbeit erfordert, und weißt du was passiert, da habe ich auf einmal viele Blitzlichter, so als ob es mir sagen will: Ja da mache weiter, das ist der Weg. Da war ich ganz glücklich. Und ich bin nie auf ein Ziel ausgerichtet, sondern immer nur auf das Tun im Augenblick, da bin ich ganz eingebunden, geborgen und vollauf befriedigt, und das macht mich glücklich, mehr ist es nicht.

Das Verbot

Vor vier Wochen hat es begonnen, sagt Gerda, seither rennt er mit einem Frust herum und macht ein böses Gesicht auf mich, dass es eine Schande ist. Dabei habe ich gleich zu ihm gesagt: Wir sind jetzt fünfundsechzig Jahre, das können wir uns nicht mehr leisten, so wie es früher war, wo wir wochenlang böse waren. Weil ich dachte, dass jeder von uns in einem Augenblick umfallen und sterben kann.

Aber du warst doch jetzt so glücklich, weil es so schön war, sagt Ella. Das war vor vier Wochen, seither ist er nicht zum Aushalten. Er möchte am liebsten, dass ich den ganzen Tag zu Hause sitze und auf ihn warte. Da kann er den ganzen Tag unterwegs sein, ist ihm ganz egal was ich mache, aber kaum bewege ich mich auf meine eigene Weise, spielt er verrückt. Er will, dass ich nur auf ihn ausgerichtet bin. Auf alles was ich sonst mache, wenn ich jemanden treffe, ist er eifersüchtig, aber ich lasse mir meine Freundinnen nicht mehr nehmen, das weiß ich genau. Da hat er den Boden gelegt, weil wir den alten Teppichboden entsorgt haben, und ich sage noch zu ihm: Soll ich nicht lieber zu Hause bleiben, wenn du etwas brauchst. Nein, nein, ich brauche nichts, geh nur, sagte er. Er wusste ja, dass ich mit vier Frauen wandern gehe, und als ich nach Hause komme, strahlend und glücklich, weil es so ein schöner Tag war und ich bei den Freundinnen so vieles aussprechen und besprechen kann, so viel Lachen kann, macht er ein Gesicht, als hätte ich ihm etwas angetan. Seither ist zwischen uns dicke Luft und Streit. Ich will mit ihm darüber reden, aber reden kann ich mit ihm überhaupt nicht, weil er will nicht darüber reden, schon kracht es. Es ist so frustrierend und nicht zum Aushalten.

Als ich letztes Mal mit dir gesprochen habe, warst du so voll Aggression, sagt Ella, und du glaubst, wenn du ihm in dieser Aggression gegenüber trittst, dann spürt er das nicht. Aber das ist ja alles gegen ihn gerichtet, da muss er sich schützen, gegen dich eine Mauer machen, und du rennst andauernd an diese Mauer an. Es tut weh, aber nicht so sehr, dass du von dem ablässt, weil du schon wieder denkst, dir Bilder ausmalst wie in einem Märchen, wie es sein soll und wie du es haben willst, dass er anders ist, als er sein soll, dass er anders ist, als er ist. Du willst in einem Märchen leben, aber nicht in der Wirklichkeit, in dem was um dich ist, und wie es dir entgegen kommt. Aber es gibt nichts anders, du hast nur das was um dich ist, mehr ist es nicht. Wieder der gleiche Punkt, wo du schon so oft gestanden bist, ein Verlangen was nie erfüllt werden kann. Wer kann schon von einem anderen verlangen, dass er anders ist, wenn man sich selber kaum ändern kann. Und du bist immer in deinem Denken und den Vorstellungen, und damit kann man gar nichts lösen, sondern immer nur mehr verwirren, und mit dem Denken und Wollen, zimmerst du dir einen Wagen, mit dem du selber in den Abgrund rollst.

Das muss ich mir aufschreiben, sagt Gerda. Aber es geht doch so nicht weiter, so kann man doch nicht miteinander leben, aber es war immer so. Wenige Tage ist alles in Ordnung, und lange Wochen dazwischen ist nichts in Ordnung. Nichts hat sich verändert. Er kann meine Freundinnen nicht ausstehen, will nichts von ihnen hören, will dass sie verschwinden, dass ich nur auf ihn ausgerichtet bin, aber ich bin froh, dass ich sie gefunden habe, weil ich eben nichts mit ihm besprechen kann, was mich interessiert, aber mit ihnen kann ich es und das spürt er und hält es nicht aus und will mir alles vermiesen was mir Freude macht.

Jetzt schreiben wir uns Briefe am PC, Er schreibt: „Dass ich dir jederzeit die Hand reiche, wenn du es willst, das weißt du, aber wenn du nicht mehr mit mir leben willst, dann müssen wir uns trennen, aber du musst es den anderen sagen, ich werde das nicht tun".

Er ist feig, das würde er nie tun, ich müsste es der ganzen Familie sagen, ich müsste das wieder tun, aber ich will das ja gar nicht tun, weil es liegt mir doch so viel an der Beziehung.

Er kommt nach Hause und du siehst ihn mit all den Vorwürfen an, die du dauernd in deinem Kopf herumdrehst, sagt Ella, mit dieser Aggression die du angestaut hast, und wie soll er da auf dich zu kommen? Da stößt es ihn ja, von dieser unsichtbaren aber ungeheuren Schwingung, die du ausstrahlst, von dir weg. Erinnere dich einmal wie es war, wie du ihn geliebt hast, damals, sieh ihn einmal mit dieser Liebe an, wenn er bei der Tür hereinkommt, offen wie die Liebe selbst, ohne Vorstellungen wie er sein sollte, wie alles sein sollte. Lass alles fallen und sei selber frei davon. Glaubst du dieser Schwingung kann er sich entziehen? Das wird er genauso aufnehmen und spüren, und auf dich zukommen, weil das anziehend zwischen euch sein wird. Aber es geht ja immer nur um Kampf, keiner kann nachgeben, wer ist der Stärkere, wer siegt. Niemand. Alle beide sterben im eigenen Blut, da kann es keinen Gewinner geben.

Da kenne ich so viele Frauen, die allein stehen, du hast einen Mann, ihr habt euch und es ist nicht zum Aushalten, wie ihr miteinander kämpft. Worum eigentlich?

Denkspirale

Ich weiß überhaupt nicht, ob ich noch etwas für ihn empfinde, sagt Ruth und nimmt einen tiefen Schluck vom Weißwein.

Das würdest du sofort wissen, wenn Fred einige Tage nicht neben dir wäre, sagt Ellen.

Jetzt hatte ich Geburtstag und er hat mir nichts geschenkt, nicht einmal ein paar Blumen. Ich habe es ihm dann gesagt und er sagte: Ich habe nicht gewusst was ich dir kaufen soll. Aber ein paar Blumen hättest du mir bringen können, sagte ich. Ich habe dir doch erst vor kurzem Blumen gebracht, sagte er. War das für den Geburtstag, sagte ich, da hat er nichts mehr gesagt. Ich weiß nicht, es ist alles so schwer geworden.

Du fühlst dich ungeliebt, sagt Ellen.

Ja sicher, sagt Ruth, Fred sitzt unentwegt in diesem Café und ich spüre wie er diesen Slang annimmt, der dort zwischen den Männern herrscht. Es geht wie eine Ansteckung auf ihn über, er wird dann so grob, ich spüre es ganz genau wie er sich verändert. Außerdem will er immer etwas Warmes zu essen, wenn er kommt soll sogleich alles am Tisch stehen, da will er nicht warten. Ich sage oft zu ihm, ich sollte wie die Jeannie von dieser Fernsehserie sein, die einmal mit dem Kopf nickt, zaubert und alles steht für ihn bereit. Er kommt in einer halben Stunde, sagt er und kommt meist erst in drei Stunden und dann soll das Essen sofort warm bereit stehen. Ich ärgere mich so darüber, das kann ich gar nicht sagen. Unlängst habe ich es in den Eiskasten gestellt, er hätte es nur heraus nehmen müssen und aufwärmen, er hat es aber nicht gesehen und hat gleich eine Eierspeise zu kochen begonnen. Ich werfe dann alles am nächsten Tag weg. Ich sage zu ihm, so geht das nicht, ich bin auch den ganzen Tag in der Arbeit und stelle mich jeden Tag für ihn hin um zu kochen und er kann nicht einmal pünktlich sein. Ich mache ja auch oft etwas für ihn, was ich nicht so gerne mache, das muss doch auch für ihn gelten, aber nein er macht nichts für mich, er kümmert sich überhaupt nicht um mich, es ist ihm ganz egal was mit mir ist. Wir leben nur so nebeneinander her, wir sprechen nichts miteinander und wenn wir sprechen, geht es immer nur um das Geschäft.

Ein Freund hat einmal zu mir gesagt: Ich bin ja kein Kümmerer, sagt Ellen, Kümmerer gibt es anscheinend nur selten. Ruth lacht. Du hast dir eben das schwerste ausgesucht, sagt Ellen, eine Liebe und zugleich mit dem zu Mann in der gemeinsamen Firma stehen.

Es ist auch so schwierig geworden mit der Arbeit, sagt Ruth. Früher hat man ein Konzept vorgelegt und kurze Zeit darauf hat man es ausgeführt, jetzt legen wir fünf Konzepte vor, jeden Tag ist alles anders, und wenn ein Projekt ausgeführt werden soll, sind andere Leute an den Führungspositionen und alles beginnt wieder von vorn. Es ist auch so, wenn wir etwas zu tun haben, dann lässt er sich bis zum letzten Augenblick Zeit, er kann nicht beginnen wenn er den Auftrag bekommt, sondern er macht es erst im letzten Augenblick, wenn er schon alles fertig haben soll. Fred kann nur unter Druck arbeiten, da kommt so eine Spannung in mich, dass ich glaube mich zerreißt es noch bevor alles fertig ist, weil ich das nicht aushalte. Was ich aber sage, es ist alles umsonst. Es kommt auch nie vor, dass er mich lobt, kein einziges Mal lobt er mich, obwohl ich alles erledige was er mir aufträgt, meist noch mehr mache, mich voll einsetze, nur damit wir den Auftrag bekommen. Ich kann noch so viel tun, aber kein Wort kommt von ihm. Ich halte das nicht mehr aus, tagaus tagein mühe ich mich ab und da kommt kein liebevolles Wort, nicht dass ich alles gut gemacht habe, niemals eine Wort von ihm. Wieder nimmt sie einen tiefen Schluck vom Weißwein. Vor kurzen hat meine Tochter einen Auftrag übernommen und gut zu Ende gebracht. Ja glaubst du, er hätte ein Wort darüber verloren, ein Wort des Lobes zu ihr gesagt. Nein, er hat auch zu ihr nichts gesagt.

Er kann das eben nicht sagen, sagt Ellen. Da kannst du tun was du willst, das hängt mit seinem Wesen zusammen. Willst du jemanden der Süßholz raspelt und dahinter ist keine Wahrheit oder wie er, er hat dich nie im Stich gelassen und er vertrinkt sein Geld nicht.

Nein das tut er nicht, sagt Ruth, aber so zu leben, ohne jemals eine gutes Wort zu erhalten, ist auch nicht möglich.

Dann musst du dich mit dem was du tust, selbst aufbauen, dich froh machen, dich selbst loben und mit dir zufrieden sein, sagt Ellen.

Er hat selber oft seine Minderwertigkeitsgefühle, sagt Ruth, das spüre ich genau wenn er einen Auftrag nicht durchbringt, schon beim dritten Entwurf ist, und die weisen ihn wieder zurück, dann fahre ich zu der Firma und sage, so kann das doch nicht gehen und dann ist es erledigt und ich habe den Auftrag.

Da scheinst du ja viel selbstsicherer zu sein als er, sagt Ellen. Er scheint sehr weiblich zu sein, wenn er so kreativ ist und du hast das Männliche in dir gut hervorgebracht.

Ja das kann sein, sagt Ruth, er macht ja Sachen, wo er oft den Ingenieur brauchen würde, aber er hat ja keinen, so muss es trotzdem gemacht werden und das ist immer so an der Grenze. Er hat deswegen auch immer Probleme, fühlt sich minderwertig, wenn er mit Leuten zu tun hat, die einen Titel haben, das spüre ich schon und diese lassen es ihn auch gleich spüren. Es wäre aber nicht gegangen, dass er sich hingesetzt und eine Schule gemacht hätte. Er hat ja die Schule nie ertragen, er war viel zu eigenwillig, er hat nur auf sein Inneres hören können und hat immer alles gemacht und es auch können. Das ist ja das Absurde, niemals ist er irgendwo angestanden.

Er ist ein sehr kreativer Mensch, sagt Ellen, er hätte Großes gebaut, wenn er Architektur studiert hätte. Solche Menschen haben es oft schwer in der Schule, weil sie sich nicht unterordnen, nicht einordnen können, sich nichts sagenlassen können, weil sie immer ausbrechen müssen und immer sie selbst sein müssen.

Ja genau so ist er, sagt Ruth, jetzt läuft gerade wieder so ein Auftrag und ich kann ihn nicht dazu bringen zu beginnen. Er hört nicht auf mich, ich kann sagen was ich will und er macht was er will, ohne Rücksicht zu nehmen auf mich. Aber wenn man eine Beziehung hat, dann muss man doch gegenseitig aufeinander Rücksicht nehmen.

Er ist der Mensch, den du seit so vielen Jahren lieben kannst, sagt Ellen, er ist genau so, dass du neben ihm bleiben musst und doch willst du dass er ein anderer wird. Wenn er ein anderer wäre, vielleicht wärst du dann nicht mehr neben ihm, weil dich nur das bindet, so wie er ist. Er macht die Dinge so wie er sie kann, er wartet bis seine Spannung am Höhepunkt ist, dann schafft er seine Arbeit. Oder willst du deinen Willen durchsetzen. Ihm deinen Willen aufzwingen, ist das nicht auch ein Teil von dir, den du leben willst? Aber das geht nicht, der Mensch ist frei und eine Beziehung kann nur in dieser Freiheit gelingen. Man muss das andere Wesen respektieren wie es ist und ich glaube, keiner kann Einengung ertragen, die muss man ganz einfach durchbrechen. Vielleicht würde er sogar pünktlich nach Hause kommen, wenn er nicht wüsste, wie du schon wartest. So steht Wille gegen Wille und jeder muss sich auf seine Art durchsetzen.

Aber mich macht das alles so müde, sagt Ruth, ich spüre wie mich seine Art an die Arbeit zu gehen und dieses Warten so müde macht. Ich habe eine Freundin die drückt alles bei ihrem Mann durch, was sie will und er macht es zwar mit Ärger im Gesicht, aber er macht es. Bei mir geht das nicht.

Du solltest einmal richtig loslassen, alles was du so verkrampft halten willst, sagt Ellen. Diese Zügel loslassen, wo du ihn halten und lenken willst, die dir so schwer werden, denn zwingen kannst du einen anderen sowieso nicht, du mühst dich vergebens. Ich glaube, nur das ist es, was dich müde macht, weil altes nicht so geht, wie du es dir vorstellt und deine Vorstellungen stehen vor der Wirklichkeit, die du leben musst und deshalb wirst du müde. Er kann seine Arbeit aber nur so ausführen. Wenn du froh sein würdest, dass du einen Mann hast, der immer fleißig gearbeitet hat, niemals das Geld vertrunken hat, alle Aufträge gut erledigt hat, wäre alles anders.

Die Geldangelegenheiten liegen ja in meiner Hand, sagt Ruth.

Na umso besser, sagt Ellen, wenn du da das Leben einmal so nehmen könntest wie es mit ihm ist, vielleicht das Essen kochst und nicht mehr parat stehst, wenn er drei Stunden später kommt und in dieser Zeit deiner Lebenszeit etwas für sich machst. Ich kenne Frauen wo der Mann erst am nächsten Tag kommt. Vielleicht musst du nur etwas in deinem Leben verändern und damit veränderst du alles um dich herum. Weil wenn du nicht unentwegt mit dem Essen parat stehst, dann bringt dich das in keine Spannung und macht dich auch nicht müde. Du musst sehen, du spielst bei dem Spiel mit, so kann es sich nicht verändern. Du gehst viel zu sehr auf ihn ein, du hast deinen eigenen Weg vergessen, siehst zu viel in sein Leben hinein und was du da sehen kannst, macht dich nicht glücklich. Weil es ja so leicht ist, am anderen Leben etwas auszubessern. Aber wie sieht das eigene Leben aus? Gibt es da nicht noch Energie in dir die du verwendest, um an ihm herum zu meckern, anstatt etwas Schönes damit zu beginnen.

Ja ich wollte schon etwas machen, ich wollte immer Tanzen, sagt Ruth.

Ja dann mache es doch, sagt Ellen, dann hast du nicht so viel Zeit um auf ihn hinzusehen und mit einem Schlag wird alles anders sein. Er wird dich neu ansehen müssen, vielleicht so reagieren, dass er dich bewundert, weil du etwas für dich machst. Du willst dass er sich verändert, hast du dich schon verändert? Es ist sehr schwer und geht auch nur von einem selber aus, man kann auch nicht verlangen dass sich der andere ändert. Das ist ein Eindringen in eine Sphäre, mit der man überhaupt nichts zu schaffen hat. Weil man kann die Krankheiten eines Menschen auch nicht durchleben und wer weiß, wenn ihm etwas geschieht, dann weinst du Tag und Nacht um ihn, um ihn der so ist wie er ist.

Ach es tut so gut, mit dir über all das zu sprechen, sagt Ruth, es ist schwer in so einer langen Beziehung, ich kann ja mit ihm über nichts sprechen. Einmal hatte er eine Freundin, aber wir waren ja nicht einen Tag getrennt, ich wollte mich trennen, aber er hat mich nicht losgelassen und so bin ich wieder zu ihm gegangen, ich wollte meinem Kind nicht die Familie nehmen.

Glaubst du, dass er eine Freundin hat, sagt Ellen?

Nein ich glaube nicht, sagt Ruth.

Frauen belügen sich oft selbst, sagt Ellen, weil man kann es sicher bemerken, wenn man es sehen will, oder man sieht nicht genau hin, wie es eine Freundin machte. Als er starb, hat sie um ihn geweint und es hat sich aber Hass dazwischen gemengt, weil sie nachher erfahren musste, dass er neben ihr jahrelang eine Freundin hatte. Sie hat ein ziemliches Regiment im Haus geführt und er hat sich umgedreht und ist ins Wirtshaus gegangen oder wer weiß wohin. Ich habe manchmal gedacht, sie vertreibt ihn ja mit ihren unentwegten Forderungen. Diese Spannung die zwischen zwei Menschen ist, muss sich jahrelang aufrecht erhalten, da ist es eben so, dass der andere manchmal weiter weg ist und dann wieder näher ist, weil eine Beziehung ja nie gleichmassig verlaufen kann. Vielleicht willst du in deinem Ordnungssinn und ich weiß wovon ich spreche, auch die gleiche Ordnung, die du in deinem Haus hast, ununterbrochen in der Beziehung haben, aber das geht nicht. Denn diese Spannung schafft ein Feld zwischen euch das euch verbindet und dabei ist jede Emotion mit im Spiel, denn Hass hält einem am anderen, genau so fest wie Liebe. Aber er kann doch stolz auf dich sein, wie hübsch du aussiehst, nach dreißig Jahren Ehe, dich nie gehen lässt, das muss er doch sehen.

Aufgeschwemmt siehst du aus, sagt er zu mir, sagt Ruth.

Ellen sieht Ruth an das blonde Haar ist kurz geschnitten, sie ist dezent geschminkt trägt über dem ausgeschnittenen schwarzen T-Shirt eine orange Weste, einen schwarzen Rock mit Fransen und Stiefel mit hohen Absätzen. Davon kann ich nichts sehen, du sieht sehr gut aus, sagt Ellen, die Farbe passt dir so gut und der Rock den habe ich schon an dir bewundert.

Den Rock will er überhaupt nicht, nichts, das ich anziehe, sagt Ruth.

Aber da siehst du ja, wie genau er dich ansieht, sagt Ellen, ein Mann der kein Interesse an dir hat, weiß nicht was du anhast. Ich denke du hast zu viel Energie frei, beginne etwas was du immer schon tun wolltest, was mit dir zu tun hat, sogleich wird alles anders sein zwischen euch. Du verbringt zu viel Zeit, ihm genau auf die Finger zu sehen und das schafft immer Probleme. Zenon sagte: Zerstört mir meine Kreise nicht. Jeder hat seine Kreise und es ist nicht gut, wenn man in die Kreise des anderen hinein steigt, wie es auch nicht gut ist, wenn der andere in die eigenen Kreise steigt, ohne es zu merken. Wir brauchen alle unsere Freiräume.

Ich möchte ja etwas tun, sagt Ruth, aber ich weiß nie wo beginnen, ich weiß nicht wo ich hingehen soll, ich weiß nicht wie ich anfangen soll, Energie ist genug vorhanden, nur wo soll ich sie hingeben?

Genau dorthin, wo es dich von innen her hindrängt, sagt Ellen und das weiß nur jeder selber, das kann man keinen sagen.

Der Bergsteiger

Eigentlich wollte sie Fred nur ansehen, ob er für ihre Freundin Maria in Frage kam, die schon seit langer Zeit mit zwei Kindern allein war, aber schon bei den ersten Blicken, die sie mit Fred wechselte, wusste sie, dass er nicht für Maria in Frage kommen würde, sondern für sie selbst, sie war ihm eigenartig nahe, als ob sie ihn lange kennen würde. Ihre Freundin Michaela hatte vor zwei Jahren mit ihm eine kurz Liaison und sagte zu ihr: Komm vorbei, Fred ist hier, er hängt mir die Kastentüre ein und sie war vorbei gekommen und von diesem Tag an hatte Fred sie jeden Tag angerufen, wollte sie täglich zum Essen einladen, was sie zuerst verweigert hatte, dann aber doch eingegangen war und kurz darauf war sie mit ihm im Bett gelandet, war er doch ein durchtrainierter Sportler, ihr Auge flog unentwegt über einen makellosen Körper, der zum Anbeißen aussah. Außerdem hatte ihre Freundin Doris gesagt: In diesen Lokalen wo du verkehrst, da findest du keinen Mann, es muss ein Mann sein der naturliebend ist, der gerne wandert, das sind Männer die beziehungsfähig sind. Nun Fred wanderte sogar hoch auf den Berg, er war Bergsteiger, alles das schien in ihr eine Bereitschaft ausgelöst zu haben, die sich voll lauf auf Fred einstellte, obwohl er ihr nicht ausgesprochen gut gefiel, aber sie war ausgehungert, voll Sehnsucht nach Liebe und mit diesem Heißhunger hatte sie sich auf ihn gestürzt, weil sie spürte, dass er sie mächtig anzog und sie deutete es mit Liebe. Er war bei ihr gesessen, hatte gesagt: Das Garagentor werde ich dir reparieren, das Kabel für den Fernseher richten, die Fliesen auf der Stiege ausbessern. Sie spürte, da war viel Aufmerksamkeit in ihm, dass sie ihm noch mehr zugeneigt war und wenn ihr 12 jähriger Sohn neben Fred war, so war überzeugende Sympathie zwischen den beiden zu spüren. All das hatte sie an einem dieser Tage, wo er sie im Auto, so knapp neben ihr, angestrahlt hatte: Du bist so schön ich begehre dich, da hatte er die Schwelle zu ihr überschritten. Sie war in seine Arme gesunken und hatte es nicht bereut. Er war ein Liebhaber der sie verwöhnte und ihr Begehren stillte, dass auch kein Rest von Sehnsucht mehr in ihr blieb. Das hatte ihr einige Nächte der Freude beschert und sie spürte, das war der Mann mit dem wollte sie weitergehen, das Leben durchgehen, das mit dem Bergsteigen würde ihr nichts ausmachen, gab es doch in ihrem Leben genug, um es auszufüllen, außerdem hatte er davon gesprochen,

dass sie mit ihm gehen solle. Sie badete in Glück. Dann meldete er sich
fünf Tage nicht. Sie war irgendwie aus der Ruhe in Unruhe geworfen,
verstand nicht, dass er nicht wenigstens den Telefonhörer in die Hand
nahm und einige Worte zu ihr sprach. Endlich meldete er sich, er war
im Waldviertel auf einem Seminar gewesen, das sehr anstrengend, ihn
ganz einbezogen hatte, dass er an nichts anderes denken konnte und
dort konnte er nicht telefonieren, wie er sagte. Sie glaubte ihm aufs
Wort, da sie in seinen Armen die Nacht verbrachte, sie spürte seine
Zuneigung durch und durch, so wie sie eingeschlafen waren, so hatte er
sie noch am Morgen fest in den Armen gehalten. Sie war selig, so etwas
hatte sie vorher noch nie erlebt. Das war es wonach sie sich gesehnt
hatte. Dieser Mann erfüllte ihre tiefsten Ursehnsüchte, die ihr Mann,
der ein Unberührbarer gewesen war, den jede Hautberührung Ekel
erregende Störung und ihr vorwurfsvolle Blicke brachten, nie gestillt
hatte. So hatte sie es sein lassen und den ganzen Mann, der seit zwanzig
Jahren an ihrer Seite gewesen. Dann zwei Jahre allein und jetzt wie
eine Krönung für ihr Darben, diese Fülle, dieser Genuss. Sie war selig.
Es störte sie nicht, dass er eine dicke Brille trug, dass er nicht so viel
Zeit hatte, sie sagte sich, zwei Mal die Woche mit ihm beisammen zu
sein, würde ihr vollauf genügen. Sie wollte mit keinem Man so schnell
wieder zusammenziehen, das wusste sie genau. Nun aber waren Tage
vergangen, Fred hatte wieder nicht angerufen. Sie spürte wie kribbelnd
leichter Zorn in ihr hoch stieg, sie konnte sich dem nicht verwehren,
was würde es ausmachen, wenn er, der mit ihr die Nacht so wunderbar
verbracht hatte, kurz anrief nur um Kontakt herzustellen, wie geht es
dir sagen und sie würde sagen, sehr gut und wissen mit ihm verbunden
zu sein, ohne ihn aufzufordern, dass er heute zu ihr kommen soll. Nein,
sie musste nur spüren, dass er an sie dachte und zu ihr gehörte. Es
vergingen Tage, sie hörte nichts von ihm, da nahm sie sich ein Herz
und rief bei ihm an, fragte ihn was denn los sei, warum er sich wieder
nicht melde, obwohl sie ihm gesagt habe, dass es für sie wichtig wäre.
Er wollte ausweichend antworten, viel Arbeit, wie er immer viel Arbeit
hatte, jetzt auch noch dieses tägliche Tennisspiel, sein Freund hatte
einen Block, den müssten sie verbrauchen, er komme zu gar nichts. Das
war alles was er zu sagen hatte, aber sie ließ nicht locker, sie wollte es
jetzt genau wissen, wie er zu ihr stand. Obwohl sie es schon hätte sehen
können, sah sie nichts, sie spürte nur ihre Zuneigung die er angetreten
hatte wie eine Honda und sie raste auf 100% auf ihn zu, doch schon fiel

das Wort Einengung, wie sie ihn einengen würde und sie hatte ihn doch keineswegs eingeengt, ja total frei gelassen und sie sagte, dass man so mit einem Menschen nicht umgehen könne, wie er es tat und er sagte, dass es ihr doch auch Spaß gemacht habe, unendlichen Spaß gemacht habe, mit ihm ins Bett zu gehen und sie sagte, aber sie wäre nie mit ihm ins Bett gegangen, wenn sie sich nicht in ihn verliebt hätte, Zuneigung zu ihm haben würde, er hätte sie sonst keineswegs ins Bett gebracht, weil sie das nicht so einfach tun würde, aber seine Art, wie er ihr beistehen wollte, Diveres reparieren wollte, hatte sie ihm noch näher gebracht und deshalb sei sie mit ihm ins Bett gegangen und sie sagte, so kann man mit einem Menschen nicht umgehen, jemanden nur vorzuspielen dass man ihn liebt, so lasse sie sich nicht von ihm behandeln, sagte sie plötzlich schroff. Aber das ist doch nicht möglich für ihn, sagte er, sie wäre doch vier Jahre älter als er und sie hätte ein Kind. Aber, fuhr sie hoch, als hätte er sie gebissen, das hätte er doch alles vorher gewusst, sie hätte ihm davon nichts verschwiegen. Nein, sagte er, das könne er nicht in seine Vorstellungen integrieren und sie wären doch erwachsene Menschen. Sie warf den Hörer auf die Gabel und wusste, sie würde mit diesem Mann nichts mehr zu tun haben. Erwachsene Menschen, was meinte er mit erwachsen, wenn man erwachsen war, konnte man sich so lieblos gebärden wie er es tat? Er rief sie gleich an, fragte was er denn so Schreckliches gesagt habe, aber seine Stimme klang so weit entfernt, als ob er plötzlich verstorben wäre und sie spürte nur, dass er ein vollkommen freies Verhältnis wollte, wo er Junggeselle blieb, ohne die geringste Verpflichtung, wo er tun und machen konnte, was er wollte, gehen und kommen konnte, wann er wollte und sie unentwegt ausgerichtet auf ihn warten würde. Das kam nicht in Frage für sie, genau das was er erwartete, kam für sie nicht in Frage. Sie würde auf keinen Mann warten. Sie brauchte einen Mann der zu ihr gehörte, der zu ihr stehen würde, auf den sie sich verlassen könnte, nicht unentwegt verlassen war. Nein aus.

Natürlich hatte sie gewusst, dass er seit sieben Jahren allein lebte, dass es in seiner Wohnung fürchterlich aussehen musste, das hatte er gesagt, wie er ihre Ordnung bewundert hatte, wie schön alles bei ihr war. Er hatte sich richtig wohlgefühlt und als sie ihm eine Flasche Bier hinstellte, als er so gemütlich beim Fernsehen saß, es machte ihr nichts aus, er sollte sich benehmen wie zu Hause hatte sie ihm in ihrer freimütigen großzügigen Art gesagt, da sagte er verzückt: Du hast dich für mich abgeschleppt und er konnte nicht fassen, wie selbstverständlich das für sie war, weil er anscheinend nicht wahrnehmen konnte, dass sie echte Zuneigung für ihn zeigte, ihm gleich ihre Bedienerin weiter empfahl und er sagte, wenn seine Wohnung sauber war, dann könnte sie zu ihm kommen. Die Bedienerin hatte ihr erzählt, dass ihr Bild, gerahmt auf seinem Schreibtisch stand, dass sie ihm geschenkt hatte und sie dachte: Ein Beweis seiner Zuneigung und Liebe. Aber nun war es schon aus, bevor sie seine Wohnung gesehen hatte, sie würde seine Wohnung nun nie mehr sehen, das wusste sie genau. Enttäuschung stieg in ihr hoch wie die Sintflut, sie dachte zu ertrinken, sie fühlte sich benützt, minderwertig, er hatte mit ihr geschlafen, als würde er sich nur die Hände waschen, wie einer der sich am nächsten Tag nicht mehr daran erinnern, dass er sich gestern die Hände gewaschen hat, welcher Mann würde daran denken, sie anrufen und ihr sagen, wie schön es war, wie wichtig sie für ihn wäre, welch aussichtslose Geste ohne Worte, wo kein Wort bleibt. Doch ist Sehnsucht in ihr, nach Worten die bestätigen, die Gesten der Liebe festigen. Kein Wort der Zuneigung am nächsten Tag, nur Stille, dann Funkpause, ein paar Tage später, wieder dieses Fassen nach ihm und dieses Vereinigen, als ob wirkliche Vereinigung stattfinden würde, aber es war nur Körperabrubbeln, wie bei einem Rubbellos das einem ins Haus flattert, aber keinen Gewinn bringt und man wirft es weg. So weggeworfen kommt sie sich vor, so verloren, so ungeliebt, auch sie kann ihre Liebe nicht fließen lassen, weil sie die Brücke zu ihm nicht mehr finden kann, weil er ihr schon an diesen Tag, so fremd ist wie zuvor. Warum sie ihm nahe gekommen ist, weiß sie plötzlich nicht, schwor sich aber, an diesem Mann nicht unterzugehen, schlug um sich, in ihre Arbeit hinein, arbeitete auch Sonntags, nur um die freie Zeit auszufüllen, wie ein Workaholic, wie er es war, wie ihr Mann es gewesen, wie alle Männer, die sie in letzter Zeit kennengelernt hatte, alleinstehend und Workaholics waren, einzig mit der Arbeit Partnerschaft eingingen, sonst mit keinem anderen. Sie dachte an Michaela, die vor zwei Jahren mit Fred beisammen war, es war bei ihr genauso gewesen, er war ihr nahe gekommen, dann hatte er sechs Wochen nichts von sich hören lassen. Natürlich hatte sie keinen Moment daran gedacht, dass es bei ihr genauso tun würde, im Gegenteil, sie dachte die Liebe gefunden zu haben, weil er ihr körperlich so angenehm war, es ungeheure Freude für sie war ihn anzufassen. Er war dicht bei ihr gelegen, hatte sie an sich gepresst, gehalten und ihr alles über den Berg erzählt, ihre Schulter auf seiner Brust, hatte sie ihn sprechen lassen, von innersten Dingen und er hatte plötzlich gesagt: Das habe ich noch nie jemanden erzählt, das kann ich nur dir erzählen. Da musste er doch auch Nähe gespürt haben, der Bergsteiger! War sie ihm nicht steil genug? Musste er Berg um Berg erklimmen und konnte nie genug bekommen? Aber sie musste jetzt erkennen: Haut war nicht Liebe. Alles was er für sie tun wollte, war nur in Worten geblieben, alles einzige Beziehungslosigkeit, die ihr unter die Haut fuhr und sie nun, nach diesen wenigen heißen Nächten, vollkommen erfrieren ließ, weil sie nicht wusste, wie sie damit umgehen sollte, wenn ihr ein Mensch so nahe an die Haut kam und alles für Spaß und Spiel hielt, bei dem sie doch mitgespielt hatte, ohne es zu wissen, ohne zu wissen was er wirklich dabei dachte, wenn er sie im Arm hielt, ohne zu wissen was er fühlte, wenn er sie leidenschaftlich küsste und sie dachte: Wie er mich „liebt", weil sie dachte, dieses im Arm halten wäre Liebe, weil für sie kein anderes, in den Arm halten, in Frage kam, doch hatte sie keinen Augenblick sein Denken, seinen Ausgangspunkt, sein Weiterschreiten richtig erkennen können. Einzig ihre Gefühle, die aufgestiegen waren wie Lava im Vesuv, die waren ihr für die ganze Situation klärend und maßgebend, doch hatte ihr aussparen seiner Sicht der Dinge, nun den vollen Wendepunkt genommen, den sie gestern noch nicht einmal hätte denken können, dass er der Weggegangene war und sie die so schnell Verlassene, die zurück blieb ohne wirkliches Verstehen, ohne zu begreifen, was jetzt mit ihr geschehen war. Sie sah vor sich hin und die Tränen liefen ihr übers Gesicht, sie spürte wie in diesem Augenblick all ihre Liebe verschwunden war und hurrikaner Zorn und Wut sich in ihr zu drehen begann, Energie die sie herumschleudern konnte und sie spürte im Augenblick, eine Beziehung die einzig Beziehungslosigkeit war, die konnte ihrem festen Stand, den sie im Leben einnahm, sorgende Mutter, für sich selbst sorgende Frau, kurz ins Schwanken bringen und sie musste sich wieder zur Ruhe bringen, Zorn und Wut verdampfen lassen, dass sie diese nicht an Haut Körper, ja an Geist schädigen würden, dass nichts mehr von ihr blieb. Sie dachte an ihren Sohn, das brachte sie wieder zurück in ihre Kraft, die sie sich von einem Beziehungsunfähigen nicht rauben ließ. Sie löschte ihn, mit ihren Tränen, in sich aus, wie eine imaginäre Zigarette, die sie abdämpfte und nie mehr daran zurück denken würde.

Der Fall

Ich kenne sie alle diese Zurückgelassenen diese Verflossenen, mit den Falten in den Verzweiflungsgesichtern, mit den gebrochenen Augen, wie Sterbende mitten im Leben, diese Liebschaften die kein gutes Ende für Frauen fanden, wo nur Schmerz sich mit Krankheit und Zerstörung paarten, weil die Männer nicht nur eine Ausweichstelle, sondern gleich alle noch Jungen die Nachkömmlinge die Firmpatinnen die Kindeskinder als ihre Liebhaberinnen, Buben Liebschaften ansahen, genau wie umgekehrt sie die langjährigen Lebenspartnerinnen niemals als Liebhaberinnen ansahen, und sie zurückließen wie ein Ding das nicht mehr taugt, das gebraucht wurde, sie fallen ließen wie eine Zeitung am nächsten Tag und das große Erschrecken in den Augen der Fallenden brachte keine Erkenntnis für sie, nur ein mildes verabscheuungswürdiges Lächeln auf ihren süffisanten Mund, und gleich den Blick nach vorne gerichtet ohne sich noch einmal umzuwenden, nach den vielen aus vollem Herzen gegeben Küssen und Liebestaten, die alle diese Frauen gegeben haben, kein Umwenden um nicht die Verzweiflung in den Augen der Verstoßenen zu sehen, um nicht Schuld aufkommen zu lassen wegen einer Affäre, die vielleicht fünf vielleicht zehn vielleicht zwanzig ja dreißig Jahre gedauert hat, und mit dem Schnippen der Finger einfach erloschen war, als hätte sie nie Licht ausgestrahlt, als wäre diese Frau niemals jung bezaubernd und anziehend erschienen, damals, aber für damals da gibt er nichts, für damals da hat er keinen Gedanken frei, er will in seine Zukunft sehen und die soll genau so rosig aussehen wie seine Vergangenheit, so viele heiße Küsse sollen da sein, wie in seiner Vergangenheit. Die Zurückgeblieben, ihnen bleibt nichts als ein ausgezehrter Körper von den vielen Lasten die sie sich weiß Gott warum so lange aufladen ließen, und sie bescheiden und immer voll Lust getragen haben, wie schwer sie auch immer waren, niemals war ein Gedanke des Aufgebens vorhanden, niemals ein loslassen von der Schwernis die sie täglich mit jedem Mann erlitten, und dann als Draufgabe, so wie ein Gegenstück, die Trennung, aber sie können dieses Geschenk nicht öffnen, weil sie es nicht verstehen, sie sehen nur das Entschwinden ihrer Lebens mit dem Entschwinden des Mannes, gleichgesetzt das Entschwinden ihres Lebens, als wäre es im Augenblick verraucht und ausgelebt, als wäre keinerlei Substanz mehr vorhanden die ihnen selbst gehört und die sie für sie selbst verwenden können, weil sie alle Energie wie gewohnt nur auf den Mann ausgerichtet hatten, so finden sie jetzt in ihrem Leben nichts was sie erhebt, sie fallen, ein endloses Fallen und können sich nicht halten, sie fallen und finden keinen Grund, weil sie nie in sich selbst verankert waren, weil sie nie in sich selbst Grund gefunden haben, weil sie immer den Grund ihres Seins im Mann gefunden haben, weil sie niemals sich allein als lebensfähig betrachtet haben, und nun aber sind sie wie eine Figur aus dem Mensch ärgre dich hinaus geworfen und umgeworfen, sie finden nicht die Kraft sich zu erheben, weil sie aus dem Spiel sind, und sie haben nie begriffen dass es nur ein Spiel ist das sie spielen mit dem Mann, sie haben es immer ernst genommen dieses Beisammensein mit dem Herzallerliebsten, aber der Mann hatte immer nur an ein Spiel gedacht, und so hat er auch bei seinen letzten Zug gehandelt, als er sie geschmissen umgeworfen mit einem Wort einem Stoß einem Tritt und als sie merkten was geschehen war, die Hand auszustrecken versuchten um Halt zu finden und keine Hand sahen die sich ihnen entgegenstreckte, da waren sie so weit von ihm entfernt wie sie immer weit von ihm entfernt waren, es nur niemals gesehen haben und sie mussten jetzt etwas genau sehen, was immer da war, sie konnten nicht in dieser Vorstellung die eine einzige Lüge war das Leben aushauchen und beenden, es musste etwas geschehen und das war jetzt geschehen, sie waren wieder auf ihr Einzeldasein zurück geschleudert wie sie es immer waren und wie sie es nie gesehen haben, sie waren einfach nun bei sich. Aber welchen Schmerz und welche Pein kostet das, so viel, ja jede Krankheit wurde liebend gern in den Arm genommen, nur um nicht dieses Alleinsein zu sehen, dieses Alleinsein mit sich selbst sein zu ertragen, alles wurde liebend ans Herz genommen was nicht Alleinsein bedeutet. Sie füllen die Lücke des Mannes mit Kranksein, wie eine Vermählung mit einem Geliebten der einem ganz nahe war, so nahe wie kein anderer Geliebter jemals nahe war, ganz am Körper war und dauernd am Körper war, und es war schmerzhaft aber sie sahen keinen anderen Ausweg, manche sogar endeten ihr Leben noch früher, indem sie Hand an sich selbst legten, Gift schluckten, von den Brücken oder den Hochhäusern sprangen und manchmal kam es einem in den Sinn, als ob die Hochhäuser nur dazu von den Männern gebaut worden waren, um Frauen eine Möglichkeit mehr zu schaffen, wo sie abfliegen können ganz ohne Problem, damit auch sie kein Probleme haben, sagten sie: Stürze dich einfach aus dem Fenster, wenn die Frau einige Worte zurückwerfen wollte, oder springe, oder trinke Zyankali, oder gehe ins Wasser, das alles sagten sie oft auch noch mit Worten, den ehemaligen Geliebten mitten in die schönen Augen hinein, die sie einmal so bezaubert haben und jetzt war da nur eine kristallene Brücke aus Eis, die von Auge zu Auge führte weil das Kaltwerden des einen, lange schon das Kaltwerden des anderen zum Gleichnis hatte, aber sie dachten nicht dran etwas zu verändern, sie gingen ein auf dieses Kälte Spiel diese vielen Frauen, und wussten nicht dass es ein Spiel war, und die Enttäuschung schleppte sie von Tag zu Tag.

Elain hatte IHM noch eine Wohnung gefunden und eingerichtet, hatte ihm beim Umzug geholfen, hatte irgendwann Herzschmerzen bekommen, hatte ein Jahr unter Herzschmerzen gelitten und dann erst erfahren, dass er seit einem Jahr eine andere hatte, eine Jüngere hatte, und in dem Augenblick wo sie es erfuhr nur ihren eigenen Abschied erreicht hatte, den er hätte es noch lange so leben lassen, sie die alte Angenehme die ihm jeden Wunsch von den Augen ablas, und die Junge die prickelnde Neuerwerbung, die alles was in ihm noch loderte, feurig erwachen ließ, warum sollte er sich trennen, wo beides so angenehmen für ihn war.

Die eine die mitansehen musste wie ER seine große Liebe kennen lernte und lieben lernte, Er der ihre einzige und große Liebe für immer war, sie hatte den Bruch mit einem Bruch ihres ganzen Systems zu sehen, und eigenartiger Weise war der Kopfschmerz den sie zehn Jahre neben ihm hatte, weil er diese ungeheure Belastung für sie war, weil sie alles für ihn bereit war zu tun, und sich unablässig übernahm, dieser Kopfschmerz war mit einem mal verschwunden, wie weggeblasen, der Druck war weg und sie musste nur damit fertig werden, wie sie ihr Leben ohne ihre große Liebe gestalten soll, wenn sie den Schmerz darüber jemals überwinden konnte.

Die andere die aus heiteren Himmel den Satz zugeschleudert bekam: Nein du bist nicht die Liebe meines Lebens, und die sich in den Spiegel sah und sehen musste dass 20 Jahre vergangen waren, 20 Jahre ihres Lebens hatte sich dieser Mann von ihr genommen, sie hatte ihm einen Sohn geschenkt und jetzt, dieser Satz mit dem sie nun vor dem Spiegel stand, sprengende Wut in sich spürte, als würden alle Organe in ihr zu kochen beginnen, in diesem Augenblick wuchs ein Geschwür so rasend schnell an ihrem Körper, dass sie sofort operiert werden musste und Tage im Spital verbrachte, Tage ihrs Lebens und eine neue Ausgangssituation erst in ihr Denken und Lebensmuster einspeichern musste, eine ganz neue Art zu sein, ohne zu wissen wie sie das tun sollte, musste sie daran gehen diesen Prozess zu lösen, trotz Krankheit, trotz Schwächung auf der ganzen Linie ihres Lebens, sie musste sich irgendwo zu fassen bekommen in ihrem pausenlosen Fall tiefer und tiefer, und es war nicht leicht, aber schon streckte sie die Hände nach allen Kanten aus und riss sich dabei die Hände blutig, aber sie musste auch mit wunden Händen wieder Land fassen wo sie sich weiter bewegen konnte, ihrem Kind zuliebe, und sich selbst zuliebe, aber die 20 Jahre ihres Lebens waren ihr gestohlen von einem Mann der sie nicht liebte, nie liebte, sie hatte solche Wut verspürt wegen diesem Raub der an ihr begangen wurde, ohne dass sie es gemerkt hatte, diesen Raub ihrer Seele, und ihr war als wäre sie vollkommen zerrissen und plötzlich von ihrer Seele abgespalten, und sie musste nicht nur mit der Krankheit fertig werden, sondern wieder ihre Seele finden und sie wusste nicht einmal wo sie suchen sollte.

Und eine andere, die so viele Schläge von ihm ertragen musste, verbale Schläge die sie bis ins Herz trafen, Jahrelang wie in einem Gefängnis unterdrückt ihren ganzen Willen, und ihr ganzes Sein opferte, unentwegt sich an sich klammerte und endlich den Übergang schaffte um von dem Mann los zu kommen, aber ihr Leben war für ein Leben mit diesem Mann verbunden, und was sie auch unternahm, sie konnte sich nicht davon befreien, ihr Kind war mit der Art ihres Mannes auf sie ausgerichtet und ihr ganzes Leben, obwohl es noch nicht zu Ende war, war mit diesem Mann voll besetzt, und sie würde von dieser Besetzungen nie mehr Freiheit erlangen, denn es war als ob sein ganzes Wesen wie Blut in ihren Adern floss, und wie sollte sie sich davon befreien?

Oder jene die alles für IHN getan hatte, ihn gelehrt hatte wie man gut durch das Leben kommt, ihn in eine hohe Position gebracht hatte, all ihre Kraft für ihn eingesetzt hatte, und dem Ansturm des jungen Nachwuchses nicht mehr die Hüfte entgegenstemmen konnte, und ihn verlor an einen ganzen Schwarm von jungen Mädchen, sie hatte alle Möbel verkauft es waren Stilmöbel, einige Zeit davon leben konnte, hatte die leeren Räume mit grünen Pflanzen gefüllt, konnte den Zins nicht mehr zahlen, sie blieb zurück mit Krebs, sie zerfleischte sich selbst über diese Demütigung die ihr widerfahren war, weil sie es nicht verstehen konnte, nicht verstehen wollte, was ihr das Leben sagen wollte, wozu ihr das Leben Freiheit gab, aber sie hatte diese Freiheit nie erreichen können, weil diese Krankheit schneller gewesen war als ihre Erkenntnis.

Und diese andere die zurück geblieben war wie eine Versteinerung, als wäre das Leben mit dem Weggehen des Liebsten in ihr zum Stillstand gekommen, als würde sich nichts in ihr weiter bewegen, als wäre sie unbeweglich und starr sitzen geblieben nach dem Schock der Trennung, als wäre nur das Warten auf den Tod in ihrem Gehirn erschienen, nur dieses Warten und dieses Zurücksehen in ihre Vergangenheit, und je mehr sie in diese Vergangenheit zurücksah, umso mehr erstarrte alles in ihr bis der ganze Blutfluss auch zum Stillstand kam und sie sitzend und erstarrt verstarb, weil das Begreifen von so Schwerem nicht in ihr Platz finden konnte, weil all ihr Denken ausgefüllt war mit dem Schönen das sie mit ihrem Liebsten erfahren hatte, und nie daran gedacht hatte dass dies einmal ein Ende haben würde, mitten im Leben enden würde, aber auch das dachte sie jetzt nicht mehr. Sie war an dem Verlassen-Werden gestorben. Irgendwann war sie wieder aufgestanden und weitergegangen aber sie war ein Zombie geworden, sie war nicht mehr ein Wesen das zur Liebe fähig war, sie war nur wie ein Körper der die notwendigsten Dinge ausführte deren er bedurfte, und jedem Mann dem sie begegnete war sie ein Tote von Beginn an und wenn es der Mann merkte dann ging sie weiter, und sie ging weiter und ging als das Gespenst ihres eigenen Lebens in ihrem Leben herum.

Und jene die mitten in ihrer Liebe das Erwachen zerschlug, weil sie sehen musste dass seine Liebe eine einzige Lüge war und er jeden Tag nicht nur zu ihr, sondern auch zu seiner Frau nach Hause ging, und sie es bei diesem Aufschlag und Fall voll auf Beton donnerte und sie sich sämtliche Knochen im Leib zerbrach, und obwohl sie noch jung war die Knochen wieder heilten, etwas in ihr wollte nicht mehr heilen das spürte sie von Tag zu Tag und in jede neue Bewegung hinein. Auch sie hatte nie an Spiel gedacht.

Und jene die mit hängenden Munde stehen blieb, weil sie erfuhr, dass er mit einer anderen schon ein Kind hatte, ohne dass sie es gemerkt hatte, und die Hände sich voll versteiften, als wollte sie nicht anerkennen dass sie dieses Spiel annehmen musste und die Hände darauf zu bewegen musste, es annehmen und wegwerfen musste, um ihre Hände wieder frei zu bekommen, um für sich und ihr Kind ein Lebensbasis zu schaffen, um die Er sich nie mehr sorgte wie er sich vorher um nichts gesorgt hatte.

Oh ihr verblendeten Augen der Frauen, öffnet euch und seht was ist, mehr ist es nicht, seht genau auf eure Liebe, und hört auf den Liebsten zu umgarnen und zu verspinnen und zu übermalen mit Imaginären, damit ihr nicht sehen müsst was wirklich vor euch steht, hört auf damit euch etwas vorzumachen, und seht den Mann wie er heute ist, so ein Kleinkind bis ins Alter, weil kein Ritual ihn zum Manne machte, in dieser Gesellschaft die von Kindermännern gehalten und verspielt wird, seht euch um ihr Frauen an allen Ecken und Enden könnt ihr es sehen wenn ihr wollt, hört auf euch zu belügen mit unendlichen Lieben, alles zeitbegrenzt, damit alles was da ist hervor kommen kann, ja hervor kommen muss um Wirklichkeit ins Leben zu streuen, und die rosaroten Schleier von den Augen zu reißen, die imaginären Gespinste zu zerreißen, die nur aus Illusion ein Leben bauen wollen, wozu keinerlei Grundlage vorhanden ist. Seht sie an die Männer der heutigen Zeit, und verlangt nicht was sie nicht geben können aber gebt ihnen auch dafür nicht eure Seele, denn dafür ist sie nicht da.

Die Schule

Was habe ich denn in der Schule gelernt? Da war ja keine Kenntnis über den Menschen weitergegeben, der einen ausraubt, auslaugt, und in den Straßengraben wirft, wo man ohnmächtig liegen bleibt. In all den Jahren kein Wort davon, wie man sich als Frau davor bewahren, sich schützen kann, und wie wieder aufstehen kann? Alles was ich in der Schule gelernt habe, taugt nicht für das Leben, dass man darin weiterkommt, so als ob man hineingestoßen wurde in einen Dschungel und das war's. Es gab keine Lehre wie man wieder eigene Schritte setzt, wenn man voll beschmutzt daliegt, und wie man wieder aufsteht und weitergeht, so als sollte man gleich nach der Schule sein Leben beenden, und die Schule bis dahin war nur eine Zeit Überbrückung, aber der Mensch als Einzelner interessierte nicht. Was für ein Desaster das so lautstark staatlich eingesetzt wird, und nur dazu dient, die Menschen zu verblöden und dann einfach hinausstoßen und aus. Eine Gesellschaftsform zum Kotzen, wenn man da nicht korrupte Eltern hat und von ihnen lernen kann, ist man verloren. Die Steinzeit war sicher eine bessere Ausbildung für das Leben, für die Jungen, die wussten wie man sich durch den Dschungel bewegt, Hand anlegt wie man durchkommt. Aber heute, da ist da ein steiler Abgrund, vor den man geschoben wird, wo man gleich abstürzt und verletzt liegen bleibt, und sich nicht mehr erheben kann, weil keinerlei Kraft aktiviert wurde, die der Mensch zur Verfügung hat. Wenn ich es richtig bedenke, war die Schule ein Mumpitz, eine Schräglage, ein Geheimnis wo nicht offenbart wurde was Leben heißt. Da war nur Verblödung langjährig am Programm, und niemand der mir das erklären kann. Du liegst im Dreck und jeder sieht weg. Verdammt und zugenäht. Aber ich habe mich doch bemüht so fleißig im Bauen, aber es war das falsche Programm, was da inszeniert war, und du trittst auf eigene Gefahr, nur sagt dir das keiner was dich erwartet. Du liegst im Dreck und jeder schaut weg. Du weißt nicht, dass du unter so vielen Menschen ganz allein bist. Das hat dir keiner gesagt, und niemand hat dich darauf vorbereitet, in der Schule als Vorbereitung für das Leben. Kein Lehrer sagt dir, was für ein menschenfressendes gieriges Raubtier der Mensch ist, dem du begegnest. Die wichtigsten Dinge wurden verschwiegen, nur gelehrt, womit du nicht im Leben durchkommst, wenn nicht schon in deiner

Anlage ein Menschenfresser sich auswächst, oder ein Wortverdreher, wie sie hier an den ersten Stellen stehen, und keinem geschieht etwas, es wird so lange darüber gesprochen und herumgedreht, bis es nicht mehr erkennbar ist, vollkommen glattgebügelt da liegt, und keinerlei Verwerfliches mehr an sich hat, Lügengebäude harren aus, stehen fest, und du stößt dir daran die Stirne wund, bis dich die Kraft verlässt.

Ein Regentag

Wie schön es ist, nach geleisteter Arbeit von fünfundvierzig Jahren, den Tag für sich zu haben, dachte sie, und jetzt dem Regen zuzusehen wie er die Scheiben herabrinnt, Linien aufs Glas zeichnet und in die Dachrinne hinunterplätschert, welch ein schönes Geschehen, der Himmel ist grau und Wasser rieselt herab, und kommt in den Boden um ihn zu lockern und für Wachstum bereit zu machen, damit alles wachsen kann, was der Mensch in mühevoller Arbeit setzen und anbauen wird. Jetzt hat sie die Gnade des Zusehens, ihr alt gewordener Körper erfreut sich an dem Tag der ihr gegeben ist, so still ist es um sie, und ihre Gedanken werden laut in ihrem Inneren, und ihre Freude spult sich darum. Ja sie hat ein gewisses Lächeln aufgesetzt, das ihr die Mundwinkel hebt, der Tag gehört ihr, ein Geschenk der Gnade, sie muss nicht hetzen und jagen um die Straßenbahn zu erreichen, und einer Arbeit nachzugehen, die sie gern gemacht hat, sie hat sogar immer sehr gern gearbeitet, ja nichts war ihr zu minder oder zu schwer, sie hat sich die größte Mühe gegeben, um alles so schön wie sie es gestallten konnte auszuführen, und ihr innerer kreativer Reichtum ist immer in ihre Arbeit eingeflossen, und hat sie nie im Stich gelassen, weil so viel Freude und Kraft in ihr war, die sie so gern abgegeben hat. Ja den ganzen Tag waren ihre Hände flink und behände, nie grob oder verzagt, nein sie hatte gern gearbeitet, alles was ihr in die Hände gekommen war, und sie nach eigenem Ermessen ausfüllen konnte, so wie ein Maler der ein Bild in voller Konzentration malte oder ein Bildhauer eine Skulptur fertigte, ganz in seiner Arbeit aufging, ja nichts sonst wahrnahm, und sie hatte gar nicht gemerkt wie der Tag über den Himmel zog, wie das Wetter wechselt, so vertieft war sie und spät abends wieder nach Hause kam, wo es oft schon dunkel war, aber immer war dieses Gefühl in ihr, etwas geleistet zu haben was ihr Freude machte. Die Jahre waren verflogen wie ein Rausch aus dem sie nie erwacht war, und jetzt gehörte der Tag ihr, und sie konnte ohne Bedrängnis auf den Himmel sehen und diese Regentropfen beobachten, wie ein Regentropfen nach dem anderen über die Scheibe lief, und währenddessen sich mit so vielen vereinigte, ja eins wurde zu einem kleinen Strom herab floss, und sie sah es vor sich, als würde sich ihre Seele, wenn sie sich vom Körper lösen würde, wieder mit andere Seelen vereinigen, zusammenfließen und zu dem Strom der

Ganzheit werden, aus dem sie sich einst als Einzelwesen herausgelöst hatte. Warum, weil sie dieses Leben wollte um aller Welt, dieses Leben das jetzt ihres war, und wieder auf diese Welt wollte. Es musste eine ungeheure Sehnsucht in ihr gewesen sein, die dies bewerkstelligt hatte, dass es ihr gelungen war, hierher auf die Erde zu kommen, und sich abzulösen von den andern als Einzelwesen, so sah es zumindest aus, aber sie wusste genau, dass sie sich von keinem anderen ablösen konnte, alle waren mit ihr verbunden, alle die ihr in diesem Leben begegnet waren, und alle die ihr in diesem Leben nicht begegnet waren. Alle waren wie die einzelnen Wassertropfen, auf kurze Zeit voneinander getrennt, um sich dann wieder in das Ganze einzufügen, von dem Ganzen von dem sie gekommen waren.

Sie spürte wie sie mit allen verbunden war, wie konnte ihr sonst der Schmerz den ein anderer ertragen musste, so unter die Haut gehen, dass sie weinen musste, ja fallweise Schmerzzustände aller Art bekam, weil Menschen oft so leiden mussten, und sie mit diesen mitschwang als wäre sie es selber, und ihr Körper war nicht abgetrennt vom anderen, sondern vereint mit ihnen wie einst. Sie wusste um dieses Geschehen und hatte ein ganzes Leben darunter gelitten, und dabei war es ein Wissen das sie in sich getragen, und sie nicht losgelassen hatte ein ganzes Leben, und sie wusste, den Beruf einer Krankenschwester oder einer Ärztin im OP, hätte sie nie ausüben können, da hätte sie eine andere Abschirmung gebraucht um dies auszuführen, weil sie oft bei anderen Menschen, deren Schmerz wahrnahm.

Wozu braucht man Freunde, hatte ein Frau zu ihr gesagt, die sie langsam als Freundin bezeichnen wollte, aber diese hatte keine Ahnung davon, wie liebevoll man mit anderen umgehen konnte, und dass man Freunde braucht, sie hatte auch keine Ahnung von der Verbundenheit zwischen Menschen, und so war ihr Anliegen an der falschen Adresse abgegeben, diese Frau war nicht zur Freundschaft fähig, sie war nur zur Hundeliebe fähig, sie hatte ein ganzes Leben Hunde, die ihr nie eine Antwort gaben.

Für sie war es nicht das gleiche, denn sie tauschte gerne Gedanken aus und wollte in Gesprächen, die tiefsten Dinge erforschen, die durch irgendwelche neue Gedanken weitergeführt wurden, ja sie konnte dabei zusehen, wie sie auf manches Wort reagierte, und was es in ihr auslöste, ein dummes kleines Wort war mächtig, musste sie immer wieder erkennen, und wie unbedacht so viele Worte aus den Mündern heraussprudelten, so ganz ohne Geist und ohne Besinnung, und im nächsten Augenblick wieder vergessen waren, aber alles lief weiter, und alles lief im Kreis und wieder auf denjenigen zu, aus dessen Mund es gekommen, da ja hier alles ein einziger Kreislauf war, in dem alle geborgen waren, auf kurze Zeit, aber das konnten nur wenige sehen, wie sie es heute an diesem schönen Regentag, beim Sehen der Regentropfen an der Fensterscheibe, beobachten und wahrnehmen konnte.

Ein Sermon

Manche Frauen können sich nur mit einem Hund unterhalten, sie sprechen unentwegt mit ihm, erwarten keine Antwort, kein Feedback, und vor allem keine Widerrede, keine noch so gut gemeinte Gegenrede, die mit aller Andersartigkeit vollstrotzt, und mit ihrer Sicht und Denkensrichtung nichts zu tun hat, und es soll die einzige sein die es gibt, auch wenn sie noch so falsch ist, sie haben gesprochen und brauchen keinen Gedanken von einem anderen Menschen, das Geschnaufe und Gejaule ihres Hundes genügt, das ist ihnen Gegenrede genug, mehr brauchen sie nicht.

Eine Freundin, nein mehr Bekannte, ist eine sehr hübsche Frau, Ägyptologin, klug, belesen, vielwissend. Wir sind uns oft in meiner Gasse begegnet, wo auch sie wohnt, und da habe ich sie einmal angesprochen, dann haben wir uns manchmal gesehen, im Gartenrestaurant ums Eck, haben uns einige Male im Sommer getroffen, und es war nicht leicht ein Gespräch zu führen, da sie ja gewohnt ist nur mit einem Hund zu sprechen, der nie Antwort oder Gegenrede parat hat, der übrigens ganz laut die ganze Zeit hechelt, röchelt, wie sie das aushält ist mir unklar, aber die Liebe ist ja ohne Grenzen. Nun scheint aber diese Liebe zu dem Hund von anderen abgezogen zu sein, denn im Grunde braucht sie diese nicht, sie braucht niemanden, das strahlt sie aus, sie ist allein, nein mit dem Hund am Stärksten, und mit Hundefrauen unterhält sie sich am Liebsten, und kann sich mit ihm am besten unterhalten, das lässt sie einem in ihrer Beziehungslosigkeit dauernd spüren.

Einmal sagt sie: Wollen wir am Sonntag wandern gehen?

Ja wenn es gutes Wetter gibt, sage ich, gerne!

Sie steht vor meinem Haus als ich ankomme, und trägt zehenfreie Schlapfen mit einem dünnen Riemchen durch die Zehen hindurch. Ich sehe es und erschrecke, und kann nicht sagen was mir auf der Zunge liegt, weil sie ja gehen kann wie sie will. Durch ihre Distanz kann ich auch nie zu ihr hinüber. Wir fahren mit dem Bus auf den Berg, dort angekommen will sie sich in die fünf Meter entfernte Lokalität setzten, und schon gehen wir hinein. Es ist ein heißer Tag und der Spaziergang unter den Bäumen wäre sehr angenehm gewesen, aber schon sitze ich und bestelle etwas zu trinken. Nach einem langweiligen Gespräch, da die Sonne herunterbrennt spüre ich Übelkeit, weil ich ein sehr wetterfühliger Mensch bin und nicht nur wetterfühlig sondern auch einfühlsam in andere, aber sie agiert als wäre sie allein unterwegs. Mir wird richtig übel, weil ich mich bewegen sollte, wie ich weiß, und sage: Du, ich muss gehen, und schon fahren wir mit dem Bus wieder vom Berg. Das war die einzige Wanderung.

Wenn Frauen keinen Mann mehr finden, weil sie alt geworden sind und alle Freundinnen weit weg leben, und sowieso nie Zeit haben, weil jede woanders hin rennt, um ihr verlorenes Leben zu finden, und man sich nicht nur mit einem Hund unterhalten will, so nimmt man manches in Kauf.

Gegen Weihnachten ruft sie mich an: Gehen wir in dieses neue Lokal auf der Hauptstraße? Ja wenn ich es schaffe, rufe ich dich an, sage ich.

Mittwoch um 16 Uhr, ich koche eben Tomatensauce, mit Achtzig muss ich die Dinge machen wenn ich genug Kraft dazu habe, da läutet das Telefon. Ja, sage ich, und sie ist am Apparat. Ach du lieber Gott da fällt mir das Treffen ein. Ach Schätzchen, es tut mir leid ich habe vollkommen vergessen, ich kann jetzt nicht, sage ich. Da wirft sie wortlos den Hörer auf die Gabel. Ich erschrecke, so einen Umgang bin ich nicht gewohnt, auch nicht mit Männern, und schon gar nicht mit einer Frau. Mit einem Schüttelkopf gehe ich an den Herd zurück. Einige Tage später, rufe ich sie an und da wirft sie wortlos sofort den Hörer auf die Gabel. Einige Zeit später treffe ich sie in unserer Gasse, wo wir beide wohnen. Ach, da bist du ja, sage ich, was hast du denn?

Zu mir sagt niemand Schätzchen, zu mir sagt niemand Schätzchen, sagt sie streng, und geht mit erhobenen Kopf wie eine Gans, schnell an mir vorbei.

Ach du Arme, wie bist du arm, sage ich ihr lachend in den Rücken hinein, weil sie so rasch an mir vorbeigegangen ist, und gehe kopfschüttelnd weiter und denke, aus welcher Galaxie ist die denn auf die Erde gekommen, und Schätzchen wird sowieso niemand mehr zu ihr sagen. Vor zwei Jahren habe ich sie in der Gasse angesprochen, weil sie mir schon so oft über den Weg gelaufen ist, sie war dreiundsiebzig, sehr gut gekleidet, natürlich immer im ersten Bezirk unterwegs, dann sind wir im Sommer manchmal in das kleine Gartenlokal ums Eck gegangen, haben ein Bier oder ein Achtel getrunken, haben miteinander gesprochen und natürlich sind da unsere Leben in Worten übereinander gelaufen, wir haben unsere Lebensrucksäcke etwas aufgeschnürt, und Ausschnitte,

Teilstücke unserer Leben sind ins All geflogen. Sie hat immer ihren Magister so hervorgekehrt, als würde sie neben mir auf einer Pyramide sitzen und steil auf mich herabsehen, und sie erzählte, als ihre Tochter geheiratet hat und sie nach Hause gekommen sind, ihr Sohn hatte noch bei ihr gewohnt, ist er aus dem Fenster gesprungen und war tot.

Ich war tief erschrocken, so etwas wünscht man nicht seinem ärgsten Feind. Ja vielleicht ist sie damals durch den Schock so verhärtet, gelacht hat sie nie, keinerlei Einfühlsamkeit, und zwischen uns war immer ein tiefer Graben aus dem es kalt heraufzieht, das habe ich immer gespürt, und konnte es nicht verhindern, denn sie war unerreichbar geworden für jeden Menschen, denn vielleicht war sie damals mit ihrem Sohn gestorben.

Entkommen unmöglich

Dass man dem Leben entkommt das man gelebt hat, braucht man nicht zu glauben. Es geht unter, verschwindet täglich aufs Neue, und Jahrzehnte später taucht es auf, wie ein ins Meer geworfener Plastikball den man mit Eisen gefüllt hat, und alles Eisen ist weg, und alles was gewesen ist, taucht im hellen Licht auf wie ein Film der zu laufen beginnt, und beginnt einem so zu beschweren, dass man nicht mehr verstehen kann, nicht mehr atmen kann, weil es so schwer ist, diese so lang vergangenen Tatsachen einzurechnen als das eigene Tun, nein die will man nicht, man möchte sie abstreifen von sich, wie wenn man sich beschmutzte an der Kleidung, aber das geht nicht, denn es ist tiefer unter der Haut, und man kann gar nichts abstreifen, alles ist da hellwach und lauthals sprechende Tatsachen, die erst aus dem eigenen Mund geflossen, und dazu noch die eigenen Handlungen treten, die man nie begangen haben will, die sich daraus resultierten, aber die pochen jetzt laut sprechend in den alten Körper, als wäre es gestern gewesen, und man möchte sie herausreißen wie ein Büschel Unkraut aus der Erde, aber es lässt sich nicht herausreißen, es ist festgewachsen am eigenen Wesen, das man im Augenblick nicht verstehen kann, nicht verstehen will, man will an solchen Worten und Tatsachen nie beteiligt gewesen sein, aber es hämmert im eigenen Kopf, lautstark wie ein Theaterstück, vor den eigenen Augen tanzt es, und man spricht selbst und man handelt auch noch, und kann es nicht fassen was da aus einem herauskommt, was so lange zurückliegt, aber doch geschehen ist, mit den eigenen Handlungen, den eigenen Worten, ein unfassbares Geschehen, das man auslöschen möchte wie das Licht mit dem Schalter vor dem Schlafengehen, aber es ist schon dunkel, nur die Bilder sind hell und die Worte lautstark, und die Verzweiflung resultiert daraus, dass man sich selbst umdrehen möchte, als würde man sich auswringen wie ein nasses Wäschestück, um all das herauszudrücken was man eben gesehen und gehört hat, damit es verschwindet, still wird, und nicht mehr so laut spricht und nichts mehr zu hören ist, und nichts mehr zu sehen ist, und verschwindet, endlich verschwindet, weil diese Vergangenheit als das eigene Leben zu sehen, das will man gar nicht, und da ist auch gar kein Verständnis dafür, dass man so gesprochen und so gehandelt hat, nein, nur weg damit, weil es einem unverständlich und grauenvoll, dass man dieser Mensch war und ist, der so gesprochen und gehandelt hat, man hat kein Verständnis dafür, da ist nichts was einem erklärbar und weshalb, man sieht so viel Dummheit, und es ist unverständlich, dass ein Mensch so dumm sein kann, in jede Falle steigt, die jemand ausgelegt zum eigenen Vergnügen, und zum eigenen Vergnügen hat man falsche Aussagen als wahre Tatsachen hingestellt, so lautstark aus dem eigenen Mund, wie einen Tatsachenbericht den man sich ausgedacht, wie ein Theaterstück, nur warum hat man das getan, mit dieser Frage bleibt man zurück, und die Nacht ist still und gibt keine Antwort, wie die Sterne über dem Haus, und nichts kann daran verändert werden, alles Tatsachen an denen man umkommt, und die mit nichts aus der Welt zu schaffen sind, und die einem wie schwere Steine auf der Brust liegen, und einem zudecken wie einen Toten, der lebendig begraben dort nie mehr herauskommt, und einem kein Mensch helfen kann, einem keine Medizin heilen kann, ausgeliefert ist man diesem Spuk einer Wirklichkeit, die einmal das eigene Leben war, das man gar nicht versteht, weil man sich nicht versteht und nicht kennt, und gar nicht erkennt in diesen Tatsachen die so schwer wiegen, jetzt nach so vielen Jahren, was für ein Elend ist im eigenen Inneren, es ist nicht zu glauben, nur dieses spüren einer schweren Last, die man nicht abwerfen kann.

Fesselballon

Es ist später Nachmittag, als Irina in das Café Museum kommt. Sie sieht schon von weitem ihre Freundinnen, an einem der Tische sitzen, mit denen sie hier verabredet ist.

Irina: Hallo, Stella Gisela Marie, wie geht es euch?

Stella: Danke sehr gut, ich fühle mich zurzeit einfach herrlich, wie schon lange nicht.

Irina: Ja du siehst aber auch gut aus, bist die Jüngste in der Runde, mit deinen 23 Jahren, einem sehr hübsches Gesicht, das blonde kurz geschnittene Haar, das wie strahlendes Leuchten dein Lachen einrahmt.

Irina: Aber das kann ich leider von mir nicht sagen, ich bin eben wieder leicht abgestürzt, in die Tiefen der Zweisamkeit, die mich immer so allein zurücklassen, dass ich den Mann weder sehen, noch erreichen kann.

Marie: Komm setz dich, was ist los, warum geht es dir so schlecht?

Irina: Alex hat mir einen Brief geschrieben, stell dir vor, er bekommt ein Kind, nein natürlich nicht er, sondern die junge Frau, die er im Sommer kennen gelernt, als er sich von mir ausgebeten hat, wir sollen das Ganze eine Zeit unterbrechen, wie er sich ausdrückte. Aus dieser Unterbrechung wird jetzt ein Dauerzustand, nehme ich an, denn nun führt sein Weg von mir weg, weil ich nun, die Position die ich neben ihm so lange aufrecht erhalten habe, verlassen muss, verlassen muss, weil ich der anderen Platz machen muss, die ein Kind von ihm erwartet. Ich verstehe im Kopf alles sehr gut und doch ist es für mich im Herzen unverstehbar.

Marie: Ach du liebe Zeit, nun setzt er sich aber in die Brennnesseln. Schon als wir ihn ganz am Anfang, mit der Neuen gesehen haben, nun du wirst es nicht glauben, die hat keinen Satz, den er ausgesprochen hat, ganz gelassen, hat ihn völlig umgewendet, wieder auf ihn zurückgeworfen und das, was an dir nicht mehr leiden konnte, hat er sich mit der Neuen, wieder hereingeholt und wird es in einem noch größeren Ausmaß abbekommen.

Irina: Nun ich will es nicht hoffen, da ich ihn noch immer liebe und sehr darunter leide, dass er nun für mich verloren ist. So will ich doch für ihn hoffen, dass er glücklich wird, so glücklich wird, wie ich es stellenweise mit ihm gewesen bin, wie ich es noch nie erlebte.

Irina, eine rothaarige vollschlanke Frau von 30 Jahren, die in ihrem Erzählen so jung und sprühend wirkt, wie ein junges Wesen, das aber schon viel erlebt hat. Ihre Augen die einen tiefen Blick haben, verraten von ihrer Trauer und ihrem Schmerz, den sie schon durchgemacht hat.

Marie: Du wirst sehen, dass ich recht behalte, ich gebe ihnen nicht drei Jahre, bis sie auseinander laufen.

Irina: Natürlich weiß ich, dass er ein Recht darauf hat, Kinder zu zeugen, zu erleben was ich ihm verwehrt habe, aber meine Angst, noch ein Kind allein aufziehen zu müssen, hat mich abgehalten, es noch einmal zu tun, obwohl es möglich gewesen wäre. Nun er hat mir nie verziehen, hat meinen Schritt zur Abtreibung nie verstehen können, obwohl er mir nie die Hand gereicht, angeboten hat als Hilfe und Stütze. Ich hätte alles, allein auf meinen Schultern tragen sollen. Er wäre dann schon stolz gewesen, wenn das Kind herangewachsen wäre unter meiner Sorge. Aber das wollte ich nicht noch einmal allein schaffen. Gisela, wie verkraftest du deine Trennung?

Gisela: Ach zur Zeit wieder ganz schlecht, ich hatte so einen Hochflug, dachte schon alles wäre überwunden, aber seit der letzten Vernissage, wo er mit der Neuen neben mir herumgeschmust hat, als wäre ich nicht vorhanden, als gäbe es mich nicht, das war wie an einen Marterpfahl angeschnallt zu sein vor dem gelyncht werden. Dabei hat er immer von seinem Feingefühl, von seinem Spüren gesprochen. Und was spürt er? Gar nichts, sonst könnte er sich doch nicht so verhalten. Als ich das letzte Mal mit ihm gesprochen habe, sagte er zu mir: Ich verstehe gar nicht, dass du dich so zurückziehst von mir. Und er meinte sicherlich, dass ich mir ruhig wieder all seine Episoden, neben ihm ganz nahe, als ein Masochist, hätte ansehen können. Aber es war mir zu viel, ich wollte das nicht mehr ertragen, ich konnte es einfach nicht mehr ertragen.

Irina: Ja aber, wenn man den Platz verlässt, ist er von einer anderen besetzt, sofort von einer anderen besetzt. Genau das, was du erlebt hast, habe ich auch erleben müssen. Als ich trotz Nebenfrau, geblieben bin, ging es irgendwie mit uns wieder weiter. Natürlich war ein Bruch entstanden, den wir beide spüren konnten, in jeder Haltung die wir nebeneinander und gegeneinander einnahmen, aber erst als ich den Platz verlassen habe, ein Stück von ihm weggegangen bin, war ich auch schon aus dem Spiel, und mein Platz war sofort voll besetzt.

Gisela: Sicherlich hätte ich so weitermachen können, aber nur äußerlich, denn innerlich bin ich langsam neben ihm abgestorben, ohne dass er es bemerkte, ohne dass er es auch nur ein wenig wahrgenommen hat, in seiner ganzen Sensibilität, auf die er so stolz war. Ich glaube, die hat sich nur auf ihn selber bezogen, auf niemand anderen, damit hat er sich das Feinste holen wollen, alles Feine das er gespürt hat, und ich hätte einfach da sein sollen, immer nur so da sein sollen als Hintergrund und stabile Anlehnwand, wie ich es sieben Jahre getan habe, das wäre genug für ihn gewesen. Der Rückhalt von mir und sein Leben wie es ihm einfällt und gefällt neben mir, das mit mir überhaupt nichts zu tun hat. Es ist zum Totlachen wenn es nicht zum Heulen wäre.

Ihre dunklen Augen, blitzen wie zwei Messer in ihrem Inneren auf, die sie selber bis ins tiefste Mark zerschnitten. Ihr langes dunkles Haar, lag anschmiegsam um ihr feines Gesicht, wie sie es in ihrer ganzen Haltung immer gewesen war, zu ihm gewesen war.

Irina: Ich denke, deine ganze Gutmütigkeit ihm gegenüber hat ihm gar nicht gut getan, alles was er wollte, hast auch du wollen, alles was für ihn gut war, dir aber zugleich Schmerz bereitet hat, hast du angenommen, nur weil er es so wollte. Du hast dir das Ungeheuer gezüchtet neben dir, hast ihn dazu werden lassen, in deiner gutmütigen Haltung. Und wohin hat es dich geführt? Nirgendwohin, außer in deinen eigenen Abgrund, in dem du nun hängst, leidest und wartest, dass er dir heraushilft. Aber du wartest umsonst.

Gisela: Ja ich weiß es. Ich kann auch nicht mehr zurück, obwohl ich mich ohne Ende nach ihm sehne, nach all der Zärtlichkeit, die er mir gab, nach seinem ganzen Wesen, das so in mir aufgegangen, ja in mir gelebt, in mir geblüht hat, als wäre es meines. Mir ist, als wäre alles in mir und um mich abgestorben.

Gisela nimmt ihre Hände hoch und beugt ihren Kopf hinein, um ihr Gesicht zu verstecken, als wollte sie sich schützen und nicht noch mehr aus sich herauszulassen, als sie schon getan.

Irina: Ach Gisela, wir sitzen doch im gleichen Boot. Ich sitze ganz knapp neben dir, spürst du es nicht? Stimmt es nicht?

Gisela: Ja du hast recht, ich spüre es.

Stella: Ach ihr Jammerhasen, das muss man sich ganz anders einteilen. Ich nehme mir von jedem Mann, was er mir geben kann und nehme nie an, dass ich in ihm alles finden kann, was ich brauche, ich teile es einfach auf mehrere auf.

Stella lacht über das ganze Gesicht, dass schon mit in einigen Falten durchzogen, doch noch immer ihre ganze Lebendigkeit bejaht, die in ihr war und die aus ihr hervorkam, in jedem Augenblick und jeder Geste. Irina: Dass du aber an dem Mann fast gestorben wärst, der dich mit dem Kind hat sitzen lassen, in jungen Jahren, davon schweigst du jetzt, davon schweigt alles in dir. Du hast dir nur eine Art zu leben zurechtgelegt, um nicht unterzugehen, um weiter zu schwimmen im irdischen Bereich. Und das muss jeder erst lernen. Wie geht es deiner Tochter?

Stella: Sehr gut. Alles ist überwunden, seit der schweren Pubertätskrise, sie hat sich zu mir bekannt. Nun versteht sie mein Leben besser, und akzeptiert es in seiner ganzen Form. Im Gegenteil, jetzt sagen die Freunde: „Du bleibst bei deiner Mutter", wenn sie herumlaufen wollen. Ja ich bleibe heute bei Stella, sagt sie, und freut sich, wenn sie mich jetzt neben sich hat, wie nie zuvor. Weißt du, es war damals schrecklich, als sie zwei Jahre bei Lorenz wohnte, seine Frau hat sie zu ihren Kindern aufgenommen. Und stell dir vor, die ganze Aggressivität, die diese Frau auf ihre eigene Mutter hatte, du musst dir vorstellen, sie hat ihre ganze Kraft die sie zur Verfügung hatte, dazu verwendet, gegen ihre Mutter zu kämpfen. Nun und das hat sich auf meine Tochter übertragen, meine Tochter glaubte nun auch, das tun zu müssen, aber zum Glück, ist es in unserer Verbindung dann anders gelaufen.

Marie: Siehst du, das habe ich mir oft gedacht, wenn ich Lorenz angesehen habe, seine Frau hat für mich nichts Besonderes an sich gehabt, aber wenn ich an ihre Mutter dachte, die ist vor mir, als ein ganz besonderes Wesen gestanden.

Stella: Ja, das ging schon bis zu ihrer Großmutter, die war noch eine stärkere Persönlichkeit und sie musste immer gegen ihre Mutter kämpfen, und hat dabei ihre ganze Kraft verbraucht, anstatt aus sich selber etwas zu machen.

Marie: Ja aber es ist auch schwer, wenn du eine sehr dominierende Mutter hast, noch größer zu werden. Oder wenn ein Mann einen solchen Vater hat. Denke doch an die Kinder von Picasso, wie sollen sie größer werden? Es muss wieder ein Rückschritt sein, es gibt keine Erhöhung. Warum haben oft, geistig hoch stehende Eltern, einen dummen Sohn, es ist als ob die ganze Kraft und Energie, sich in ihm zum Gegenteil umgewandt hat, oder nicht durch die Eltern, zu ihm durchkommen konnte. Wie leicht hat es ein Kind, dessen Eltern nicht so dominierend sind, etwas aufzubauen!

Irina: Nun ich habe mir erst vor kurzen gedacht, wie herrlich doch Gisela ist, ihre Mutter war möglicherweise die größere Persönlichkeit oder gleich stark wie sie.

Marie: Ja aber sie hat dabei, ein negatives Beispiel gehabt, die Mutter hat sich doch zu Tode gesoffen und nur das war ihre Chance durchzukommen. Das Kind kommt nur dort durch, wo die Eltern eine Lücke gelassen haben, also wo sie Fehler gemacht haben, aber wenn es da keine Lücke gibt. Armes Kind.

Gisela: Wenn ich von einem Kind gesprochen habe, da ist er vor mir gestanden, als ob ich in einer Fremdsprache zu ihm rede, als ob er mich nicht verstehen kann, hat mich mit großen Augen angesehen, hat sich nur als Junggeselle, als allein Lebender vor mir gesehen und niemals als Familienvater, auch niemals als der Mann, den ich mir in meinen Träumen, neben mir erdacht habe. Er hat sich niemals als der Mann gesehen, der imstande ist, für ein anderes Wesen zu sorgen, sondern sah zu, dass er so gut wie nur möglich durchkommt. Und weißt du, die Reise die er eben mit der Neuen gemacht hat, da war alles von ihr bezahlt. Vielleicht hätte ich das auch tun müssen, um ihn zu halten?

Irina: Weißt du was er mir vor kurzem erzählte, dass er zu der Neuen gesagt hat: Dass es ihn freut, dass sie sich ihn leisten kann. Und hat damit gemeint, dass sie gut für ihn sorgt, wie er es nie für eine Frau getan hat. Er ist in diesem Augenblick, obwohl wie du weißt, dass ich ihn sehr gerne gehabt habe, sehr tief in seinem Ansehen gefallen und ich weiß nicht, ob er sich in meinem Bewusstsein noch einmal erheben wird, zu einem Freund wie er es war, als er noch neben dir gewesen ist.

Stella: Ein Kind, Kind, Kind. Ein Wort, das ich wieder in meinen Sprachschatz einbauen muss, ich durfte es bei ihm nicht einmal denken, und wenn du mich fragst, muss ich dir sagen, ich habe mir nicht ein Kind abtreiben lassen, sondern einige. Und mir geht es jetzt gut, gut, gut, weil ich alles das verlassen habe. Vier Jahre waren genug, vier Jahre, in denen ich gedacht habe, neben und mit ihm mein Leben zu verbringen, bis zu dem Augenblicken, wo er mich immer wieder geschlagen hat, wie er mir jedes Kind, aus meinem Blut gerissen hat. Und ich bin froh darüber, froh dass ich nicht mehr belastet bin, ich bin froh, von im weg zu sein, und jetzt vielleicht noch die Möglichkeit habe, etwas Neues, etwas Schönes zu beginnen. Ich bemerke erst jetzt, dass es Männer gibt, die sich auch um einen kümmern, wenn man krank ist. Das habe ich vorher nicht gewusst, denn er hat sich mir gegenüber wie ein Unmensch benommen, wenn ich krank war. Ach ich will gar nicht daran denken, sonst wird mir übel. Vor mir hatte er eine Frau, die hat ihn über alles geliebt und weißt du wie er sie verlassen hat? Er hat ihr kein Wort gesagt, ist einfach nach Wien gegangen um zu studieren, hat einfach abgebrochen und hat ihr dabei das Herz gebrochen, ohne auch nur ein einziges Wort darüber zu verlieren. Nein, ich bin froh, von im weg zu sein, er hat nur Rohheit und Kälte, die ich nicht missen werde. Meine Vorgängerin war genau sein Typ, dunkelhaarig, hübsch, aber auch das war für ihn nichts.

Irina: Aber du weißt, dass er wegen dir jetzt sehr leidet, er kann sich keiner anderen Frau zuwenden, seit du ihn verlassen hast.

Stella: Ja aber, er hätte es doch auch anders haben können, war ich nicht zu allem bereit, bereit mit ihm durchs Leben zu gehen, nur nicht so, wie er es sich vorgestellt hat, ohne Kind, nur mit seiner Brutalität. Nein danke, ich habe genug, mir geht es jetzt einfach herrlich.

Stella atmet durch, wie von schweren Druck befreit und ihr junges Gesicht verrät nicht, was sie schon durchgemacht hat.

Gisela: Weißt du woran ich am meisten leide? Er verhält sich so, als ob es mich niemals gegeben hätte. Ich kann das nicht verstehen, so als ob es diese sieben Jahre nicht gegeben hätte. Er hat kein Bedürfnis, jemals mit mir zu reden, so als ob es so ist, wenn der ganze Körperaspekt weg ist, der Mann mit der Frau nichts mehr anfangen kann, und das zermürbt doch sehr. Ich habe trotzdem noch immer das Bedürfnis, mit ihm sprechen zu wollen, mit ihm ein paar Worte zu wechseln, Gedanken auszutauschen, aber er weiß nichts mehr von mir. Alles ist für ihn so, als ob es mich nie gegeben hätte. Wer soll das verstehen und verkraften?

Irina: Mir geht es doch ebenso. Glaubst du ich habe noch ein menschliches Wort von ihm gehört, seit er mit der anderen beisammen ist? Er hat mich einfach von sich abgeschnitten, wie einen toten Ast von einem Baum, den der Baum nicht mehr benötigt, aber er war mein Baum. Kein Wort habe ich mehr von ihm gehört, trotz der vielen Jahre, wo ich immer alles von ihm ertragen habe, oder gerade deswegen. Frau darf vielleicht nichts ertragen, was Mann auslässt und auslöst, und was ihr selber Schmerz verschafft. Vielleicht hätte ich ihn, schon bei dem ersten Fehlverhalten, verlassen müssen, um jede weitere Fehlhandlung damit zu versiegen. So aber hat man selbst alles weiter gezüchtet, sich nur darüber gewundert, wieso so ein stacheliges Unkraut neben einem wachsen kann, und hat übersehen, dass man es täglich, mit der eigenen Zuneigung, begossen, mit dem eigenen kraftvollen Zutun, gesteigert hat, in eine Richtung, die nicht die Freude steigerte, sondern nur das eigene Leid qualvoll züchtete.

Marie: Nun mein Prinzip: Einer gehört mit dem anderen erschlagen, es scheint immer zu passen. Da treffe ich vor kurzem Toni, du weißt, er hat jetzt auch eine neue Freundin, eine neue Freundin, neben seiner alten Freundin, wieder eine wunderschöne Frau, zum Glück ist sie verheiratet. Aber stelle dir vor, wenn sie ihre Familie verlässt und zu ihm geht, was passiert, da macht er aus ihr genau dasselbe, wie aus all den anderen, die er schon vorher umgeformt und verformt hat nach seinem Willen. Einige mussten sogar das waagrechte Gewerbe betreiben, weil er es wollte, und die Neue wäre ein gutes Aushängeschild, mit der tadellosen Figur und dem hübschen Gesicht. Ich war ganz begeistert, von ihrem Aussehen und ihrer lieben Art, und erst mein Freund, er ist nur mehr neben ihr gesessen, hat sie nicht mehr aus den Augen gelassen, als wollte er sie gleich neben mir einnehmen. Aber das Lustigste war, dass er vorher neben einer Frau gesessen ist, bei der mir schon seit einiger Zeit aufgefallen, wie sie mit ihm ohne Ende sehnsüchtige Blicke tauscht, sogar wenn ich ihr gegenüber sitze. Und ich habe sie einfach zur Rede gestellt, habe zu ihr gesagt, was sie sich dabei denkt, wenn sie in eine Beziehung, die besteht, so hineinfunkt. Da gibt sie mir zur Antwort: Ich sollte doch ehrlich sein, was soll denn nach 16 Jahren Zusammensein, in dieser Verbindung noch stimmen, alles wäre doch sowieso gelaufen, nur ich will es nicht wahrhaben. Ich habe zuerst gedacht, ich spinne, eine Frau, die von zwei Männern Kinder hat und nun noch eines will, womöglich von meinem Freund. Aber da kam zum Glück Toni mit der Neuen und stell dir vor, ich habe lachen müssen, wie sich mein Freund gleich an die Neue herangemacht hat, da hat die andere, die es auch sofort gesehen hat, geschluckt, das habe ich wieder sehen können, weil sie ihn ja nicht so gut kennt wie ich, dass es in seinem Leben andauernd aufflackert in jeder Richtung, wo ein schönes, weibliches Wesen sich zeigt, und er hin und her gerissen, jeder Richtung nachgibt, die ihn irgendwie berührt, und dass ich einzig es war, die diese Stabilität hatte um eine Dauerverbindung auszubauen, und so lange ausbauen konnte, weil ich nicht aufgegeben habe, noch nicht aufgegeben habe, obwohl es mir doch manchmal sehr schwer fällt und ich schon ziemlich verzagt über all diese Entwicklungen bin, die sich um mich so grell zeigen.

Irina: Oft habe ich schon denken müssen, wenn die Frau nicht solch eine Dauer in ihrer Vorstellung zu einer Beziehung hätte, gäbe es überhaupt keine Beziehung. Denn jeder Mann flippt von einem sich zeigenden Irrlicht zum anderen, und dabei würde nicht eine Beziehung zustande kommen. Nirgendwo würde eine Basis geschaffen, dass Kinder zwischen Mann und Frau aufwachsen können, immer nur die Frauen, würden allein mit den Kindern umherziehen. Wann wird der Mann das Verstehen können? Oft kommt mir der Spalt, der zwischen Mann und Frau läuft, so tief und unüberbrückbar vor, als wäre es ein Spalt in der Welt. Wir können Brücken schlagen, so viele wir wollen, immer werden sie zu kurz, immer zu schwach sein, und den Abgrund, der zwischen den Wesen klafft, nicht überbrücken. Es ist einfach ein ganz anderes, an das Leben herangehen von diesen beiden Seiten, die nie die andere Seite verstehen, nicht verstehen können, nicht verstehen wollen, und ihre eigene Art und Weise nicht verstehen, in ihrem Leben und Agieren. Zwei vielleicht, die sich ergänzen in ihrer Andersartigkeit, aber niemals verstehen in ihrer Andersartigkeit.

Marie die mit ihrem lustigen Gesicht, das von einstiger Schönheit zeugt und sehr lebendig unterwegs, ihr blondes Haar von dem man nicht merkt, das langsam in grau überging, die silbernen Faden zogen sich sehr hell über ihre Schultern und ihre Augen blitzen so jung, dass man keine Vergangenheit in ihnen wähnt.

Marie: Nun werde ich euch die Geschichte, ich meine die Liebe mit meiner Bettdecke erzählen. Also, die nehme ich, kuschle mich hinein, sie bedeckt mich ganz, warm, umhütend, ich kann ihr alles erzählen, kann mich in sie schmiegen, kann sie umarmen, drücken so viel ich will, kann sie ins Eck werfen, wieder hervorholen, kann mich mit ihr Wohlfühlen und kann sie durchklopfen so viel ich will. Ach ich sage euch, so eine Bettdecke ist eine Liebe wert und die werde ich jetzt auch wieder aufsuchen, und alles vergessen was sich hier so hoch getürmt hat. „Ist ja alles net wahr" sagte Nestroy, wisst ihr das nicht?

Und sie lacht über ihr ganzes Gesicht und alle lachen mit ihr.

Irina: Ja wenn wir das, was nicht wahr ist, auch nicht spüren würden, das wäre schön. Aber Nestroy war ein Mann, und man müsste ein Possenreißer wie er sein können, dann würden vielleicht dem Mann die Augen aufgehen, wenn wir plötzlich, alles so nehmen, wie es nicht ist. Vielleicht wäre das eine Lösung, immer nur das Gegenteil von dem zu tun, was uns eben in den Sinn kommt. Wir würden sie so verblüffen, dass sie uns nur mit offenen Mund folgen könnten, ohne darauf zu achten wohin es ging. Vielleicht müssen wir endlich die Erdschwere verlieren und gleich ihnen aufsteigen wie bunte Ballons, die sich neigen und wiegen und nicht kriegen lassen, denn kaum fasst Mann nach uns, bleibt nichts mehr von uns übrig, als ein Stück Haut, das sich langsam zu verfalten und in die Erde einzugraben beginnt, und das ist doch für ein Menschenleben zu wenig, das kann es doch nicht gewesen sein.

Nein sicherlich nicht, sagen alle wie im Chor und erheben sich lachend, nachdem sie die Rechnung beglichen haben, küssen einander liebevoll und trennen sich gestärkt, im Wissen darüber, dass es keiner besser ergangen ist, als ihnen selber.

Fettspiegel

Meine Mutter hat achthundertvierzig Euro Pension. Aber nicht dass du denkst, dass ihr davon etwas bleibt. Viermal im Monat fährt sie mit dem Bus irgendwohin, das kostet sie jedes Mal an die fünfzig Euro. Vor kurzem kauft sie einige Kasserollen, ja sie waren sehr schön, aber gebraucht hätte sie die aber sicher nicht, und da sekkiert sie mich so lange, bis ich ihr zehn Euro draufgebe. Da hast du, habe ich gesagt, aber jetzt hau ab und vergiss mich. Da habe ich dann eine Stunde von ihr Ruhe gehabt, das war es mir wert. Sie fällt mir schrecklich auf die Nerven, ich halte sie nicht aus. Mit meinem Geld komme ich auch nicht aus, ich habe diese Woche vierzig Deka Schinken gekauft und am Samstag war nichts mehr da. Das geht alles weg, so ganz nebenbei, nur für zwischendurch. Natürlich kaufe ich mir hin und wieder ein paar Schuhe, eine Tasche, oder irgendetwas anderes, aber ersparen kann ich mir dabei nichts. Stangenweise werden bei uns Zigaretten eingekauft, aber Fred hat vor kurzem gesagt: „Muss ich das auch finanzieren"? Weißt du, da trage ich einen Nerzmantel und wir fahren mit dem Mercedes, und dann schleppen wir die Sodawasserflaschen aus dem Supermarkt zum Auto. Nein das geht doch nicht, sagt die junge Frau, mit weißblond gefärbten Haar, in hellfarbener Cordhose, Mohär Weste die sich im Top Farbton, von hell auf dunkel abschattiert. Ihre Fingernägel sind lang und leuchtend rot, ihre Wangen rundlich, der Mund eingeklemmt wie ein Schmollmündchen, das andauernd zu neuen Worten ansetzt, wie ein Wasserfall alles hervorsprudelt ohne den geringsten Gedankengang, oder auch nur die Regung eines Besinnens im Gesicht sichtbar zu machen, als würden sie irgendwo entstehen, sogleich hörbar werden, aber ohne die geringste Reflexion.
Ella, die im Café am gleichen großen Tisch sitzt, hört ungewollt dieses Gespräch.
Aber das macht doch nichts, wirft eben die Frau neben ihr ein, mit ebenso weißblond gefärbten Haar, ebensolchen, aber dunkelroten Fingernägel, mit langen Krallen, nur ihr Gesicht scheint um Jahre älter zu sein, als würde sie die ältere Schwester sein.
Da sagt die Junge: Also ich sage dir wenn das wieder nichts wird, dann lasse ich es tuschen. Dann nehme ich alle Männer aus, dann schere ich mich um nichts mehr, dann gehe ich mit niemanden mehr

zusammen. Wenn ich meine letzten fünf Jahre bedenke, es waren doch meine schönsten Jahre, von fünfundzwanzig bis dreißig, jetzt bin ich zweiunddreißig, mit fünfundzwanzig wollte ich heiraten! Aber ich bin froh, dass ich es nicht getan habe, ich wäre schon längst wieder geschieden. Jetzt muss ich aufs Klo. Sie erhebt sich, nimmt ihre Umhängtasche und geht weg.

Mit zweiunddreißig sieht man noch sehr gut aus, denkt Ella und nimmt einen Schluck vom Kaffee, da kann man sich wirklich noch wahllos herumbewegen, zugreifen, wenn einem die bestmögliche Vorstellung entgegentritt. Das scheint bei der anderen Frau nicht mehr der Fall zu sein, ihr Gesicht hat nichts mehr von runden Wangen, im Gegenteil, sie scheinen schlaff, ausgezerrt, dadurch wird ihr Gesichtsausdruck mehr zu einer Gemarterten, oder einer die alle Vorstellungen über ihr Leben verloren hat, weil sie nie Erfüllung gefunden hat, obwohl sie, wie ihre roten Nägel bezeugen, noch nicht aufgegeben hat.

Also das Tiffany ist ja entsetzlich, sagt die Junge, als sie sich wieder an den Tisch setzt, mit wilden Moschusduft an Ella vorbei, und mit großen grauen Augen die Runde abtastet und abmisst. Ich war vor kurzem mit Fred dort, sagt sie, du weißt, es war mein Stammlokal vor fünf Jahren. Es war total finster, man konnte sich nur vorwärts tasten, damit man nicht hinfiel und die Leute dort, es waren nur siebzehnjährige Kinder, und teuer war es ja damals schon. Franz hätte sich das nie leisten können, wenn ich nicht so viel Taschengeld gehabt hätte, aber wenn ich zu meinem Vater sagte: Dann muss ich mir eben etwas ausborgen, wenn es sich trotzdem nicht ausging, dann sagte er: Da hast du, und zahlte auch noch jedes Taxi, das ich benutzte.

„Hallo Schatzi", sagt ein Mann, der eben an den Tisch kommt, die Junge auf den Mund küsst und der anderen die Hand reicht, sich den Mantel auszieht und sich neben die Junge setzt. „Das Sodawasser hättest du schon holen können, sagt er, wenn du doch sowieso nicht ausgelastet bist, wie du dich immer beschwerst. Na wie geht es denn der kleinen Maus"?

„Ich kann doch nicht allein das Sodawasser holen, übrigens bekomme ich von dir einen Euro", sagt die Junge.

„Zu Recht oder zu Unrecht", sagt der Mann und beginnt in seinen Taschen zu kramen und gibt ihr den einen Euro.

„Zu recht natürlich, ich habe dich angerufen wie du es gesagt hast", sagt die Junge.

„Muss ich jetzt schon deine Telefonate finanzieren", sagt er?

„Ja natürlich, ist doch selbstverständlich, du hast gesagt ich soll dich anrufen" sagt die Junge. Fred wir haben uns ausgemacht wir gehen nächste Woche alle zum Heurigen, Liesa mit Peter und ich mit dir, Schatzi, ist es dir recht"?

„Ja wenn ich mit meiner Kur schon fertig bin", sagt er.

„Wie lange dauert die Kur", sagt die Ältere?

„Zehn Tage, aber heute ist erst der dritte Tag", sagt der Mann.

„Hast du keinen Hunger", sagt die Ältere?

„Nein eigentlich nicht, heute bin ich drüber", sagt er, Hunger habe ich überhaupt nie gehabt, aber immer so einen Gusto. Da bin ich manchmal in der Nacht nach Hause gekommen und habe mir alles aus dem Eiskasten ausgeräumt, habe alles betrachtet und das genügte dann schon. Einfach nur alles ansehen, das genügte, mein Gusto war gestillt. Aber zum Heurigen, das hat keinen Sinn, wenn ich auch keinen Wein trinken kann.

„Aber du kannst ja Mineralwasser trinken", sagt die Junge.

„Ja das schon, aber das ist doch auch nicht lustig", sagt er.

„Aber Schatzi", sagt die Junge und strahlt ihm mit ihren grauen Augen an. Weißt du, sagt sie zur Älteren, alle tierischen Fette müssen weg. Ja die tierischen Fette im Blut, der Fettspiegel im Blut muss weg.

„Aber die Weihnachten waren wieder ein Wahnsinn, die Gans, die Trüffelleber, die Schlagoberstorten, das viele Fett und alles andere dazu, das war zu viel für mich", sagt er.

„Und der Bauch muss auch weg", sagt die Junge. Gestern haben wir Karten gespielt mit der Mutter, und die mogelt vielleicht. Wir tun aber so, als würden wir es nicht bemerken.

„Da sie alles gewonnen hat, haben wir verloren", sagt er.

„Ich habe 60 Euro verloren, ich war pleite", sagt die Junge. Aber wie hast du uns eigentlich gefunden, wieso hast du gewusst, dass wir hier im Café sitzen?

„Aber ich bin doch ein gescheites Bürschchen, das Auto steht draußen, weshalb sollte ich es dann nicht wissen", sagt er.

„Ich habe jetzt fünfundfünfzig Kilo, wenn ich auf die Waage steige, wenn er drauf steigt, hat er gleich hundert", sagt die Junge.

„Hundert Kilo habe ich noch nie gehabt", sagt er, und fahrt sich über seine Krawatte.

„Was hast du denn wieder für eine Krawatte um, die passt doch gar nicht zu dem grauen Hemd und dem grauen Anzug", sagt die Junge, warum nimmst du immer so eine hässliche Krawatte, wenn du so viele schönere hast?

„Ist das nicht die, mit dem Fleck darauf? Du musst Meerschaumstaub kaufen um den Fleck zu putzen", sagt die Ältere, „aber Flecke von Soßen oder Gemüse gehen damit auch nicht mehr heraus".

„Ja du musst Meerschaumstaub kaufen und den Fleck putzen", sagt die Junge, „aber ich glaube du bist farbenblind. Die rotgestreifte Krawatte passt doch so gut zu dem grauen Hemd und dem grauen Anzug, das Hemd ist doch auch grau siehst du das nicht?"

Ach ja, sagt die Junge und beugt sich lachend ganz vor, als würde sie einknicken in der Taille auf dieses Wort „Farbenblind".

„Ich liebe dieses Hemd sehr", sagt er ohne einzuknicken, „es ist ein Baumwollhemd und sehr angenehm zu tragen, immer wenn es frisch gewaschen ist, lasse ich alle anderen liegen und greife immer zu dem. Ich trage es am Liebsten, manche Hemden mag ich überhaupt nicht".

„Ja Baumwolle ist besser", sagt die Ältere und hebt ihr Glas und nimmt einen Schluck vom Martini, den vorher die Junge bestellte, für beide bestellte und gleich bezahlte.

Die Serviererin kommt und fragt: „Was darf es sein"?

„Nein danke für mich nichts", sagt der Mann.

„Aber diese Krawatte sieht nicht so elegant aus, du hast doch viel schönere, die fein gestreifte grüne oder die blaue mit den Tupfen, diese ist nicht schön", sagt die Junge.

„Was heißt nicht schön, die hast du mir doch gekauft, willst du sagen was du mir schenkst ist nicht schön, seit wann kaufst du mir hässliche Krawatten", sagt er und zieht die graue Krawatte hervor. So und jetzt gehen wir Sodawasser kaufen, es ist Zeit, sagt er und erhebt sich und nimmt den Pelzmantel, der über den Sessel gelegen ist und hilft der Jungen in den Mantel. Dann nimmt er seinen Mantel und findet nicht gleich in einen Ärmel, die Junge will ihm helfen, er wehrt aber gleich ab. Die Ältere erhebt sich und schlüpft in ihren Mantel.

Auf Wiedersehen, nicken die beiden Frauen Ella zu.

Auf Wiedersehen, nickt Ella und sieht in die Augen des Mannes. Er geht wie er gekommen ist, ohne Gruß, denkt sie, obwohl ich die ganze Zeit am gleichen Tisch gesessen bin. Vielleicht aber hat er in meinen Augen gelesen, was ich über ihn weiß, und mein Inneres schmunzeln bemerkt, das ich über die Situation habe, in der er sich befindet.

Flammenbogen

Als Henry den Raum betrat, war er in den Augen von Rita steckengeblieben. Sie wollte den Kopf weiterdrehen, hielt aber still und starrte ihn an.

Genauso starrte sie ihn an, wie es ihr vor langer Zeit ergangen war, als sie einen Jazzclub betrat, und auf der Bühne war ein Musiker, der Trompete spielte. Sie stand vor ihm, konnte nicht weitergehen, sich nicht setzen wie die Freunde, die mit ihr gekommen waren, sie blieb stehen, ganz nahe vor diesem Mann, der sich vor ihr, vervielfältigend in den Gefilden der Töne, bewegte, und sie mit keinem Blick streifte. Die Freunde drängten zum Aufbruch, sie aber versuchte, den Aufenthalt so lange wie möglich auszudehnen, um auf diesen Musiker zu sehen, der sie bannte. Er sah so aus, wie das Bild das sie einst in der Kindheit malte, das einen ziehenden Musikanten darstellte, mit feiner Linie des Gesichtes, der Trompete in der Hand, wie er der vor ihr stand. Sie war wie unter einem Bann, konnte den Blick nicht wenden und nur unter Protest und Widerwillen, ließ sie sich von den Freunden aus dem Lokal ziehen. Dieses Gesicht aber konnte sie nicht vergessen.

Einige Wochen später war sie bei Freunden zu einem Geburtstagsfest eingeladen, und sie war außer sich, als dieser Musiker plötzlich vor ihr stand und ihr die Hand reichte, und ihr als Bob vorgestellt wurde. Sie war die Glücklichste an dem Abend, sie strahlte über das ganze Gesicht und stieg während sie mit Bob sprach in seine Augen und fiel hinab in unergründbare Tiefen und blieb dort liegen voll Verlangen.

Bob war verheiratet, das schaffte nur die Grenze einer körperlichen Distanz, geistig hatten sie sich vermählt und eine Freundschaft die über Jahre andauerte wurde in diesem Augenblick gezündet.

Bob besuchte Rita fast jede Woche, sie führten lange Gespräche, musizierten, weinten und lachten zusammen, keiner aber fasste jemals nach dem anderen, um ihn in körperlichen Bereiche zu drängen und die schöne geistige Verbindung vielleicht mit Erdenkram zu durchbrechen oder gar nur, wie Erde in die Hand zerbröseln zu lassen. So blieb es und sie spürte wie sehr sie Bob liebte, und sie spürte die Blicke, die er ihr zuwarf. Auch bei ihm war ein Flammen entstanden, das zu ihr drängte und sie jederzeit erreichte, um sie nur noch mehr zu entzünden, zu verbrennen in ihrer Liebe für ihn.

Rita hatte einen Freund. Bob ließ sich scheiden und nahm eine andere Frau. Rita trennte sich und nahm einen anderen Mann. Alles veränderte sich um sie herum, aber zwischen ihnen, ihre Beziehung blieb unverändert. Nie war ihr ein Wort lautstark über die Liebe von der Zunge gesprungen und zu ihm gelaufen, nur seine Blicke hatten ihr darauf geantwortet, was ihre Augen ausgedrückt hatten, und stumm geantwortet, aber niemals hatte er seine Hand nach ihr ausgestreckt oder seine Haut wäre ihr nahe gekommen. Für sie eine dem Abgrund nahe Situation.

Einmal waren sie beide auf seiner Skihütte gewesen ohne Begleitung und Rita musste sich an sich festhalten, um nicht in sein Zimmer zu stürmen und sich in seine Arme zu werfen, obwohl sie spürte, wie er sie zu sich hinzog, mit jedem Blick den er ihr zuwarf. Aber keine seiner Gesten fasste nach ihrer Hand. Beide waren voll Zurückhaltung, in der körperlichen Ebene.

Einmal hatten sie sogar mit Freunden eine lange Reise gemacht, auch da waren sie beide allein unterwegs, und da kam es dann soweit, dass Rita nicht mehr anders konnte, als Bob mit jedem Blick den sie ihm zuwarf, Sehnsucht Leidenschaft Liebe auszudrücken, und mit jeden Blick aufzufordern, ihre Hand endlich zu ergreifen, um sie an sich zu ziehen, in seine Arme zu schließen, wie sie es sich schon so oft in Gedanken vorgestellt hatte. Aber nichts von dem geschah, er behielt diese Distanz inne, die er immer zu ihr gehabt. Manchmal hatte er von ihren „starken Freunden" gesprochen und es hatte den Anschein, als fühlte er sich nicht stark genug, fühlte sich zu schwach, um ihren Freunden ebenbürtig zu sein, und sich zu ihr zu bekennen. Einmal sagte er: Bitte sieh mich nicht so an, und sie senkte sofort die Lider, schlug den Blink zu Boden, weit von ihm weg, und es war ihr in diesem Augenblick, als würde sie wie ein Kreisel in die Tiefe gewirbelt. Ihr wurde übel, als würde sie abstürzen in Bereiche ohne Halt. Die Freunde waren besorgt um sie, konnten ihr aber nicht helfen, weil keiner wusste was mit ihr los war, was in ihr vor sich ging, und nur der äußere Schein ihrer bleichen Wangen war zu sehen.

Sie spürte, wie er sich auf dieser Reise zu distanzieren begann, ihr aus dem Weg ging, als hätte er Angst, sie an einer unbeleuchteten Stelle allein zu treffen oder gar mit ihr zusammenzustoßen. Sie spürte, wie er sich zurückzog, und es verschaffte ihr Schmerz, denn nun waren auch seine Gespräche, seine Freundschaft von ihr gewichen, diese jahrelange

Freundschaft hatte sich gewandelt in ein sich von ihr Abwenden. Nach dieser Reise hatte sie ihn nicht mehr gesehen. Er hatte die Stadt verlassen, und ihre Wege kreuzten sich nicht mehr.

Viele Jahre später hatte sie ihn auf der Straße getroffen, und er war mit ihr in ihre Wohnung gegangen wie einst, hatte alles erzählt was ihn betraf, und sie hatte ihr Leben vor ihm ausgebreitet, wie einst wurde musiziert, und Freude war in beider Augen aufgestiegen, als ob keine Zeit sich dazwischen gedrängt, als ob keine Trennung stattgefunden. Er hatte sich nicht verändert, sah immer noch so verführerisch aus, wie sie ihn einst kennen gelernt, als er vor ihr gestanden war und Trompete gespielt hatte, nur sein dunkles kurz geschnittenes dichtes Haar glitzerte nun, als ob ein heller Schein um sein Haupt liegen würde.

Du hast dich nicht verändert, sagte er, und sah nicht, wie viele Tage durch ihr Gesicht gelaufen und wie viele Falten sich dort nieder gelassen, aber ihr Blick, der auf ihn sprühend ausgerichtet war, hatte das Feuer von einst, war nicht erkaltet, war auf ihn geflogen wie ein Pfeil, hatte ihn in seiner Tiefe getroffen, in seinem Inneren, wie einst und war dort geblieben, wie einst.

Als er sie verließ, sprühte ihr Gesicht, Feuerfunken lagen an den Wangen, Freude wallte in ihrer Brust die sich anstaute wie in einer Überdruckkammer, als ob es sie zerreißen wollte, zerreißen in all ihre Bestandteile, um auseinander zu fliegen, um ihm nach zu fliegen, dorthin wo er jetzt war. Aber es geschah nichts, sie blieb ganz, und es war auch, wie all die Jahre, nichts zwischen ihnen geschehen. Alles war beim Alten geblieben. Seine blitzenden hellen Augen, die reinen Linien seines Gesichtes, hatten sich nur wieder schmerzhaft in ihr Augengebilde eingeprägt und waren geblieben. Nur mehr aus Erzählungen von Freunden hatte sie von ihm gehört, die ihm begegnet waren.

Und nun war dieser junge Mann in den Raum getreten und sie war mit ihren Augen auf ihm hängen geblieben, wie ein Schleier an einem Fischköder, wie auch er in ihren Augen hängen geblieben war. Sie hatte die feinen Linien seines Gesichts betrachtet, seine ganze Gestalt wohltuend in sich aufgenommen, aber wieder den Kopf abgewendet und bei sich gedacht: Sieht er nicht wie Bob aus? Und all die Bilder waren in ihrem Kopf hell geworden, die lange verdrängt und abgeschoben waren. Diesen jungen Mann, Henry, hatte sie nun öfter gesehen, war mit ihm ins Gespräch gekommen, hatte seine Worte aufgenommen, zu seiner sie einnehmenden Gestalt, und war voll Freude darüber.

Eine Freundin sagte zu ihr: Sieht er nicht wie Bob aus?

Rita erzählte ihm nun, dass er einem Freund von ihr sehr ähnlich sehen würde, und dass es auch ihrer Freundin aufgefallen war. Henry lachte sie an, und sie sprachen über das Buch, das sie in der Hand hielt.

Kennst du die Bücher vom Aurobindo?

Nein leider nicht, ich habe jetzt ein Buch von Richard Bach gelesen, sagte er.

Ach ja, von ihm habe ich die Möwe Jonathan gelesen.

Er hat ein zweites Buch geschrieben, es ist ebenso schön, es erzählt die Geschichte von einem Heiligen, sagte er.

Wort fügte sich an Wort, Henry erzählte, dass er schon einige große Reisen gemacht, in Indien gewesen wäre. Rita sah in seine hellen Augen und sah zum ersten Mal sein Gesicht ganz nah vor sich, und sie verfolgte die feine Linie der Nase, der Nasenflügel, seines Mundes, einer Zahnlinie von höchstem Ebenmaß.

Rita erlag dem Gefühl des totalen Angezogenseins. Er hatte kein kurz geschnittenes Haar, sondern sein Gesicht war von dunklen bis an die Schulter fallenden Locken umrahmt, die sie einmal, als sie ganz knapp hinter ihm die Stiegen hinuntergegangen war, kurz anfassen musste. Hast du Dauerwellen oder Naturwellen, sagte sie, und er hatte ihr damals: Naturwellen, geantwortet. Sie hatte sich nicht halten können, hatte nach seinem Haar fassen müssen, einem inneren Zwang gehorchend und nachgebend, um es sogleich wieder erschreckt loszulassen, aber es zog sie an ihn heran, wie die Nadel an den Magnet, und wenn sie in seine Augen sah merkte sie, dass sie mit Überschallgeschwindigkeit auf ihn zuraste, und nirgendwo war eine Haltemöglichkeit, nirgendwo war ein Stehenbleiben möglich.

Henry erzählte, dass es für ihn sehr wichtig war zu Reisen, dieses Kennenlernen von anderen Kulturen. Rita erwiderte, dass sie selber eine große Bereicherung erfahren hatte, als sie einen kleinen Teil der Welt bereisen konnte, sie aber, von Zweifeln gepeinigt, wieder die fremde Kultur verlassen hatte, weil in ihr ein Gefühl entstanden war von einem Eindringling in fremde Bereiche, das sie nie vorher gekannt. Sie hatte das Gefühl, dass sie aus ihrem Kulturbereich nur Mängel in diese andere Kultur bringen konnte, und ein Gefühl des Zerstörerischen, das aus ihr selber ausging, hatte sie dazu veranlasst, früher als notwendig diese Reise zu unterbrechen. Sie war sich wie ein Wesen vorgekommen, das durch ihr Eindringen in eine Kultur des Noch-Intakten-Zusammenlebens,

Kälte und Distanz brachte, und das wollte sie verhindern. Obwohl sie wusste, dass sie nur eine unter Abertausenden von Fremden war, die diese Kultur durchwanderten, und ohne es zu bemerken, diese Menschen durch das Geld das jeder zu ihnen brachte, durch den Kaufwahn der hier alle beherrschte, auch diese Menschen schließlich langsam zu geldgierigen Geschäftemachern verwandelte, ohne sichtbare Zeichen. Das hatte sie mit Schaudern erkennen und sich umwenden müssen, um zurückzukehren in die letzten Stunden einer verfallenden Kultur, einer langsam verfallenden Kultur, wie sie die ihre nannte. Trotzdem hatte sie das Gefühl gehabt, kein Fremder in diesem fremden Land gewesen zu sein, nein im Gegenteil, sie hatte das Gefühl als wäre sie heimgekehrt, heimgekehrt auf einer langen Suche nach dem Leben, dem Leben in sich, und sie hatte sich selbst in sich gefunden, doch das Gefühl war in ihr geblieben, als hätte sie sich dort irgendwo verhakt, immer war Sehnsucht in ihr, wieder dorthin zu fahren, wieder dorthin zu gehen, wo sie sich „zu Hause" gefühlt hatte.

Henry erwiderte ihr, dass er dieses Gefühl genauso kennen würde, dass er aber keinerlei Gefühl, ein Eindringling zu sein, in ihm hochkommen gespürt hatte, im Gegenteil, er hatte von diesen Menschen so viel angenommen, aufgenommen und brachte es mit hierher, brachte es zu den Menschen hier und er spürte, wie anders als früher er nun mit Menschen umging und sie erfasste. Er hatte sich dadurch stark verändert, zu seinen Gunsten verändert, in den Formen der Begegnung zwischen Menschen, und er würde es als eine Notwendigkeit für unser Land erkennen: Neue Formen im Umgang mit anderen Wesen, feinfühligere Formen im Umgang mit anderen Wesen, auszubreiten, über jeden den er begegnet.

Henry sagte auch noch, er wollte nicht mehr so viel lesen, er wollte lieber mehr meditieren, er glaubte das würde ihn weiterbringen, weiter zu sich selbst und näher zu andern.

Rita stürzte ihm mit einer Fallsucht entgegen, die an Geschwindigkeit das Licht übertraf, und ganz plötzlich mit einem Augenblick, war es, als wäre ein Damm in ihr aufgebrochen, von ihm ohne sein Zutun, der lange verschlossen gelegen, von seinen Worten, von seinem ganzen Dasein, das sich vor ihr ausbreitete, aufgestoßen, und aus ihr floss Liebe, die in einer Fallsucht hervor stürzte, über ihn stürzte, und auf all die anderen Anwesenden stürzte, bis zu den Menschen die in ihrem Gedächtnis wohnten, die sie einst verletzt hatten, strömte ohne

Unterschiede zu machen, ohne die kleinste Abstufung, auf alle über. Sie spürte ganz plötzlich, dass sie liebte. Lange hatte sie dieses Gefühl vermisst, war trüb und dunkel umhergegangen, war voll Trauer und Verzagen gewesen, und nun hatte dieses Wesen, das vor ihr saß, ohne eine Handlung zu begehen, ohne in eine wissende Handlung einzusetzen, bei ihr etwas ausgelöst, das wie ein Geschenk über sie kam. Reich beschenkt stand sie vor diesem Mann und sie senkte die Augen in diesem Augenblick, um ihn nicht zu erschrecken, um ihn nicht mit diesem Fluss der aus ihr strömte zu überschwemmen, wegzuschwemmen oder ihn gar darin aufzulösen. Sie ging von ihm, mit ihren Gedanken bei ihm verweilend, und ging zu den anderen und floss über, in diesem alles Leben tragenden Elixier, auf alle die ihr nahe kamen, auf alle die ihr in Gedanken erschienen. Sie war wie die Quelle, die lange Zeit wie durch einen Steinschlag verschüttet, nun durch Ein sich Lösen eines kleinen Kiesels war alles ins in Bewegung gekommen, hatte die Quelle aufgebrochen und ins Fließen gebracht. Wieder war ein Mensch an sie herangetreten, der sie nur durch sein Dasein in Liebe erglühen ließ, in einem Flammenbogen der Leidenschaft aufflammen ließ, der sich so einfach mit seiner Flamme vereinte und zum Himmel loderte, ohne die Erde oder die Körper zu verbrennen.

Grausamkeit

Heute habe ich zum ersten Mal meine Grausamkeit gesehen, dachte sie. Ich stehe, wie so oft, vor dem Kinderspielplatz im Schafbergbad und sehe den Kindern beim Spielen zu, sehe die kleinen Wesen mit den süßen Figürchen, mit den kleinen Armen und Beinchen, sehe in diese Gesichter, die noch total auf die Umarmungen der Mutter angewiesen sind, und jeden Schritt den sie setzen von ihr beobachtet wissen wollen, und da sehe ich zum ersten Mal in meine Grausamkeit hinein. Plötzlich ist das Feld offen das ich jetzt so oft verdeckt habe, mit Ausflüchten und vorgeschobenen Notwendigkeiten, ich sehe plötzlich dich als kleines Wesen, mit diesen ausgestreckten Ärmchen, die gegen mich gerichtet sind und ich nehme dich nicht hoch, denn ich laufe in meine Vorstellungen hinein und nehme dich nicht, in deiner schreienden Wirklichkeit, in den Arm, sondern laufe wie blind in meine Vorstellungen hinein. So klein warst du, ich habe dich allein gelassen, habe dich einer fremden Frau übergeben, die Schwiegermutter ist immer eine fremde Frau geblieben, ich sehe dich so klein warst du also, als ich dich allein gelassen habe, und ich sehe zum ersten mal meine Grausamkeit, so grausam bin ich gegen dich gewesen und konnte es bis heute nicht sehen, ich konnte dich in deiner Forderung nicht verstehen, die jetzt an mich gekommen ist, die ich bis jetzt nicht verstanden habe, mit diesen vielen Vorwürfen und Streitgesprächen über deine Kindheit. Heute aber habe ich es zum ersten Mal erkannt, habe genau gesehen was du meinst, habe gesehen was ich getan habe. Am liebsten hätte ich mich gleich ins tiefe Wasser gestürzt und wäre nie wieder aufgetaucht, wenn es etwas genützt hätte, aber es nützt nichts mehr, davon wird deine Kindheit nicht mehr in meinen Arm wach und lachend und tragend und umsorgend und liebend und geborgen und ich wende mich ab mit Entsetzen und erschrecke wie der Basilisk, dieses Untier das in der Schönlaterngasse hauste, dem man die blank gescheuerte Pfanne vors Gesicht hielt, wie einen Spiegel, und er hat sich zum ersten Mal in seiner Hässlichkeit selbst gesehen und ist dabei umgekommen. Mir ging es ebenso, ich dachte ich vergehe im Augenblick, ich sah meine Grausamkeit die mich so hässlich machte, meine Grausamkeit, eine Schminkschicht die ich mir selbst aufgelegt habe, die mein Gesicht geprägt hat, und ich verstehe jetzt die Scheinheiligkeit der Versuche mich bei dir heraus zu reden mit Ausflüchten, die meine Wahrheit darstellen sollen, und habe deine Wahrheit nie wirklich gesehen. Jetzt wo ich so vor den kleinen Kindern stehe, diese kleinen runden Pobacken mit Staunen betrachte, diese kleinen Beinchen die krabbeln und schon laufen, auf der kleinen Rutsche ins knöcheltiefe Wasser sausen, diese weichen kleinen Körper, diese zarten kleinen Wesen die schreiend ihren Willen kund tun, dass man hört dass sie da sind, steigt Scham in mir hoch. Wie musst du geschrien haben, nach mir geschrien haben und ich habe es nicht einmal gehört, weil ich an der ratternden Maschine in der Fabrik gesessen bin, die alles übertönte, wo ich nichts mehr gehört, und auch nichts mehr gesehen habe. Alles war verschwunden, auch du warst verschwunden und in die wenigen Stunden abgedrängt die ich für dich vorgesehen hatte. Meine Grausamkeit, durch meine Arbeit geschürt, hart und grausam wie die Maschine war ich selbst geworden, ohne es selbst zu sehen, diesen Monotonkrüppel der eine Stempelmaschine betätigt, jeden Tag pünktlich um 3/4 7 die Karte einsteckt, die mit einem Klingelzeichen bekundet dass er da ist, aber er hört es nicht, er läuft so schnell und kann nie anhalten und kann auch nicht erwachen, trotz der tausend Handgriffe in Akkordarbeit, die er in einen Tag legt.

Heute habe ich es gesehen, heute habe ich meine Grausamkeit gesehen, heute habe ich meinen Kopf verdreht und hätte ihn am liebsten vom Kopf gedreht, weil er mir so ein Wesen zeigt, das ich um Himmelswillen nicht in mir haben will, diesen grausamen Menschen der ich war und bin. Die Grausamkeit hat sich eingenistet in allen meinen Zellen, hat mich zu einem Unmenschen werden lassen, der nie die Wirklichkeit erkennen konnte, weil ich meine Weichheit verloren hatte in dem Muss, Geld zu verdienen, und deine Weichheit, mit der du vor mir warst, nicht einmal erfassen konnte, mit dieser schnellen Weichheitsbewegung, mit der du vorwärts krabbelst in dein Heranwachsen. Ich weiß nicht wo ich damals gewesen bin, ich weiß nur, ich muss nicht da gewesen sein, ich muss nicht in meinem Körper, nicht vor dir gewesen sein, ich muss irgendwo anders gewesen sein, vielleicht in meinen Vorstellungen wie alles sein soll. Diese vielen Dinge die ich mir vorstellte, diese vielen Dinge die ich haben wollte, eine Wohnung eine Einrichtung und alles was dazu gehört, weil ich dachte in diesen Dingen wäre das Glück und das Leben selbst enthalten, wie ein Samenkorn eingelegt, und wenn ich das in der Hand hätte, würde es zu keimen beginnen, in meiner Hand zu keimen beginnen und ich würde endlich das Glück spüren, mein Leben spüren.

Ich wusste noch nicht, dass ich Leben in mir hatte, ohne diese Dinge leben würde und ohne diese Dinge leben konnte, dass es allein mein Leben war in meinem Körper das mich trug. Ich habe das Glück nicht gespürt als ich dich in meinem Armen hielt, ich habe es wohl gespürt aber es war immer durch meine Vorstellung abgetrennt, als wäre dein Körper wie durch Watte abgeschirmt von meiner Haut, ich konnte nicht das ganze Glück spüren, dich im Arm zu halten, ich konnte nur so einen kurzen Hauch davon wahrnehmen, so ein Anfassen das auch gleich wieder ein Loslassen war. Ich war nicht da, ich war nicht da, als dein kleiner Körper die Hände nach mir streckte, vergebens nach mir streckte, ich habe dich nicht hoch genommen, ich habe dich nicht geherzt, ich habe dich nicht bei jedem Lachen beobachtet und mit gelacht, ich habe dich abgeschoben, in eine dunkle Zelle zur Schwiegermutter, und jetzt wundere ich mich, wenn du mich auch abschiebst in eine dunkle Zelle, bin ich total verwundert darüber, fühle mich benachteiligt und nicht verstanden. Wie kannst du das deiner Mutter antun, nie habe ich gedacht, wie konnte ich dir das antun, wie konnte ich dich so als kleines unselbständiges Wesen allein lassen? Ich weiß es nicht, ich weiß es nicht, ich weiß es nicht, ich könnte es noch tausend Mal in den Wind schreien, aber ich weiß es wirklich nicht, mir kommt vor, als wäre ich heute vor dem Kinderspielplatz aufgewacht und vorher hätte ich tief geschlafen, ja ich habe tief geschlafen auch in den hellsten Tagen und habe dein Lachen versäumt, ich habe dein Weinen versäumt, und habe deine Sehnsüchte versäumt, die du mir entgegen gehaucht hast mit deinem Milchgeruch, den ich so an dir geliebt habe und doch hatte ich kein Mitleid, ich hatte nur Grausamkeit für dich. Mein grausames Wesen muss sich im Religionsunterricht gebildet haben, in den vielen Stunden von Kirche und Dogmen, damals sind so viele Worte an mich gekommen, die ich gierig aufgesaugt habe und die mich nicht zu einem Liebenden wandelten, sondern zu einem Kopfdenkmenschen der alles auf viereckigen voll beschriebenen Blättern in seinen Kopf jederzeit abrufbar, fein geordnet, einzementiert hatte, ohne es leben zu können, nichts davon wusste, was vor mir war, diese Wirklichkeit die ich nie sehen konnte, deine Wirklichkeit die mir verborgen war, so nahe vor mir und doch verborgen war. Meine Grausamkeit zeichnet nun mein Gesicht, ich wundere mich über mein Aussehen und kann es nicht fassen und jetzt weiß ich, dass ich es bin, ich es war der den Zusammenhang in mir gebildet hat, mein Aussehen ist mein innerstes Wesen, mein grausames Wesen, ich habe es selbst gebildet, ich habe selbst getan, alles getan, was sich jetzt in meinem Gesicht zeigt.

Eine Klarheit wie der Himmel liegt plötzlich in mir, keine Wolke zeigt sich die alles verbirgt, dieses Erkennen eines Schlafes mit offenen Augen, einer Traumwelt die den ganzen Tag über wach bleibt und nie die Wirklichkeit eindringen lässt, war so stark in mir, dass ich wie schuldlos schuldig wurde. Ich weiß du verachtest mich deshalb, meine Art zu handeln ist dir unverständlich, nicht einmal der Schmerz der Entbindung hat mich wach gemacht, du wunderst dich und ich wundere mich mit dir, so wundern wir uns jeder in seiner Weise und nichts verändert sich dadurch, deine Kindheit wird nicht zurück gebracht in meinen bergenden Arm, und kein Verzeihen legt sich auf deinen Mund, nur Vorwurf und Verachtung bekomme ich in mein alterndes Gesicht geschlagen, und die Sonne blendet mich, so als ob ich nichts mehr sehen kann, weil es heute so hell wird hinter meinen Augendeckeln. Die Verwesung meiner Gedanken beginnt, meine Vorstellungen verflachen, ziehen ab und zeigen nur mehr das was ist, ich mit mir und ohne dich. Du bist mir verloren, meine Wärme mein Gefühl meine Zärtlichkeit habe ich dieser Maschine abgegeben, habe meine Lebenszeit verbogen und verdorben, wie einen Apfel der unter dem Baum zu faulen beginnt, weil eine Hornisse hinein gekrochen ist, die Hornisse, der Vorstellung, die mich sticht und aushöhlt und ich denke, es ist schön gestochen zu werden, weil ich kein anderes Wissen habe und weil den Apfel keiner pflückt oder aufhebt und ihm die rechte Verwendung zeigt, zu der er gekommen ist, die rechte Verwendung, den Sinn in seinem eigenen Dasein zeigt, und die Hornisse nur eine leere Hülle zurück lässt, die ich jetzt bin, eine grausame leere Hülle, die einmal Leben und Liebe in sich getragen hat, damals als ich auf die Welt kam, genau wie du, vielleicht ungewollt auf die Welt kam und doch erschien, wie ein Licht das sich gleich zu verdunkeln begann und schon mit jungen Jahren seine tiefste Dunkelheit erreicht, die ersten sieben Jahre Krieg, grausamen Krieg erlebt, und dann selbst nur mehr im Dunkel umhertappt und sich nicht zurecht findet und dich nicht findet und heute, weil der Tag so hell mich blendet, ein Lichtstrahl durch das Blattgewirr des Baumes mich trifft, in mir aufleuchtet wie ein Stern in Spektralfarben der in alle Richtungen strahlt, für eine Sekunde das Innere meines Auges erfasst und zündet und zugleich verkündet, Licht in meine verborgenen Dunkelheiten bringt, und mir meine Grausamkeit zeigt, mir ins Gesicht wirft, so schonungslos und hart, wie ich selbst gewesen. Und doch musst du mir eines glauben: Ich kann es selbst nicht verstehen, mein Weinen hilft mir nicht, dass ich mir dieses Wunder, dich mein Kind heranwachsen zu sehen, so bedenkenlos abnehmen ließ, einer fremden Frau überließ, mich dabei um dieses Wunder brachte, das ich jetzt anscheinend sehr langsam zu verstehen beginne, jetzt wo alles schon so lange vorbei ist, meine Grausamkeit erkenne die mich zu mir bringt, ein Stück von mir selbst zeigt, das ich vorher noch nie gesehen, und nicht einmal in mir vermutet habe.

Grenzenlos hinüberfallen

Da ruft er mich um halb neun Uhr an, sagt Frieda, und sagt ich kann nicht kommen, und ich werde ihm wieder mal erklären, so kann er nicht mit mir umgehen, das kann er nicht machen, weil ich sitze dann ja wieder zu Hause. Ich hätte ja vielleicht mit meiner Freundin etwas machen können, dann aber bin ich im Frust da gesessen, und habe gedacht, wieso lasse ich das zu, dass man so mit mir umgeht.

Schon wieder der Minderwertigkeitsfilm, sagt Britta, in den du fällst, was nützt es, wenn du ihm alles erklärst, und er doch noch nicht die Ebene erreicht hat, wie man mit Menschen umgeht und will, dass die Menschen auch so mit einem umgehen, er wird dich anhören, aber er hat den Prozess der Erkenntnis noch nicht durch. Du kannst mit deinen Worten einen Menschen nicht auf eine andere Ebene hochheben, als wo er steht, das gelingt dir nicht.

Ja aber ich muss es ihm sagen, sagt Frieda, damit er es weiß und wenn ich es ausspreche wird er es verstehen, ich weiß nur, ich werde mich jetzt rarmachen, ich bin schon wieder in ihn hineingefallen, und nicht bei mir geblieben. Kaum ist ein Mann neben mir, bin ich ganz auf ihn ausgerichtet, und wenn er sich bewegt, falle ich gleich um, ich muss wieder zu mir kommen, und meinen Boden finden, ich werde ein schönes Buch lesen und wieder zu mir kommen.

Schon wieder ist etwas nicht so wie du es willst, sagt Britta, und gleich ist die Hölle da, in diesem Paradies wo du lebst. Er will eine junge Frau, die nicht redet, nicht unentwegt alles ergründen will, vielleicht bist du ihm zu anstrengend, das ist möglich, du bist neugierig geistig unterwegs brauchst einen geistigen Menschen neben dir, mit dem du über alles sprechen kannst, aber nicht einen gestressten Mann der nicht weiß wo ihm der Kopf steht, der braucht keine so anstrengende Frau, und das bist du, der braucht nur seine Ruhe, und will kommen und gehen wann er will.

Ja du hast recht, sagt Frieda, ich habe im Garten gearbeitet, nicht Er, Felix hat mir geholfen, die schwarzen Topfpflanzen hinaus zu stellen, da habe ich jetzt dreißig Jahre Ruhe. Im Bassin ist Wasser, ich bin schon geschwommen. Letztes Mal war ich bei Irene zu Besuch, da sieht es aus als ob einen Bombe explodiert wäre, keines der Kinder räumt etwas weg, alle lassen alles liegen, wie es ihnen aus der Hand fällt. Sie hat den Kindern keine Ordnung beigebracht, das Geschirr ist zu Hauf in der Küche gestanden, und ich habe es in dieser Unordnung nicht ausgehalten, und habe mich darüber gemacht, in einer Stunde war alles blitz und blank. Frieda hat mich angeschaut und hat gesagt: Du kennst dich hier gar nicht aus und weißt wo alles hin gehört. Nein, es war dann erst für mich zum Aushalten dort.

Die Ordnungsliebende verstehe ich gut, sagt Britta, aber degradiere dich nicht zur Putzfrau, denn dann wirst du so von ihr gesehen.

Nein, nein sicher nicht, sagt Frieda, aber Irene muss doch den Kindern beibringen, dass jeder sein Geschirr gleich abschwemmt und in den Geschirrspüler stellt, und es so doch viel einfacher ist Ordnung zu halten.

Ich bin ich froh, dass ich bei dir nicht angestellt bin, sagt Britta, du würdest mit deinem Personal nicht gut umgehen.

So eigenwillig wie du bist, sagte meine Mutter immer zu mir, sagt Frieda, alles willst du anders haben als es ist. Dabei war ich nur der Gegensatzpunkt für meine eigenwillige Mutter aufgetreten, damit sie nicht über mich hinüberwischt, als wäre ich nicht vorhanden. Ihre Eigenwilligkeit hat sie nicht gestört, nur die meine, weil sie nur meine Eigenwilligkeit gesehen hat. Ich hatte eine Erkenntnis, dass ich plötzlich zwei Menschen gesehen habe, dass zwischen uns die Liebe wie ein Baum ist, und er will den Baum nicht wachsen lassen, der aber schon zwischen uns wächst, er beschneidet ihn, statt sich zu freuen dass er wächst.

Weil er eben noch keine Beziehung will, sagt Britta, die du aber unbedingt willst, und du könntest, wenn du genau hinsiehst, und wenn du es willst, genau sehen wie er zu dir steht, man kann es an seinen Aktionen sehen, wenn er neben dir mit anderen Frauen schäkert, also dass du es genau sehen kannst, er will das, und du bist daneben und bist beleidigt. Er will dich aber gar nicht beleidigen, er will frei sein, er zeigt es dir mit jeder Handlung. Du aber willst ihn mit klugen Worten dort hinbringen, wo du ihn gern hättest, wo du stehst und auf ihn wartest. Aber das geht nicht. Zwei Menschen die aufeinander zugehen, und es beide wollen, das ist es was hält, wo keiner den anderen zerren, herumbiegen, belehren muss, nicht ihm zeigen wo er ihn hinhaben will. Sicher ist eine Beziehung gut, man kann immer von einem anderen lernen, was alles in einem Menschen drin ist, und dass es nicht nach deinem Kopf geht, wie gut du dir das auch ausgedacht hast, wie schön alles sein könnte. Wenn zwei beteiligt sind, sind es zwei verschiedene Wesen, und sein Wesen ist genauso berechtigt zu erscheinen und dir zu zeigen was er will, und wenn du es nicht bist, die er will, dann musst du es auch anerkennen.

Ja voneinander lernen, das ist es, sagt Frieda, aber ich habe mich jetzt rar gemacht, ich habe jeden Tag etwas vor gehabt, da hat er mich schon zurückgerufen und sagte, er hat es nicht so gemeint, er hat so viel zu tun, er ist an einem großen Auftrag dran, und er muss sich einsetzten das weiß ich, weil er nichts als Schulden hat, sonst verliert er vielleicht das Haus. Auf jeden Fall ist es ihm nicht recht, dass ich jetzt keine Zeit habe, kaum gehe ich einen Schritt zurück, kommt er gleich nach.

Du bist ihm sicher nicht gleichgültig, sagt Britta, sonst wäre er nicht schon fünf Monate mit dir beisammen, aber er will alles nicht so eng, wie du es willst, und das musst du anerkennen.

Ja aber man will sich doch manchmal an jemanden anlehnen, sagt Frieda.

Ich habe mich ein ganzes Leben an niemanden angelehnt, sagt Britta, wenn du in dir selbst bleibst, dann hast du diese Geborgenheit, die dir kein anderer geben kann, das ist es was du wieder erreichen musst, ja zu dir selber kommen, sonst macht er eine Bewegung und du fällst gleich um.

Ja besonders zur Zeit wenn man auf einem Bein steht, sagt Frieda, aber man kann nicht immer ganz bei sich sein, das geht nicht, man muss abwechselnd bei sich und auch beim anderen sein, es muss so ein hin und herpendeln sein, eine Bewegung, sonst ist es Erstarrung in dir selbst.

Nein es ist keine Erstarrung, sagt Britta, es ist die totale Lebendigkeit und Geborgenheit in dir selbst, aber vielleicht gehört es zu deinem Prozess der Beziehung, wenn man nicht ganz bei sich bleiben kann, und in den andern hineinfällt, vielleicht muss das so sein. Ich habe Zeiten erlebt, da konnte jeder sagen was er wollte, und ich habe es nicht auf mich bezogen, war nicht beleidigt, und dann plötzlich, hat einer etwas gesagt, und ich war beleidigt, und dort wo ich immer still gewesen bin, habe ich zu schreien begonnen, so als ob meine fixe Plattform verschwunden ist, auf der ich schon zu stehen glaubte. Das Leben ist immer ein Auf und Ab, da gibt es keine fixen Standpunkte, vor allen in der Zwischenmenschlichkeit, wo sich alles unentwegt in eine andere Richtung bewegt. Ich verstehe nur nicht, dass Frauen mit

Führungspositionen, ich habe es oft beobachtet, kein Selbstwertgefühl haben.

Weil ich mit dem anderen Menschen ganz verschmelze, sagt Frieda, aber wenn ich von ihnen weggehe, wieder ganz bei mir bin, bei einer Beziehung gelingt mir das aber nicht.

Ich habe eine Wissenschaftssendung gehört, sagt Britta, da hat ein Physiker davon gesprochen, dass sie mit der Relativitätstheorie und der Quantenmechanik, die sich widersprechen, mit beiden rechnen, aber in den Nanobereichen, ganz andere Gesetze herrschen, wie in der sinnlichen Welt, und er sagte, dass wir nie wissen werden wie alles ist. Ich übertrage diese Situation gerne auf den zwischenmenschlichen Bereich, wir glauben etwas zu wissen, aber wir werden es nie wissen, weil sich unentwegt alles verändert, in jeden von uns, wie willst du jemals auf einen grünen Punkt kommen? Nein, du kannst nur in diesem „ES IST" leben und es annehmen, und versuchen, damit zurecht zu kommen. Das was ist, ist das Leben, und wenn ich es annehme, dann lebe ich. Vielleicht ist es alles was man vom Mann bekommen kann, und das muss genug sein. Vor allem wenn er so zu kämpfen hat, dann gibt es halt nicht so viel Zeit für dich, das musst du nehmen wie es ist.

Ja das mache ich ja auch, sagt Frieda, ich bin gar nicht neugierig, dass er dann bei mir hockt und mir so viel Unordnung macht, es ist schon gut, wenn ich allein bin, ich habe sowieso wenig Zeit, verbringe halt das Wochenende allein, und arbeite im Garten. Zu beginnen ist oft schwer, aber wenn ich es mache, dann geht es gut und es macht mir viel Freude. Ich weiß auch, dass ich mich auf ihn verlassen kann, dass er keine andere Frauen hat, da brauche ich keine Angst zu haben.

Na was willst du mehr, sagt Britta, das ist ja schon viel. Ich habe immer Probleme mit meiner Schwester, die mich heruntermacht weil sie sich nicht selber hochhalten kann, als das was sie ist.

Das ist bei meiner Schwester genauso, sagt Frieda, sie ist dick und weiß nicht, was sie sich noch auf die Figur hängen soll, jedes Mal hat sie einen neuen Fetzen und Schmuck, macht unzählige Reisen, und ist mir um alles neidisch, und ich weiß nicht auf was, nur weil ich alles allein schaffe.

Ich habe eben über Neid und Gier nachgedacht, sagt Britta, die kommen so plötzlich hoch, auch wenn du sie nie gekannt hast, als ob die Samen nur darauf warten aufzugehen und zu sprießen, du kannst in einem Augenblick obwohl du nie neidisch warst, zum Neidhammel werden, das geschieht ohne Vorwarnung, da hat jemand etwas was du auch gerne hättest, und dein Neid schießt hoch mit der Schnelligkeit wie keine Blüte hochwachsen kann, und du siehst es und kannst es nicht glauben, was in dir ist wenn du es siehst und ehrlich bist.

Ich habe meiner Mutter eine Absaugkugel für das Schwimmbassin gekauft, sagt Frieda, und ich habe meine Schwester vergessen, obwohl sie und ihr Mann gut verdienen, haben sie für Mutter nichts übrig, weil sie ist neidisch. Egal, habe ich gedacht und habe es gemacht, und Mutter hatte Tränen in den Augen, so gefreut hat sie sich. Meine Schwester hat so viel und kann nicht einmal die Hälfte auf ein Muttertags Geschenk drauf geben.

Um meine Schwester habe ich mich immer gesorgt, sagt Britta, und zuletzt wollte ich ihr die Klangschalen auflegen, weil sie so starke Schmerzen hatte, und sie war selig, weil es so gut geholfen hat. Dann kamen die Schmerzen wieder, und ich wollte ihr noch mal die Klangschalen auflegen, aber sie kann nichts annehmen, alles muss sie zurückstoßen, und mich dabei zurückstoßen, aber ich will das nicht mehr, sie soll allein damit fertig werden, sie ist ja nicht mein Kind.

Aber du musst es ihr gern geben.

Aber das tue ich ja.

Ja du gibst, sagt Frieda, aber sie kann nicht nehmen, und du musst es ihr auch sagen: Ich gebe dir, aber du kannst es nicht nehmen, damit sie merkt was sie macht, wenn sie dich zurückstößt.

Ja du hast Recht, sie kann nichts nehmen, sagt Britta, sie stößt alles zurück, das ist der Punkt, du triffst damit den Nagel auf den Kopf.

Griechische Tragödie

Die griechische Tragödie wollen sie lesen, wie letztes Mal schon: MEDEA, diesmal: IPHIGENIE IN AULIS. Als Vera bei Fred ankommt, und ihn begrüßt, werkt Gerda in der Küche. Hallo, Hallo wie geht es dir, sagt sie? Gerda verzieht nur tonlos den Mund.

Fred: Leider konnte Werner nicht kommen, er hat abgesagt, obwohl er die ganze Woche zusagte, dass er kommt, und auch Regina und Erich kommen nicht, so sind wir heute nur zu dritt.

Vera: Das ist schade, aber wir lesen doch?

Fred: Ja, klar, für mich ist es ganz wichtig, ich muss jetzt die ganze griechische Tragödie in mich hineinbringen und durcharbeiten. Ich sitze pünktlich, jeden Mittwoch, im Café Benno, da komme ich vorbei wenn ich von der Arbeit nach Hause fahre, und lese darin. Ich will alles ganz genau wissen.

Vera: Ich habe auch versucht, in die „Griechische Tragödie" einzutauchen, und bin darin untergegangen, ich habe es nicht geschafft. Alles ist mit allem verbunden, so viele Namen tauchen auf, dass man ganz verwirrt ist. Karl Kerenyi, der die Mythologie der Griechen beschrieben hat, wie er das geschafft hat, ist mir unklar, sich in dieser Verworrenheit zurechtzufinden, aber er hatte anscheinend ein anderes Verständnis und mehr Überblick als ich.

Fred: Na klar, nach kurzer Zeit vermischt sich und verschwindet ja alles wieder, das kenne ich auch.

Vera: Ich habe einiges mitgebracht. Vera gibt Fred eine Flasche Wein in die Hand, die Schüssel mit dem Nudelsalat stellt sie auf den Tisch an der Wand, wo diverse Leckereien wie schon das letzte Mal, Käse Schinken, kleine Fische, alles in kleinen Schüsseln vorbereitet sind, die Getränke daneben. Vera merkt, wie liebevoll Fred das alles vorbereitet hat. Natürlich liegen auch die gelben Reclams auf den Tisch, die er für alle eingekauft und damit zeigt, wie wichtig ihm die Sache, und zugleich, was für ein gebender Mensch er ist.

Vera: Schön ich freue mich, es war letztes Mal so ein schöner Abend, davon habe ich noch die ganze Woche gezehrt.

Gerda kommt zum Tisch und entzündet sich eine Zigarette.

Gerda: Walter sagte er kommt, aber er kann ja jetzt nicht kommen, das geht ja gar nicht, weil ich ja da bin.

Vera: Was hast du, ist alles in Ordnung bei dir?

Da sinkt Vera auf den Tisch, legt den Kopf auf die verschränkten Arme, und beginnt haltlos zu weinen. Fred macht sich in der Küche zu schaffen. Vera geht zu ihr, sie hat sie erst letztes Mal kennen gelernt, trotzdem hebt sich ihre Hand, und sie streicht leicht über Gerdas Schulter und Haar.

Vera: Weine nicht, was hast du, sage was ist los, oder ja weine ruhig, und befreie dich von dem Druck der in dir ist, dann ist dir vielleicht leichter. Wenn du es erzählst, sagt vielleicht jemand etwas dazu, was du noch nicht sehen kannst, und gibt dir einen Hinweis wie es weitergeht. Denn im Gespräch entwickelt sich alles, da kommen die Inspirationen die Menschen weiterbringen, und selbst wenn es im Streit ist.

Fred: Da kann ich ein Lied davon singen, ich habe mit meiner Freundin so viel gestritten. Sie war aber auch nicht klar im Kopf, sie hätte mir ja klar sagen können, ich will ein Kind, als ich sie gefragt habe: Willst du ein Kind? Aber sie hat keine Antwort gegeben. Dann hat sie zweimal abgetrieben, und wir haben uns total zerstritten. Dann hat sie ein Kind von einem Typ bekommen, der gleich wieder verschwunden ist aus ihrem Leben, und jetzt steht sie da mit dem Kind.

Vera: Diese Männer. Und Vera erinnert sich daran, dass Fred ihr einmal erzählte, dass seine Freundin zwei Abtreibungen von ihm hatte.

Vera: Wie alt ist das Kind?

Fred: Neun Jahre, ich sehe sie manchmal, aber in letzter Zeit nicht, sie scheint wieder einen Haberer zu haben, weil sie sich nicht meldet.

Gerda weint noch eine Weile, dann hebt sie den Kopf, die Tränen rinnen über ihre Wangen, und sie beginnt zu schreien, nein es schreit plötzlich aus ihr heraus.

Gerda: Alles ist nicht in Ordnung, nichts ist in Ordnung. Werner konnte nicht kommen, weil wir einen so grässlichen Streit hatten, und ich verstehe das alles gar nicht, ich kann es nicht verstehen. Ich mache alles was ich kann, und noch immer ist alles zu wenig, und immer bin ich an allem schuld, wenn etwas nicht klappt. Es geht um das Boot was wir gekauft haben, wir sind doch nach Hamburg gefahren um es zu holen.

Vera: Ja, das hast du letztes Mal erzählt. Habt ihr ein Boot?

Gerda: Wir haben eines gekauft. Als wir dort angekommen sind, war der Verkäufer nicht da, wir mussten auf ihn warten. Auf dem Grund wo das Boot gestanden ist, waren sehr nette Leute, die dort ein kleines Haus hatten, die haben uns zu sich eingeladen, und wir konnten dort wohnen, bis der Besitzer kam. Die haben sogar eingekauft, obwohl sie sehr arm waren, um für uns aufzukochen. Ich habe gesehen mit wie wenig Geld dort die Menschen zurechtkommen müssen. Und als wir einmal im Supermarkt waren, habe ich den Wagen einmal ordentlich angefüllt, weil ich gesehen habe, was sie alles nicht eingekauft hat, was sie sich alles nicht leisten können und habe alles bezahlt, weil sie so nett zu uns waren.

Fred: Das habe ich auch bemerkt, denen geht es noch schlechter als uns. Als ich dieses Mal zum Friseur gehe, um mir die Haare schneiden zu lassen, ich konnte es nicht glauben, hat mir ein Deutscher die Haare geschnitten. Das war noch nie der Fall. Es hat sich alles nicht zum Besten entwickelt, wenn diese Leute bei uns einen Job suchen. Bei Türken, Polen, Leuten aus dem Osten, sind wir es gewohnt, aber das gibt zu denken.

Vera: Vier Millionen Arbeitslose, das geht zwar in einem Satz hinein, aber in kein Hirn um es zu kapieren. So viel Arbeit gibt es auf der Welt, und die einen arbeiten sich tot und die anderen vegetieren dahin. Stell dir vor, ein sechzig Millionen Volk überschwemmt uns, wie die Marabunta, eine Ameisenplage in Amerika die alles kahl frisst, oder vielleicht wie die Amazonas Ameisen, die, die fremde Brut rauben und als zukünftige Sklaven ausbilden. Da bleibt nichts von uns übrig.

Gerda: Dann ist der Besitzer endlich gekommen und wir sind einig geworden, haben mit schrecklicher Mühe das Boot ins Wasser gelassen und gleich nach dem Start war der Motor kaputt und es ist nicht gefahren. Ich musste aber gleich zurück, weil ich habe zwei Jobs, einen im siebenten Bezirk und einen im sechzehnten in einem Lokal als Serviererin und ich habe drei Kinder zu Hause. Da habe ich sehr viel zu tun, ich musste zurück. Da hat er mir die schrecklichsten Vorwürfe gemacht, dass ich an allem schuld bin, dass nichts klappt, dass ich die Teile nicht eingekauft habe, die er zur Reparatur gebraucht hätte, dass ich an überhaupt nichts denke, dabei habe ich doch davon überhaupt nichts gewusst (sie weint). Er macht mir immer Vorwürfe, an allem bin immer ich schuld, er ist nie an etwas schuld. Da haben wir so einen Streit gehabt, denn das ist ja noch nicht alles, das ist noch nicht alles. Wieder heult sie auf wie ein geschlagener Hund.

Vera: Du lieber Gott ein Bootskauf. Meine Freundin hat einen Mann, der hatte zwei Boote, eines am Meer, eines an der Donau, sie dachte immer, sie verliert die Nerven, denn sie waren nicht reich und dauernd war etwas zu bezahlen, die Pacht für den Stellplatz, ein Motorschaden, etc. Da entsteht zwangsläufig Streit. Boote kaufen sich Millionäre, könnt ihr euch das leisten? Hat er das Boot bezahlt oder hast du mit gezahlt? Wie lange bist du mit ihm beisammen?

Fred: Wir wollten doch keinen Psychotherapieabend, wir wollten doch lesen.

Vera: Ich bitte dich, lass sie erzählen, wenn sie es ausspricht, ist es dann vielleicht leichter.

Gerda: Vier Jahre. Ich habe mitbezahlt, und ich habe alle Bootstellplätze aus dem Internet herausgesucht, aufgelistet auf einen Zettel, ihm übergeben, er hat es nicht getan, ich habe mich um alles gekümmert, und jetzt hat er den Zettel verlegt und wieder bin ich schuld. Aber es war doch so schön, wir wollten doch übers Meer fahren, es war so schön, ich habe mir alles so schön ausgemalt, wir wollten doch eine Zeit auf dem Boot leben, ich habe mir alles so schön vorgestellt, und jetzt steht das Boot irgendwo in Deutschland, es ist zwar schon ein Stück näher, aber noch nicht da. Es steht jetzt irgendwo in Düsseldorf.

Fred: Ja er hat es mir erzählt, das Boot steht in Dortmund.

Gerda: Ja. Er macht mir die schrecklichsten Vorwürfe, dass ich an allem Schuld bin. Ich mache doch alles was ich kann. Ich habe heute, Sonntag, die ganze Wohnung bei mir zu Hause geputzt, die Kinder brauchen Kleidung, Essen, Schulsachen, alles muss immer für sie bereit sein, das geht ins Hundertste. Und er macht mir Vorwürfe, dass ich die Teile nicht gebracht habe, wo er darauf gewartet hat, dabei hätte ich sie gar nicht bringen können, weil ich es nicht gewusst habe, weil mich die Firma nicht angerufen hat, es mir nicht ausgerichtet hat. Ich habe ja gar nichts gewusst, und er sagt, wie blöd ich bin, alles vergesse ich, nichts kann ich für ihn tun.

Gerda heult auf wie ein geschlagenes Tier, ihre Stimme ist lautstark als wäre in ihrer Kehle ein Mikrophon eingebaut, und als ob, aus ihrem Inneren, jetzt verschiedene Personen zugleich aus ihr herausschreien, die vorher bei ihr stumm waren und geschwiegen haben.

Vera: Aber du bist für das Boot nicht verantwortlich. Was hat das Boot gekostet?

Gerda: Achttausend Euro. Ich habe dreitausend drauf gegeben, die habe ich jetzt zurückverlangt, als ich gegangen bin, das andere, was er mir noch schuldet, hat er jetzt nicht. Und jetzt ruft er mich an, dass er kein Geld hat, das Boot nicht herunter führen kann, und dass ich an allem schuld bin.

Vera: Da hat euch einer ein Boot verkauft, das nicht in Ordnung war. Er kennt sich vielleicht nicht so gut aus, ist verärgert darüber, und schiebt jetzt alles auf dich ab. Die griechische Tragödie, mitten unter uns, sie endet nie. Einmal hat ein Mann zu mir gesagt: „Wer die „Griechische Tragödie" nicht kennt, kennt ja nicht den Boden auf den er schreitet". Der Typ war zwanzig Jahre alt und ich dachte damals: Das hätte ich auch schon gerne mit zwanzig Jahren gewusst, da wäre ich nicht mehr über so vieles erstaunt, und wie von den Socken gewesen. Aber keiner hat mir einen Hinweis gegeben, dass jedes Leben wie aus einer alten Vorlage, aus der griechischen Tragödie aufgebaut ist. Ich war ins Leben geschickt, ohne Anleitung, wie eine Blinde. Bei dir scheint es auch so zu laufen.

Fred: Das ist bei uns alles so und blind sind wir auch alle.

Vera: Aber das Boot, ist doch sein Traum vom Leben. Du bist für dein eigenes Leben verantwortlich, und für deine drei Kinder, bis sie flügge geworden sind. Dann muss du sie loslassen, entlassen in ihr eigenes Leben, dann bekommst du dein Leben wieder für dich zurück. Wie alt sind sie eigentlich?

Gerda: Die Zwillinge sind zwölf und mein Sohn ist vierzehn. Wir wollten mit den Kindern über das Meer fahren, alle, die ganze Familie, das wäre schön gewesen, aber das war ja ein langjähriger Plan, es sollte sich in zehn Jahren erfüllen, zuerst musste das Boot hergerichtet werden, und dann erst die Fahrt über das Meer.

Vera: Mit den Kindern? Dann sind sie zweiundzwanzig und vierundzwanzig, keines von den Kindern will dann, mit der Mutter übers Meer fahren, die sind dann lange auf ihren eigenen Weg, und haben mit euren Leben nichts mehr zu tun. Und das ist auch gut so, denn es sind eure Vorstellungen von einem Leben, die Kinder haben ihre eigenen Vorstellungen von ihrem Leben, und es ist besser man lässt die Kinder frei und hilft ihnen sich selbst in sich zu finden, anstatt man verschüttet sie in den eigenen Vorstellungen, in denen sie nur umkommen können.

Gerda: Ja du hast Recht, mein Sohn ist vierzehn und will ja jetzt schon nicht mit mir fortfahren.

Vera: Mit den Kindern hast du ja noch genug zu tun, das ist wohl

Verantwortung genug. Da brauchst du einen Mann, der zu dir steht, der dir zur Seite steht, der dir hilft, doch nicht einen Mann, der sich wie ein viertes Kind auf deinen Schoß setzt. Dem du hilfst seine Träume zu verwirklichen, und auf deine Träume vergisst. Du lieber Gott, die Frauen machen so viel, und das ist alles schlecht, denn das bringt die Welt nicht weiter, vielleicht wenn sie weniger tun würden, das wäre erst der Kick in eine neue Richtung. Da habt ihr sicher schon oft Streit gehabt.

Gerda greift sich mit gespreizten Fingern aufgebracht auf den Kopf: Ich habe schon alle meine Nerven verloren, es gab ja schon so viel Streit, wegen allem gab es Streit, ich glaube ich werde noch Wahnsinnig oder komme in die Klapsmühle.

Vera: Das ist nicht das richtige, aber was glaubst du, wie lange du deine Nerven noch im Zaum halten kannst? Was, wenn du plötzlich außer dir bist, und in irgendeinem unbedachten Augenblick, wo wieder Streit aufflammt, ein Messer in der Hand hast? Wie es ja immer in der Menschheitsgeschichte zugeht, wenn einer den anderen im Affekt meuchelt, und erst im Nachhinein sieht, wenn nichts mehr zu retten ist, was er getan hat.

Fred: Das kann leicht geschehen, ich habe das oft erlebt, ich war auch oft an meiner Grenze mit den Nerven, wenn ich ausgerastet bin bei meiner Freundin.

Vera: Da ist sie die „Griechische Tragödie", mitten unter uns und nicht vor mehr als zweitausend Jahren, sondern jetzt in jeden Leben. Wenn die Nerven dünn werden, brennen sie einmal durch. Kannst du dir das leisten? Die Kinder brauchen dich, das ist wichtig. Hast du dir noch nie die Frage gestellt, warum du das alles machst? Wo du doch alles machst, und noch immer ist es zu wenig? Schreibe dir einmal auf einen Zettel auf, was du willst, und auf einen anderen Zettel, was du nicht willst, und sicher steht da nirgendwo ein Mann darauf, der dich beflegelt und keine Achtung vor dir hat, und sich wie ein Kleinkind auch noch auf deinen Schoß setzt. Die Achtung voreinander ist doch das wichtige in einer Beziehung, wenn die weg ist, was bleibt dann noch?

Fred: Das mit dem Aufschreiben ist gut, das solltest du einmal tun, da kannst du einiges erkennen und klären.

Vera: Ich verstehe nur nicht, weshalb du dir von Werner so viele Vorwürfe machen lässt. Bist du dir gar nichts wert, hast du kein Selbstwertgefühl, kein Selbstbewusstsein. Du bist so eine schöne Frau, kein Mensch sieht dir drei Kinder an, an jedem Eck wartet ein Mann auf dich, für den du so viel tun kannst.

Gerda: Darüber mache ich mir keine Sorgen. Da gibt es genug Männer. In meiner Arbeit, lasse ich mir von keinem etwas sagen. Dann sage ich oft: Verschütte ja nicht dein Glas, sonst bist du draußen aus dem Lokal.

Fred schüttelt sich ab.

Gerda: Aber das ist ja noch nicht alles, das ist ja noch nicht alles, heult sie kreischend auf, Jetzt hat sich auch noch, diese Familie bei uns angesagt, wo wir gewohnt haben. Sie wollen eine Woche nach Wien kommen, um es sich anzusehen. Und weil sie so nett waren, haben wir „Ja" gesagt, aber jetzt ist doch alles anders, es ist doch alles ganz anders. Er sagte zu mir: Gestern hättest du die Wohnung putzen können, weil ich seine Wohnung ja auch immer putze, aber ich bin einfach nicht dazu gekommen, bei der vielen Arbeit. Aber wie es da aussieht, das kann sich ja keiner vorstellen, ich habe immer gern Ordnung, wenn die Gäste morgen kommen, weil er macht ja nie etwas, auch nicht in seiner Wohnung, und jetzt will er plötzlich, dass sie bei mir wohnen, weil es bei ihm so schrecklich aussieht.

Vera: Bei dir und den Kindern? Dann muss er sich um nichts kümmern, du musst kochen, für die Freunde da sein, und alles bezahlen. Dabei sind es die Leute, bei denen er gewohnt hat, um sein Boot zu kaufen. Es ist ja sein Boot?

Gerda: Ja aber das ist noch ein bisschen komplizierter. In dieser Wohnung lebt mein Mann mit den Kindern. Aber gestern habe ich ein paar Sachen in meine Tasche geworfen, die ich gefunden habe und bin einfach von Werner gegangen. Ich konnte diesen Streit nicht mehr aushalten, die vielen Vorwürfe nicht mehr aushalten, ich bin gegangen.

Fred: Du wohnst noch mit deinem Mann zusammen, und er hat eine Freundin, die wohnt auch dort?

Gerda: Ich wohne bei Werner. Ich verstehe mich mit meinem Mann sehr gut, wir haben nie Streit darüber, wer auf die Kinder sieht, er war ja auch da, und hat sie versorgt, als ich in Deutschland war. Ich koche auch für alle, und mein Mann kocht auch, er kocht sogar sehr gut, da er es einmal gelernt hat, und es ist schön, wenn wir alle beisammen sitzen. Er hatte eine Freundin, jetzt ist er allein. Wir verstehen uns sehr gut, er ist immer für mich da und er hätte gern, dass ich wieder zu ihm zurückkomme, aber er ist mit seiner Arbeit verheiratet, nicht mit mir.

Deshalb bin ich gegangen, das habe ich nicht mehr ausgehalten.

Vera: Da hat er sicher einen aufwendigen Beruf, der ihn auffrisst? Was hat er für einen Beruf?

Gerda: Er ist verantwortlich, dass in der ganzen Firma die Computer funktionieren, die alle miteinander vernetzt sind. Einmal waren wir auf Urlaub, da hat die Firma angerufen und gesagt, er soll sofort kommen, sie brauchen ihn, weil alles zusammengebrochen ist. Er soll die Tickets für alle dann der Firma vorlegen. Er hat gesagt: Nein, ich bin mit meiner Familie auf Urlaub, und wenn sie mich kündigen wollen, dann machen sie inzwischen meine Papiere fertig. Er hat nicht gemacht was sie wollten, aber bei mir macht er alles, es gibt nie Streit. Er ist wie ich. Wir haben uns gefunden, wie zwei ganz ähnliche Wesen. Als er in die Firma zurückgekommen ist, haben sie ihn nicht gekündigt.

Vera: Da ist er sicher sehr tüchtig. Computer Ingenieure, die sind ganz eigenartige Wesen, die sind immer in ihrer Arbeit, die haben so viel im Kopf, da gibt es gar keinen Platz mehr für Familie, für Frau. Da ist dein Mann eine Ausnahme, wenn er so viel für die Kinder macht. Du siehst es ja auch bei Fred, er ist so lange allein, weil auch bei ihm, in seinem Kopf, kein Platz ist, dass er eine Frau, die Forderungen stellt, oder gar eine zänkische Frau, ertragen kann, die Streit inszeniert. Da ist kein Platz in seinem Kopf. Die Arbeit ist immer eine sehr einsame Arbeit, keiner kann ihm helfen, die muss er ganz allein in seinem Kopf lösen, wenn er Programme erstellt, die so vernetzt sind, dass alles funktioniert und die Prognosen die er vorherbestimmen muss, vorher festlegt für die Wirtschaft, auch noch den besten Profit bringen.

Fred: Aber das stimmt doch gar nicht. Ich hätte gern eine Frau die kocht. Ja ich bin schon 12, 13 Jahre allein, aber das ist es doch nicht. Obwohl, so wie du es beleuchtest, habe ich das noch nie gesehen, aber darüber muss ich einmal nachdenken.

Vera: Ja mache das, denn eine Frau, die kocht, putzt und sonst unscheinbar und unhörbar wird, die gibt es nicht.

Fred: Wollen wir nicht endlich zu lesen beginnen.

Vera: Ja klar.

Sie nehmen die Reclam Bücher, Gerda zündet sich eine Zigarette an der Vorhergehenden an, und schon sind sie in der Spur von Euripides, tauchen ein in die Schicksale von Iphigenie, Agamemnon, Klytaimnestra, Menelaos, etc. mitten hinein in den Trojanischen Krieg, und wo alle warten bis der Wind aufkommt, die Schiffe endlich in See stechen können, und sie der Wind hinweg bläst, dass von all dem Ungemach nichts mehr zu sehen und zu spüren ist.

Vera ist froh frei zu sein, sie ist etwas älter, hat vieles hinter sich, von all der Bedrückung die Gerda jetzt zu bestehen hat. Wie bei den zwölf Arbeiten des Herakles, kam beim Ausräumen der Augiasställe, bestialischer Gestank hervor, und Fred konnte es kaum mehr erwarten, weil ihm der Abend heilig war und nur für die Lesung reserviert, die abstrakt im Raum stand, weit entfernt von jeder Wirklichkeit und doch nie abzuwaschen von jeder Haut des Menschen, der jemals den Boden der Erde betreten, und damit genau in jene alten verkrusteten Fußstapfen hinein gestiegen ist, die auf jeder Sohle blutende Wunden schürfen.

Gerda sagt bei einer kleinen Pause die sie einlegen: Jetzt geht es mir plötzlich besser. So als ob sie einerseits abgelenkt in weit Entferntes ist, oder vielleicht einen Schimmer davon bekommen hat, warum sie dies jetzt alles durchzumachen hat. Aber das ist nur eine Vermutung von Vera.

Sie essen vom Buffet, in den Pausen die sie einlegen, trinken Wasser, Fred öffnet sich das zweite Bier. Mitten in der Iphigenie Geschichte enden sie, weil es spät geworden war.

Gerda: Ich muss morgen so früh raus, ich muss gehen. Sie verabschiedet sich rasch. Auch Vera erhebt sich.

Fred: Ich begleite euch noch.

Gerda: Wollt ihr den Buggy ansehen?

Fred: Ja klar, gehen wir Buggy schauen.

Vera geht mit ihnen, drei Straßen weiter, und da steht er, ein schwarzer Buggy, ein schwarzes Gestänge mit breiten Reifen, ein schwarzer Vogelkäfig der ein Auto darstellen soll, ohne Dach, ohne Fenster und Türen, wo hinten offen der Motor aufliegt, darüber eine silberne Kiste, für Gepäck und Regenbekleidung.

Gerda: So fährt Werner auch im Winter, ich fahre jetzt mit dem Buggy und er fährt mit meiner Vespa. Gerda setzt den Helm auf und winkt.

Fred: Starte.

Gerda wirft den Motor an und es ertönt ein blubberndes lautes Geräusch, das jedes Wort übertönt. Als sie losfährt, springt der Motorblock in die Höhe, als wäre er nur mit einer Gummischnur, am schwarzen Gestänge befestigt. Sie winken Gerda nach.

Vera: Jetzt verstehe ich alles. Wir hätten gar nicht so viel reden sollen. Der Typ ist ein totaler Narr und es gefällt Gerda, dass er so ein Narr ist. Die Energie die von ihm kommt, belebt Gerda. Ihr Ehemann ist ein liebevoll Sorgender, er konnte ihr diese Hochflüge und Verrücktheiten nicht bieten, was ihr Werner mit Leichtigkeit hervorzaubert und sie so leicht mit einbindet, ohne dass sie bemerkt, dass er sie fesselt. Er bietet ihr eine totale Scheinwelt, ein „Herausgehoben sein" aus dem Normalen, aus dem Durchschnitt, ein Hervorstechen aus der Menge mit diesem Buggy, ist für sie anscheinend Seligkeit, wie sie eingestiegen ist, wie sie weggefahren ist. Sie, Gerda, wie auf einem Siegerpodest, in einem Fahrzeug, das keiner fährt. Und jeder muss ja heute irgendwo Sieger werden mit einer Äußerlichkeit, ohne dass es von ihm selber ausgeht. Dieses sich Hervorheben, Aufbauen auf einem Nichts oder besser gesagt, auf einem Etwas, was ein anderer erdacht und hergestellt hat, was in einen anderen Kopf an Kreativität entstanden ist, das ist jetzt ihr Untersatz, und hebt sie heraus aus der Menge. Aber nicht etwas, was sie aus ihrem eigenen Leben hervorgebracht hat, das befriedigt sie nicht. Ihr Dasein mit drei Kindern wo sie die Realität fest am Nacken gepackt hat, wo wenig Platz fürs Träumen war, diese zwei Jobs, die sie nur auslaugen, nie befriedigen, sind überspielt mit diesem Außen, dass jetzt zu einer Lebensbasis, die sie in Träume trägt. Dazu kommen Ideen und Phantasievorstellungen von Werner, der sie mitnimmt ins Planen und Vorauseilen, wo nie ein Jetzt erlangt wird, das echte Befriedigung bringt, sondern immer nur das Scheinbare, immer nur Unruhe und Ausschauen auf ein Etwas, was vielleicht einmal kommen und sich erfüllen wird. Und niemals, kommt auch nur ein einziges Mal Zweifel auf, und nie wird ans Scheitern gedacht, das ist völlig ausgeblendet. Deshalb ist es so schön, einfach zu schwelgen in dem was Werner will, und sie steigt ein in den Buggy, wie in eine Limousine, die ihr Schutz bietet und sie ist doch offenes Fleisch, leicht verletzbar, lebt Augenblicke wie ein junges Mädchen, hat aber drei Kinder. Sie holt ihre verlorenen Jugendverrücktheiten nach, für die nie Platz war, die sie durch zu frühe Sorge für andere nie ausgelebt hat. Und nie ist ein Wort von Liebe über ihre Lippen gekommen, im Gegenteil, als sie von ihrem Mann zu sprechen begann, war sie plötzlich eine ganz andere, so weich, anschmiegsam wie ein Häschen, als wäre ihr Mann mit einer anderen Frau beisammen gewesen, als jetzt Werner, wo sie aufheult im Streit, weint und doch nicht enden kann, an Werner zu denken und von ihm zu sprechen. Oh Gott, jetzt kann ich Gerda verstehen, alles war umsonst, was wir gesprochen haben, sie liebt diesen Verrückten, der auch im Winter mit diesen Buggy fährt.

Fred: Warum ist er verrückt, er will das ja alles was er macht, den Buggy, das Boot.

Vera: Ja er will das was er macht, aber wie ein Kleinkind, das unentwegt Mutti schreit, aber das kannst und willst du sicher nicht hören, das höre nur ich, ein ganzes Leben lang, bei allem Männern.

Vera weiß auch jetzt, warum sie sich im Gespräch so erregt hat, als wäre sie eine Gegnerin von Gerda, als könnte sie das alles nicht verstehen, aber Gerda hat ihr nur einen Spiegel gezeigt, Bilder die sie vergessen, in jungen Jahren zurückgelassen hat, wo sie auf all die Verrücktheiten eines Mannes eingegangen war, und sie hatte es „Liebe" genannt.

Hochzeitskuchen

Der gelbe Kuchen auf einem Tablett. Die Mutter starrt auf den Kuchen, als wäre er vergiftet. Warum holt er mich zum Tanzen, fragt sie, was für eine Frechheit. Weil seine Frau gesagt hat, er soll dich zum Tanzen holen, sagt Vroni ihrer Tochter. Es war auf meiner Hochzeit, sagt Vroni, erklärend für die anderen, die um den Tisch sitzen, es ist schon 15 Jahre her, seit mein Vater von ihr gegangen ist, aber meine Mutter hat es noch immer nicht begriffen. Die Mutter ist mit Gold behängt um Hals Arme Ohren und Finger, wie einer der spanischen Golddiebe die das Gold nicht loslassen konnten und mit dem ganzen Gold bei Flussüberquerungen untergegangen und umgekommen sind.

Der Kuchen ist köstlich sagt Iren. Meine Stiefmutter hat ihn gebacken, sagt Vroni, aber ich darf nichts sagen, sonst ist meine Mutter böse. Was braucht seine Frau zu sagen, er soll mich zum Tanzen holen, sagt die Mutter mit in die Höhe schnellender Stimme, was für eine Frechheit. Sie ist wie versunken in dem Geschehen vor einer Woche, als die Hochzeit von Vroni stattfand. Heute, eine Woche später, hat Vroni und ihr Mann, einige Freunde geladen, hat aufgekocht und alle sitzen um den Tisch und ergötzen sich an Braten Kuchen und Wein. Nur die Mutter setzt mitten unter ihnen und ist doch nicht ganz da, weil in ihrem Kopf alles aufgewühlt und durcheinander gekommen ist, seit sie ihren Mann wieder gesehen hat und alles was ungelöst in ihr schlummert, wieder hell zum Leben erwacht war. Wenn wir auf Urlaub gefahren sind, ist sie schon mitgefahren, sagt die Mutter ich habe es ja nicht gewusst, er hat sie im gleichen Hotel einquartiert, er ist schon neben mir, mit ihr beisammen gewesen. Mutti es ist mein Tag, sagt Vroni scharf zu ihr, aber da beginnt die Mutter zu weinen und Vroni umarmt sie und beruhigt sie. Sie braucht eine Therapie, wir haben sie schon so oft gesagt, aber sie will nicht. Fünfzehn Jahre sind vergangen und sie hat es noch immer nicht begriffen, dass Vater weg ist.

Manche Frauen begreifen es ein Leben nicht, sagt Iren, in Volkshochschulen gibt es Selbsterfahrungsgruppen, das solltest du vielleicht manche. Aber sie will nicht, sagt Vroni.

Jetzt bin ich auch noch krank geworden, sagt die Mutter, ich habe Blut im Stuhl, ich muss zum Arzt gehen, ich weiß nicht was sie mit mir machen werden. Was kränkt macht krank, sagt Iren, du sollst schauen, wo du hängen geblieben bist, um wieder frei zu werden, für dein eigenes Leben, die Ärzte können dir dabei nicht helfen, das musst du selbst machen. Man muss auch Leute in Liebe loslassen können und nicht unentwegt mit ihnen im Ärger verknüpft bleiben, das tut der eigenen Gesundheit nicht gut, da ist man nicht frei, da ist man wie angehängt an einem Schiff und treibt in der Gischt der Antriebswelle, da ist man nicht in seinem eigenen Leben, sondern hängt am anderen Leben, die einem mitreißen und umreißen, das ist nicht gut, da muss man sich befreien, davon loskommen, damit man wieder lachen kann.

Sie wollte die Pension von ihm haben, sagt die Mutter, er wollte plötzlich die Scheidung und hat sich vor zwei Jahren von mir scheiden lassen und hat Sie geheiratet, damit Sie die Pension bekommt. Ich habe zwei Kinder von ihm und bekomme nichts und muss schauen, wie ich allein mit allem zurechtkomme, Obwohl ich immer für die Familie alles getan habe, Lales getan habe was er wollte, nie getan habe was sich wollte.

Eine Freundin von mir, sagt Iren, sagte immer, ich habe im ganzen Leben nie getan was ich wollte, ich habe immer nur getan was er wollte, sagt Iren, sie ist bald gestorben, als er von ihr gegangen ist.

Aber das war alles schlecht, sagt die Mutter, ich habe alles falsch gemacht.

Die Frauen kommen schlecht weg, sagt Iren, das ist in diesem System in dem wir leben an der Tagesordnung, nicht nur dass sie 40 Prozent weniger verdienen als die Männer, haben sie keine Rechte, so als wären sie Untermenschen und nicht gleichwertig. Die Männer haben Gesetze geschaffen die sie absichern und die Frauen durchfallen lassen, nur haben sie vergessen, dass es die ganze Gesellschaft zu spüren bekommt und erschüttert, wenn das so ist, weil wir ein ganzes sind das verbunden zusammenhängt und da kann sich keiner auf eine Insel abseilen und für sich das Glück finden, wenn rundherum alle im Elend darben. Aber du solltest versuchen von ihm loszukommen, egal was er dir angetan hat, weil du hast noch dein Leben und kannst noch alles tun was du willst. So aber schenkst du ihm den heutigen Tag wenn du im Zorn an ihn denkst und du schenkst ihm das Gestern und das Morgen, aber du sollst frei werden von ihm. Wenn endlich die Kinder aus dem Haus sind und man alles gegeben hat, neben seiner Arbeit versteht sich, dann ist es auch wunderbar wenn man das Leben irgendwann wieder für sich hat, wenn man tun und machen kann was man will.

Aber ich will das gar nicht, sagt die Mutter, ich war immer sehr glücklich mit meiner Familie, ich habe gehandarbeitet, viel gestickt, ich habe Teppiche geknüpft, jetzt habe ich keine Kraft, nicht das geringste kann ich tun, ich kann gar nichts machen, jetzt freut mich nichts und ich habe keine Kraft dazu.

Weil du dir die ganze Kraft von ihm absaugen lässt, weil du immer noch in dieser Geschichte drin hängst, sagt Iren, als wäre sie nicht Vergangenheit sondern dein jetzt. Aber du bist hier, du bist frei und du könntest lachen und froh sein über deine Tochter die glücklich ist. Und du hängst in deiner Vergangenheit fest. Versuche wieder kreativ zu werden versuche wieder einen Teppich zu knüpfen. Ich habe einmal als es mir sehr schlecht ging, eine Weste gestrickt und gesagt das ist meine Schmerzweste, ich habe meinen ganzen Schmerz hineingestrickt, als ich die Weste den Freunden gezeigt habe, müssten alle lachen und auch ich, weil sie so bunt geworden war, alle Farben habe ich dazu verwendet. Und der Schmerz war verarbeitet.

Aber ich kann nicht, sagt die Mutter.

Was soll ich sagen sagt Vroni, ich nehme seit dem fünfzehnten Lebensjahr Antibiotika, ich habe mich in der Kindheit immer angemacht, konnte keinen Harn halten, dann konnte ich keinen Harn loslassen. Ich setze jetzt täglich viermal den Katheder an um Harn abzulassen

Wenn es mir nicht gut geht, gehe ich auf die Berge ich brauche Weite um mich, da sitze ich dann und da besinne mich und dann ist alles wieder im Lot sagt Anton der bis jetzt geschwiegen hat, ich brauche auch niemanden zum Sprechen, das kläre ich alles mit mir selbst in der Stille um mich, ich habe ein Haus allein gebaut ich war immer kreativ. Ich bin 38 Jahre verheiratet und man muss auch neben dem anderen Menschen sein eigenes Leben leben, man kann sich nicht so verbinden dass man selbst aufhört zu sein. Meine Frau ist Malerin, wir können über alles sprechen, ich merke aber, dass wir in letzter Zeit viel zu wenig miteinander sprechen. Jeder geht mehr seiner eigenen Arbeit nach, meine Frau ist Autodidakt, sie ging nicht auf die Akademie. Aber es könnte ihr kein Lehrer etwas beibringen, so gut und eigenständig malt sie.

Viele gute Maler sind nie auf die Akademie gegangen oder höchstens einige Tage, weil sie eigenständig waren und ihren Weg gegangen sind, sagt Iren.

Er verlangt einfach die Scheidung, sagt die Mutter und ich hatte kein

Recht mehr auf ihn, weil er schon so lang von mir weg war. Ich versteh nicht dass er so sein kann.

Alle Begegnungen sind Lernprozesse. Jeder Mensch, der einem begegnet, ist wie ein Spiegel und wirft einem den Teil zurück, der einem besonders an ihm stört und das ist der Teil der einem selbst im Nacken liegt, den man nicht sehen kann, wie den eigenen Schatten und genau da sollte man ansetzen: Warum ärgert mich gerade das am meisten, wo ist dieser Teil in mir, der mich so ärgert, aufregt, ja in Weißglut bringt, wo habe ich genau das in mir, das ich am anderen so ablehne. Denn jeder Mensch hat alles in sich. Es geht darum, dass der andere alles machen kann was er will und man selbst ist weit genug, dass es einem nicht tangiert. Es muss Platz sein für jedes Leben das gelebt werden will. Man muss immer weiter werden damit Welt geschehen kann und nicht so eng, dass einen alles stört, was jeder andere tut. Das macht einem kaputt, das ist sicher. Eine Beziehung ist ein Wunder. Jedes Leben rollt in sich weiter und stellt euch vor, da rollen zwei nebeneinander lange nebeneinander, wo sich manche nur kreuzen und schon wieder auseinanderlaufen. Nein eine Beziehung ist das größte Wunder.

Einmal ist der eine, einmal der andere ein Stück vorne, sagt Anton.

Wenn sie nicht Schritt halten können miteinander, ist es vorbei, sagt Iren.

Ich brauche diese zwei Monate Urlaub für mich, sagt Britta, ich kann es mir nicht anders vorstellen, ich bin froh wenn die nächste Woche um ist, dann bin ich frei. Nein ich fahre nicht weit weg, ich fahre durch Österreich, ein paar Tage Weissensee, ein paar Tage Wörthersee.

Bist du Lehrerin, fragt Iren?

Ja in einer Volksschule aber es ist so anstrengend, das kann man sich nicht vorstellen und ich kann keinen anderen Beruf machen, weil ich diesen Urlaub brauche, ja gewohnt bin, wo man schon sehr viel anfangen kann.

Ich habe einige Freundinnen die sind Lehrerinnen aber wenn sie von der Schule kommen kannst du nicht einmal mehr mit ihnen sprechen, sie ziehen sich immer mehr zurück sie wollen nicht tangiert werden wollen nur in Ruhe gelassen werden, als ob sie schon in der Schule ihre ganze Kraft ausgegeben haben und sich nur mehr sammeln müssen für den nächsten Tag.

Ja so ist es, sagt Britta, es kann sich ja keiner vorstellen. Die Kinder sind unruhig, nicht zu bändigen, mit den Eltern, ich arbeite im dreizehnten

Bezirk, mit diesen Eltern kannst du ja nicht reden, die tragen die Nase hoch und wissen alles besser. Nein, da kann man nichts sagen. Mein Sohn macht jetzt das Summa Cum Laude in England. Er wollte hier nicht studieren, er wollte unbedingt nach England. Ich habe es ihm ermöglicht. Jetzt schickt er mir seine Freunde und ich nehme sie auf.

Wie groß ist deine Wohnung, fragt Iren?

90 Quadratmeter, das geht schon, sagt Britta, es macht mir nichts aus, ich bin auch froh wenn er wo unterkommt. Meine beiden Söhne, ich glaube manchmal nicht dass sie verwandt sind, der Allen ist so etwas von schlampig, lässt alles fallen und liegen wo es ihm aus der Hand fällt, der lebt im Chaos, völlig im Chaos. Ich fasse es nicht, obwohl ich versucht habe, ihm Ordnung beizubringen, war es mir nicht möglich. Der andere ist so pedant, dass ich ihm mit meiner Ordnung nichts recht mache.

Zwölf Jahre war ich mit ihm beisammen, sagt Britta, er ist ein Trinker und ich habe ihn, neben meinen zwei Söhnen wie ein drittes Kind betreut ich habe Wäsche gewähren, habe eingekauft und gekocht, ich habe ein drittes Kind gehabt, seine Mutter und ich haben alles für ihn bezahlt. Dabei ist er ein hochbegabter Mensch. Ich habe oft gesagt ich möchte das alles können was du kannst, ja ich war sogar eifersüchtig auf ihn, ich wollte auch schreiben können wie er, ein großes Wissen haben wie er, ein Einfühlungsvermögen wie er, aber er hat nichts daraus gemacht. Ich sagte immer zu ihm, mache etwas aus all dem was du kannst. Er hat die graphische Gestaltung und den Text von einem Katalog, für einen Künstler gemacht, der ist wunderschön geworden. Ich habe ihn gelesen und habe gesagt, da kenne ich mich nicht aus, obwohl ich ein Laie bin und doch war es gut, denn er hat diese Stelle verändert und jetzt ist alles klar verständlich, auch für den Laien. So habe ich auch mitgearbeitet, obwohl man es nicht sieht. Wir haben uns sehr gut verstanden, wir konnten über alles sprechen und wir haben körperlich wunderbar harmoniert, es konnte nicht besser sein, nur dieses Trinken war schrecklich. Ich bin in Tiefen gegangen, von denen ich nicht einmal ahnte, dass sie bestehen. Die letzten zwei Jahre war es schlimm, was soll man tun mit einem Menschen, der nur mehr betrunken am Boden herum kriecht, dass ich nicht gewusst habe, wie ich meinen schweren Beruf als Lehrerin nebenbei machen soll, obwohl es meine Hauptsache ist, mit dieser Belastung und da habe ich gesagt: Nein Aus. Schluss. Ich habe ein Jahr gelitten, doch jetzt ist es vorbei, ich treffe ihn manchmal so wie heute, aber es macht mir nichts mehr aus, ich habe es überwunden. Ich will keinen Mann mehr, ich will allein mein Leben durchgehen und will frei sein, endlich frei sein, seit die beiden Söhne aus dem Haus sind zum ersten Mal in meinem Leben frei sein und ich genieße es richtig.

Ich bin ganz verstört

Was ist dann unsere Beziehung gewesen, sagt er und reißt die Augen auf als ob er den Schlaf vertreiben möchte, der auf ihm liegt wie ein Decke die alles verdunkelt. Fünfzehn Jahre sind wir jetzt beisammen, leben wir miteinander, ich frage mich aber jetzt, was ist unsere Beziehung oder was bleibt von unserer Beziehung? Wir waren vor zwei Monaten auf einer Wanderung in Marokko, zehn Personen und die Kamelführer, die auch sehr gut gekocht haben. Bis auf 3500 Meter hoch sind wir gekommen wo auf den Bergen Schnee gelegen ist, es war wunderschön, diese Landschaften in hellen Grün, vereinzelt Bäume und Sträucher, wo die Berge manchmal beinahe violett wurden. Jetzt sagt mir Betty, dass sie nach Marokko fährt, so aus freiem Himmel heraus. Sie hat seit unserer Reise mit Mohammed, einem der Kamelführer, am Computer geschrieben.

Oh weh das ist ja schrecklich, sagt sie, da bekomme ich gleich Herzschmerzen, und alle meine Trennungen werden hellwach, so beginne ich mit dir zu schwingen, so kann ich es spüren. Hat er englisch gesprochen, und hast du bemerkt bei der Reise, dass sie sich mit ihm unterhalten hat?

Nein gar nichts habe ich bemerkt, sagt er, nicht das geringste, er spricht französisch, sie nur wenige Worte. Aber sie haben seither korrespondiert und jetzt fährt sie zu ihm und will sich ansehen, was es ist.

Diese Männer haben eine andere Ausstrahlung, als die Männer hier, sagt sie, ich kann es verstehen. Ich kenne Frauen die kaufen sich sogar Häuser in Tunesien, in Marokko, und fahren immer wieder zu den um vieles jüngeren Liebhabern. Eine Freundin erzählte mir, dass ihr bei dem über dreißig Jahre jüngeren Mann nicht das geringste gefehlt hat, weil er sie so zuvorkommend und liebevoll behandelte und sie nicht merken ließ, dass ihm ihr Körper nicht angenehm oder gar zu alt wäre. Im Gegenteil, sie ist viermal zu ihm gefahren, weil es für sie so schön war aber keine Zukunft hatte, weil sie ihn ja nicht hierher nehmen wollte um sich wirklich zu ihm zu bekennen. Aber diese Menschen dort haben eine noch ganz andere Art miteinander umzugehen. Als ich in Tunesien war, habe ich mit fünfundsechzig Jahren noch einen Heiratsantrag von einem jungen Mann bekommen der sagte: „Nehmen sie mich mit".

Kannst du dir vorstellen, welche Sehnsucht diese Menschen haben, aus ihrer Armut zu entfliehen in der sie leben, weil sie glauben, wir leben hier im Paradies, weil wir in der Welt herumfahren, Urlaub machen können, das ist den meisten fremd. Aber es scheint sie zu infizieren, auch dort einzusteigen wo wir schon lange darin verloren sind, weil wir auf der Suche nach dem schnöden Mammon unsere echte Menschlichkeit, die Kraft der Aufmerksamkeit und Zuwendung für andere, verloren haben. Außerdem habe ich mich schon oft gefragt, was hast du für eine Beziehung, fehlt dir nicht etwas? Seit Jahren schläfst du nicht mehr mit ihr, was soll das für eine Beziehung sein? Vielleicht ist sie ausgehungert und fällt deshalb darauf rein. Ich sehe sie schon fallen, es wird nicht gut gehen. Sie ist eine sehr intellektuelle Frau und jetzt will sie zu einem Kameltreiber? Aber sie hat Mut, ich bewundere sie, ich würde das nicht tun, aber ich stehe auch nicht in ihren Gefühlen, die sie jetzt dorthin tragen. Und es scheint jetzt für sie wichtig zu sein.

Für jeden Menschen ist etwas anders wichtig, sagt er, und Sex allein kann Menschen nicht glücklich machen und nicht binden. Ich brauche das Gespräch, eine harmonische Atmosphäre, wir haben sehr gut miteinander gelebt. Jetzt aber bin ich ganz verstört, und frage mich andauernd, was war dann unsere Beziehung, wenn jetzt nichts davon bleibt?

Vielleicht muss sie das jetzt durchgehen, sagt sie, aber wenn es stark ist, kann es auch eine karmische Beziehung sein, sie kennt diesen Menschen aus einem anderen Leben, sie hat ihm einmal geliebt und trifft ihn jetzt wieder. Kannst du dir die Magie vorstellen, die darin sich auswirkt. Bei wie vielen Menschen gehst du vorbei, brauchst nicht einmal einen Blick riskieren, bei manchen musst du anhalten und von manchen bist du gebannt, stehst unter Strom, unter einem unsichtbaren Zwang etwas ganz Verrücktes zu tun, was deinem intellektuellen Denken ganz zuwider geht. Wie soll sie das verhindern, wenn es so ist. Bei dir habe ich immer gesagt du bist die Seele meines Vaters, obwohl du so viel jünger bist als ich. Ich habe immer das Gefühl, dass ich meinem Vater in dir wieder begegnet bin, der mich zu früh, in der Kindheit, verlassen hat. Und jetzt sind wir schon so viele Jahre befreundet. Hinter jeder Beziehung ist ein Geheimnis.

Wenn sie mir das gesagt hätte, dann hätte ich mir schon lange eine kleine Wohnung genommen, sagt er, warum soll ich dann mit ihr sein, wenn es für sie nicht genau so wichtig ist wie für mich.

Beziehungen hängen auch vom Sicherheitsdenken und vielen anderen Faktoren ab, sagt sie. Sie Ärztin, das fühlt sich gut an, ich kenne einige Männer, die gern eine Frau mit gesicherten Status haben, das hebt sie mit hoch und ich denke, dass es auch Ausschlag gebend ist, dass du neben ihr bist. Du bist vermögend und Männer sterben oft früher, sie ist auf Besitz ausgerichtet, warum soll sie nicht bei dir sein? Du bist ein Mensch der immer für andere Menschen da ist, viel für andere macht, solche Männer kenne ich kaum, das ist sicher angenehm für sie. Aber jetzt scheint die Zeit, die Wassermannzeit die 1962 begann, viel neues und viele neue Strömungen des Denkens hervorzubringen, es, ist die Zeit der Freundschaft, des Wir, des Miteinander. Was nicht zusammengehört kann jetzt nichts zusammen bleiben. Es rüttelt alle auseinander, wo Menschen nicht etwas Spirituelles verbindet, es kommt jetzt ans Licht. So wie in der ganzen Weltgeschichte sich die Systeme verändern, ist es auch in den kleinen Beziehungen, es ist immer alles eins. Die Zeit des Kolonialismus ist vorbei, es kann nicht mehr sein, dass Völker ausgebeutet werden, die einen im Reichtum sich voll fressen und die anderen Hungers sterben. Was hier auf der Erde an Ressourcen gibt, gehört allen Menschen die jetzt leben und die Freundschaft, ist die ausgestreckte Hand die es verteilt, nicht mehr alles in die eigene Tasche steckt. Alles ist diesen Gesetzen unterworfen. Aber wenn man bedenkt, dass ein Äon über 2000 Jahre dauert, dann ist die Übergangszeit sicher fünfhundert Jahre, und noch mit Krisen geschüttelt, wie man es weltweit sehen kann, bis das Neue ganz heraus gearbeitet ist. Denn jeder ist daran beteiligt. Deine Freundin muss vielleicht jetzt aus ihrem Intellekt heraus und mehr ins Gefühl gehen und es ist wichtig nicht nur für sie, denn sie gibt auch dir zugleich einen Stoß in diese Richtung. Du spürst jetzt etwas was dich aufrüttelt.

Ja wenn ich jetzt das Herz öffnen würde, würde es mich zerreißen, sagt er.

Aber es ist wichtig, sagt sie, Absicherungen finden immer im Hirn statt, aber Leben ist aus dem Bauch und das Weiche wird überleben. Das harte kalte Denken kann nur in Verbindung mit dem Weichen, den Gefühlen, überleben. Man kann ja in der Geschichte klar sehen, was Denken ohne Gefühl angerichtet hat. Wie hältst du das jahrelang aus, hast du manchmal eine Freundin.

Ja, mache dir keine Sorgen, sagt er, da gibt es jetzt eine Frau, da könnte ich gleich beginnen, sie hat zwei Kinder.

Was ist sie für ein Stern?

Skorpion.

Du liebe Zeit, immer verbinden sich Löwe mit Skorpion, sagt sie, und es ist eine einzige Kampfgeschichte. Das hattest du ja schon. Die Frau die von dir schwanger war, wo du den Vaterschaftstest machen musstest, und herausgekommen ist, dass sie dich belogen hat. Vorsicht. Aber was nützt ein Wort gegen das Leben. Jeder muss tief hineinstürzen in alles was ihn zerstört, damit er sich sieht und erkennt bis auf den Grund. Vielleicht musst auch du auf einen neuen Weg, vielleicht musst du eigene Kinder haben. Aber vielleicht kannst du ihren Umweg aushalten, verzeihen wenn sie wieder auf dich zukommt. Wer weiß wie es weitergeht. Was wirst du zu Weihnachten machen.

Ich werde aufs Land fahren, sagt er, denn es wäre nicht gut, wenn ich jetzt zu ihrer Familie fahre, obwohl ich sie gern mag, als ob alles in Ordnung wäre.

Ich hoffe dass du es gut überstehst, sagt sie, und das Positive in einem Neubeginn findest.

Ja ich denke schon.

Im höchsten Maße

Es ist zum Erbrechen, zum Kotzen, wenn es nicht zum Umbringen wäre, dass man sich stante pede Gift ins Glas und in den Mund schütten würde, an all dem was einem die nahen Nächsten, die liebsten Freundinnen antun, denkt sie. Es gibt nichts Grausames auf der Welt, das sie aussparen, nein sie verwenden alles um eine ihnen am nächsten stehende Frau, Freundin, in den Abgrund zu stoßen. Es ist ihnen willkommenes Geschenk, wenn sie die Freundin die irgendwie unverständlich für sie, ja abartig anders ist als sie selber, wegstoßen, in den Abgrund stoßen, aber sie sehen sich dabei nur in den Spiegel, abartig sind sie selbst im höchsten Maße, und würden sie sich einmal nur genau ins Gesicht sehen, dann würden sie mit dem ersten Blick wahrnehmen, nicht die Abartigkeit der Freundin, sondern die Abartigkeit ihrer selbst, würde ihnen entgegenklotzen.

Irgendwie wundere ich mich darüber, dass If mich nur anschnauzt, nie zu mir spricht wo sie mich doch eingeladen hat zu dem kleinen Gartenfest, und noch mehr überrascht war ich, als ich als ich meine langjährige Freundin Lena bei ihr treffe, die auf mich böse ist, und jetzt anscheinend ihre Freundin ist, denn If kann sich gar nicht genug tun, um Lena in den Arsch hineinzukriechen mit Sätzen: Genau so ein Kleid wie es Lena hat, möchte ich gerne haben, das würde mir auch gut stehen. Lena sagt gleich darauf: Davon habe ich schon zwölf, aus dem Internet. Ich werde mir auch so eines bestellen, sagt If.

Zwölf hat sie schon von dem Kleid, wie immer kann sie nicht nur eines bestellen, aber ich wundere mich über If, die nie so etwas anziehen würde, die einen ganz eigenen Geschmack hat, und noch niemals ein Kleid wollte, was eine der Freundinnen hat. Nun muss ich auch erfahren, dass If, Lena über das Internet gefunden hat, weil Lena so kleine Schmucktäschchen fabriziert, und die wollte If haben, If die noch niemals Schmuck getragen hat, will plötzlich Täschchen für Schmuckstücke, ich komme aus dem Verwundern nicht heraus, denn ich nehme an, das etwas ganz anderes dahinter steckt.

Nun ich bin bei If eingeladen, zu einer Feier für ihre kranke Mutter, wo zwei Musiker und eine Chinesin auf der Geige aufspielen, und ich kenne jedes Lied weil sie in meiner Kindheit meine Mutter beim Geschirr abwaschen gesungen hat: Leise flehen meine Lieder... Es ist eine wunderbare Stimmung in dem kleinen Garten, verwundert war ich nur über Lena die dort sitzt, meine verlorene Freundin Lena, die sich von mir abgewendet hat ohne mir zu sagen was ich ihr angetan habe. Die mir aber sonst aber alles von sich erzählte, und so schnell die Worte von der Zunge rollte, dass alles wie ein Wasserfall und einziger Satz aus ihr heraussprudelte, wenn sie die ärgsten Probleme mit ihren Männern, diversen Männern hatte, und mir die Namen so schnell durcheinanderkamen, dass ich mich oft gar nicht auskannte. Das war egal, Hauptsache sie hatte sich Luft gemacht, in der Beengung die ihr die Männer bescherten, weil sie alles wie in einen Mistkübel in mich hineinleeren durfte.

Nun sitzt Lena vor mir und ich bin erstaunt darüber, wie sie mir gleich wie einst, alles ohne Atem zu holen, in einer Suada zu erzählen beginnt, wie es ihr jetzt geht, nach meiner Frage, und nahtlos reihen sich Männernamen, berühmte Männernamen aneinander, wie sie es immer getan hat, mit denen sie jetzt Kontakt hat und mit ihnen arbeitet, dass ich mich nicht mehr auskannte, wie auch jetzt. Aber es ist mir egal, weil es mich ja nichts mehr angeht. Ich weiß jetzt alles über ihren Sohn, wie tüchtig er geworden ist, und den Hausbau, über dieses Riesenhaus das sie neben ihrem kleineren Haus aufgestellt haben, und ihr die ganze Sonne vom Garten genommen haben, und sie erzählt fließend von all dem Streit, dem Kampf mit den Bauherren, und dass sie ihr eine neue Terrasse einige Meter höher bauen mussten, die jetzt wieder in der Sonne liegt und sie nur einig Stufen höher hinauf steigen muss, und jetzt noch um eine hohe Bambus Absperrung kämpfen wird, damit ihr die neuen Mieter nicht in den Mund sehen können.

Ja und Lena wird nicht fertig mir all die Schwierigkeit zu erzählen, womit sie kämpft: Mich bringt nichts um, sagt sie, ich spreche nichts mehr mit meiner Schwester, und mit meiner Mutter werde ich auch nichts mehr sprechen, ja mich bringt nichts um, ich verliere alle, und lasse mich nicht fertig machen.

Nein sie lässt einfach die anderen blöd sterben, setzt ihre Schritte begleitet von abertausend Worten. Es gibt Menschen die können Unendlichkeitssätze ohne Komma und Punkt aneinanderreihen, dass man nur staunend und starr dabei zuhören kann, unverständlich wie dies möglich ist.

Jedenfalls habe ich gedacht, dass mir Lena vielleicht jetzt sagen kann, nach so vielen Worten von ihr, was sie von mir weggetrieben hat, nie von meinem aufnehmenden Ohr verschmäht, aber ich merke sie schlägt den Keil noch tiefer zwischen uns in die Erde, und entzweit mich noch von If und von Selma, zieht sie mit den vielen Worten und viel Fantasie und Besserwisserei auf ihre Seite, und sie lassen sich gleich hinüberziehen, denn sie lieben es wenn jemand nicht Anwesender fallen gelassen und hin gemeuchelt wird, ohne dass er sich dazu äußern kann. Aburteilung ohne Gerichtsverfahren, wie es ja so viele heutzutage auf der Welt gibt, und alle sind in derselben Art und Weise abgelaufen. Und die gefühllosen Besserwisser haben das Wort an sich gerissen, der Wortschwall und die Lautstärke und die eigene Verzweiflung hat sie vorangetrieben, da braucht es keine andere Seite, sie sind sich selbst genug, selbst urteilend und verurteilend, ja die anderen interessieren sie ja nicht wirklich, da gibt es ja gar keinen Platz in ihrem Leben, es ist einzig wieder nur die Möglichkeit, einmal den eigenen Frust abzuladen so perfekt wie nur möglich, ohne dass es jemand merkt, werden sie frei und können endlich wieder aufatmen, wenn sie beim Weiterschwimmen die anderen fest unter Wasser gedrückt, und endlich selbst wieder aufatmen können, wenn der andere untergeht.

Nein, die Frage nach Unschuld stellt sich nicht, die fehlt in ihrem Repertoire, das kümmert sie auch nicht, die Hauptsache ist ja die Befreiung von dem ungeheuren Frust den sie in sich tragen, den sie sich ständig im Leben aufladen, und jede Verurteilung dient nur dazu, um sich wieder Luft zu machen, nur so können sie sich aufrecht halten und weiterhanteln von Verurteilung zu Verurteilung.

Als If das letzte Mal bei mir war zum Kaffee, hat Fink, ihr Freund, das Handy liegen lassen als sie gegangen sind. Ich habe sie noch mit der Sprechanlage gerufen: Fink hat sein Handy liegen gelassen. Ach so ein Trottel, sagt If gleich. Ich lege es in den Lift sage ich, und denke: So möchte ich meinen Liebsten nicht nennen. Was sagt sie sonst noch alles zu ihm, wenn sie schon wegen so einer Kleinigkeit so auszuckt? Wie oft Fink sagt: Ich bin so arm, und er meint, weil er neben If so leiden muss, und jetzt erst verstehe ich, lege das Handy in den Lift und schicke es hinunter, und sehe das Gesicht von Fink vor mir, der immer mit leidenden Gesicht sagt: Keiner weiß was ich mitmache, keiner hat Mitleid mit mir, ich bin so arm. Dann sage ich immer zu ihm: Jeder leidet am anderen, das sind unser Beziehungen.

Wer kümmert sich noch um das Verstehen des anderen? Ist doch so leicht sich einfach abzuwenden und weiterzugehen, Ausschau zu halten nach dem perfekten Mann, der perfekten Frau, aber leider ein Irrweg, noch einmal nach außen zu gehen und zu suchen, und wieder nicht nach innen zu gehen um zu verstehen, um alles zu verstehen und zu erkennen was es im Menschen gibt, und diese Vielfalt als das Wunder der Welt zu erkennen, ohne sich selbst in den Vordergrund zu drängen, indem man den anderen lieber in den Dreck tritt, ausradiert und so tut, als hätte es ihn nie im eigenen Leben gegeben.

Was mir nahe geht ist, jetzt wo ich fast achtzig Jahre geworden, dass Lena mich überhaupt nichts fragt, nicht wie es mir geht, meiner Familie, dafür hat sie kein einziges Wort.

Verstehe die Welt, verstehe den Menschen, das Kotzen zerreißt einen und speit einen von der Erde. Ich verabschiede mich bald.

Einige Tage später ruft Selma an und erzählt, dass sie mit If einen wunderschönen Ausflug gemacht hat, wo man die hohen Berge gesehen hat, und weil ich Selma auch erzählt habe, dass If mich nur mehr anschnauzt, sagte sie zynisch und lachend voll Schadenfreude: If kann dich ja nur mehr anschnauzen, weil ihr Lena alles erzählte, was zwischen euch gelaufen ist.

If hat an diesem Abend auch alle anderen nur angeschnauzt, es verwunderte mich, jetzt aber nicht mehr.

Lena hat If alles erzählt was ich getan habe, was sie mir angeblich so oft gesagt hat, und jetzt weiß es If und schnauzt mich an obwohl sie mich vierzig Jahre kennt und Lena erst einige Tage, ist ja herrlich. Man könnte hysterisch auflachen und verzweifeln.

Damals habe ich Lena sogar einen Brief geschrieben, sie soll mir sagen was los ist, warum sie sich stumm abwendet, obwohl ich ihr keinen Mann abspenstig gemacht habe. Mir hat sie es nicht gesagt, sie schwieg auch auf den Brief, nun aber Jahre später, erzählt sie es meiner Freundin, und diese erzählt es der nächsten Freundin, wo ich sie gar nicht korrigieren kann, und If weiß jetzt die halbe Seite, glaubt jetzt zu wissen was damals geschah und hat doch keine Ahnung, was damals geschah.

Wenn man Menschen sehr liebt, weiß man gar nicht welche Arschlöcher sie eigentlich sind, und das hat meinen Blick immer getrübt, weil es ja ihr Leben und ihre Freiheit war, wie sie ihre Schritte gesetzt haben, aber wenn ich genau in die Schere gerate wo sich Engstirnigkeit mit Gemeinheit und eigener Phantasie paart, die bei ihnen keine Ausflussmöglichkeit gefunden hat, und in ihnen gereift ist und zu gären beginnt, weil diese

Energie nicht ausgegeben zu reiner Freude und Kreativität etwas Neues, Wesentliches zu schaffen, nun giftstinkendes Gemisch, das sich nur im Zerstören von anderen Seelen Kundtut, zuletzt nur mehr eignet über Menschen hinzuziehen, wenn diese nicht anwesend sind, und halbe Wahrheiten auf den Tisch stellen, und gar nicht merken wie sie kippen, weil sie diese nur mit dem eigenen Frust stützen, und dann glauben alle, das Endprodukt genau zu kennen.

Welche einseitige Welt wird da aufgestellt in ihrem Kopf, nur das Verurteilen der anderen ist ihre Stütze und Krücke, ihr Halt mit dem sie sich durchs Leben hanteln, ohne es selbst zu merken, womit sie bauen an dieser Welt, die ihnen grauenhaft erscheint, ohne zu sehen wie fehl sie unterwegs sind, weil sie sich nur über die anderen mokieren und nie über sich selber.

Jeder bleibt bei sich

Jetzt sehe ich es genau vor mir, dass man nie hinüberspringen kann auf die Ebene des anderen, wo heraus er eben spricht, etwas feststellt, behauptet, sagt, sondern jeder bleibt genau auf seiner Ebene, und spricht genau dort weiter wo er begonnen hat. Also kein anderer ist mit dem Wort jemals zu erreichen, denn jeder redet immer nur mit sich selbst, seine eigenen Ideen stehen auf in seinen Worten und in seiner Vorstellung, meist gepaart, als ob es ein allgemeines Wissen wäre, dabei ist es oft nur seine eigene Sicht und enge Meinung.

Da fährst du mit dem Auto, hast vor dir einen Guide liegen der laut spricht, um dich dorthin zu lotsen wo du hin willst, und ich spreche dir unentwegt drein, wie du fahren sollst, um dorthin zu gelangen wo wir hin wollen. „Jetzt ist es aus, sonst steigst du aus", sagst du. Zwei Sekunden später spreche ich auf meiner Ebene weiter, als hättest du nichts zu mir gesagt, wozu du ja das Recht hast, mich zurückzuweisen, denn du bist der Fahrer des Autos, und ich soll nur ein stiller Beifahrer sein, der aber dauernd drein spricht. Aber eben fällt mir das so genau auf wie nie zuvor. Es ist als ob mit keinem Wort jemals der andere zu erreichen ist, jeder bleibt in seinem Gefühls Kosmos, dreht sich wie ein Kreisel um die eigenen Gedanken und um sich selbst, und keiner erreicht die Spur des anderen, und kann auf diese Spur gelangen. Ist es ein Wunder, wenn manchem da die Hand hoch schnellt und er die Worte dem anderen ins Gesicht und Körper schlagen will, weil er glaubt, dann endlich verstanden zu werden. Weil er sich nicht anders zu helfen weiß, und endlich Stille von dem Beifahrer will, damit er sich zurechtfinden kann, in dem unübersichtlichen Straßengewirr der Stadt. Aber auch damit ist es ihm nicht möglich, denn jeder ist eine einzelne Monade, die im Raum herumschwirrt, und mit ihren Mitteln versucht, den anderen zu erreichen, oder die Handlungen des anderen zu steuern, aber auch das gelingt nie, denn jeder Mensch ist ein Kosmos für sich selbst, und nicht und nie vom anderen erreichbar, wie verzweifelt er es auch versucht, kein Weg kein Mittel ist dafür geeignet. Nur in der Stille können Menschen manchmal auf der gleichen Ebene landen, manchmal zueinander kommen, Stille und ganz da sein, nebeneinander und miteinander das ist das einzige Mittel, das ist der einzige Weg.

Wir versuchen es mit all unseren Diskussionen, Gesprächen und

Vorträgen, mit Zuhören Geduld Zorn und Wut, aber es ist unmöglich, ja vielleicht kann mancher einen Splitter des anderen davon auffangen und an seinen Anfang setzen, um daran seine eigenen Gedanken anzusiedeln um in neue Gefilde zu gelangen, und um neue Erkenntnisse für sich selbst zu schürfen und für sich zu offenbaren.

Kalte Form

„Ja ich komme", sagte ich ins Telefon, als mich Carlo bittet zu ihm und seinen Freunden zu kommen. Es ist Sonntagnachmittag und ich dachte: Ich habe Carlo schon lange nicht mehr gesehen. Seit einem Jahr, telefonieren wir nur mehr miteinander, und ich habe mir schon oft gedacht, welch eine eigenartige Beziehung wir haben. Ich weiß gar nicht mehr, wie er aussieht, und er weiß es von mir auch nicht mehr, aber es scheint ihm gleichgültig zu sein, oder doch nicht? Warum ruft er mich immer an? Ich brauche nur kurz an ihn zu denken, da läutet auch schon das Telefon und er ist dran, und oft musste ich schon drüber lachen. Dass er immer noch sehr unstet unterwegs ist, weiß ich. Seit ihn seine Freundin verlassen hat, sind über zwei Jahre vergangen, und in dieser Zeit, war ich auch nur, wie eine Krücke, die er kurz angefasst, um einige Schritte weiterzukommen, um sie aber gleich wieder fallen zu lassen, und gegen die nächste auszutauschen, um sich darauf zu stützen. Ich habe nie gewusst, ob es mich gestört hat, dass aus diesem kurzen Anfassen keine Beziehung geworden ist, ich habe mich nur manchmal über diese eigenartig kalte Form gewundert, die er Menschen gegenüber an den Tag legt, und habe eine gewisse Allergie gegen ihn bekommen, und die kam immer wieder hoch, wenn ich ihn sprechen hörte oder wenn ich seine Aktionen sah. Vielleicht aber war ich doch in meinem Innersten gekränkt, von ihm nur als Krücke angefasst und wieder weggeworfen zu werden. Vielleicht habe ich mehr für ihn gespürt, als nach diesem Fallengelassen werden, bei dem ich mich ihm gegenüber, ganz zu machte und ihn nie mehr in meine Gefühle, mein Innerstes sehen lassen, als für ihn spürbar und sichtbar wurde. Ich spielte eine Rolle, wenn ich mit ihm sprach, sagte, es geht mir gut, wenn mir das Wasser bis zum Hals stand, denn ich habe nur einmal versucht, ihm das klarzumachen, aber da hatte er schon aufgelegt und ich war in meinen Dilemma des Ertrinkens, in meinem Problem allein gelassen und da merkte ich, im Grunde wollte er von mir nichts wissen. Er wollte mir nur immer seine Erfolgserlebnisse erzählen, sich bei mir und meiner Energie aufladen, und lösen von dem Druck, der sich andauernd in seinem Kopf bildete, um dann gleich wieder weiterzuschwirren, irgendwohin, von Umarmung zu Umarmung. Vielleicht aber hat er mich gern, denn oft, wenn er meine Hand gehalten, dachte ich kurz daran, dass er aber voll Angst davor war, dass sich wieder eine Beziehung bilden könnte, die ihn wieder verletzen würde, bei einer Trennung, so wie er es eben erlebt hatte. Und das wollte und konnte er, vielleicht zur Zeit nicht eingehen, denn er war verletzt, ich spürte es aus jedem scharfen Wort, wie ein Messer durch mich fahren, welches in ihm steckte, wenn er von seiner Freundin sprach. Aber ich wusste nicht, ich konnte es nur ahnen, wie er sich aufgeführt haben musste neben ihr, auf dem ewigen Flug, allein zum Allein, dass sie ihn verlassen hatte, und wenn ich sein Agieren vor mir sah. Einmal sagte er zu mir: Warte nur, in zehn Jahren, dann verbinden wir uns. Ich hatte nur schrill aufgelacht, es war ein Scherz, und doch spürte ich eine gewisse Wahrheit oder vielleicht auch Sehnsucht heraus, wieder mit einer Frau zusammen zu sein. Nur jetzt im Augenblick konnte er es nicht. Vielleicht konnte er mich deshalb auch nicht treffen, blockte ab so gut es ging, und blieb bei seinen Anrufen, die in regelmäßigen Abständen laut wurden in meinem Ohr. Trotzdem haben wir uns noch nicht verloren. Ich habe vorige Woche erfahren, dass er zur Zeit in einem Krankenhaus in Graz famuliert, und jetzt hatte er mich angerufen, um es mir zu erzählen, und er war sichtlich erstaunt, dass ich es schon wusste, ja er freute sich sogar darüber, spürte ich mit Erstaunen in seiner Stimme.

Als ich zu ihm fuhr, überlegte ich, ob die Freunde nur eine Ausrede waren, ob er mich vielleicht allein bei sich empfangen würde. Ich dachte daran, dass er vielleicht geschwindelt hatte, und dachte nicht daran, dass es vielleicht mein eigener Wunsch gewesen war, mit ihm allein zu sein, wieder einmal mit ihm allein zu sein, um ihm nahe zu kommen. Aber da war Anziehung und zugleich Abwehr, wie zwei gegenteilige Strömungen in mir spürbar, und da wischte ich mir gleich mit der Hand über das Gesicht, und damit all diese Gedanken aus dem Kopf.

Als ich zu seinem Haus kam, war die Türe verschlossen. Ich musste noch einmal bei ihm anrufen. „Wirf den Schlüssel beim Fenster herunter", sagte ich. Nein Ich hole dich gleich herauf, antwortete er. Hallo, wie geht es dir sagte ich etwas verlegen, als er mich lachend umarmte und auf beide Wangen küsste. „Ausgezeichnet", sagte er und sah mich voll an und aus seinen grünen Augen, blitze es zu mir herüber, dass ich gleich meinen Blick auf den Boden vor mir richtete.

„Sind deine Freunde gekommen", fragte ich.

„Ja natürlich, wie ich es dir gesagt habe, wir trinken gerade eine Flasche Wein, und ich freue mich, dass du gekommen bist", sagte er.

Als wir in die Wohnung kamen, saßen einige Freunde um den Tisch und es wurde gelacht. Ich begrüßte alle, und setzte mich zu ihnen.

Lilli hin und Lilli her, ging es die ganze Zeit und ich fühlte mich sehr wohl, bei meinem Kosenamen genannt zu werden, es drückte eine gewisse Zuneigung aus, die mir gut tat. Ich saß Carlo gegenüber und jedes Mal, wenn ich mich bewegte, stieß ich mit dem Knie an sein Knie und versuchte krampfhaft gleich abzuwenden, um ja nicht in Berührung mit ihm zu kommen.

Komm trinke ein Glas Wein, sagte Carlo und reichte mir ein Glas.

Danke, sagte ich und nippte nur leicht und stellte es wieder auf den Tisch. Sein Freund, Gavin, war wieder wie ein Feuerwerk, ein Spaß jagte den anderen, der aus seinem Mund kam. Wieder saß neben ihm eine neue Freundin, Mercedes, ein schönes Mädchen, das andauernd laut auflachte, sonst aber kein Wort von sich gab. Und Gavin der ununterbrochen auf mich einredete, so als hätte er nur darauf gewartet, dass ich kam, dass er mit jemanden sprechen konnte, der seinen Launen folgte, die ihn wie einem Dauerredner aus dem Mund sprangen, ohne eine Gegenrede abzuwarten, oder gar neugierig zu sein, was ein anderer zu sagten hatte. Viele kurz aneinander gereihte Sketches, vom hundertsten ins tausendste gehend, dass sich schon nach kurzer Zeit meinen Kopf wie einen Ballon spürte, mich erhob, zum Fenster ging, um auf die Straße zu sehen und tief durchzuatmen. Der Einzige der ihn unterbrechen konnte war Carlo, der genau so eine schnelle Zunge besaß und sich ebenso wenig darum bekümmerte, ob sein Wort ein Echo fand oder ungehört verhallte. Hauptsache alle lachten wieder schallend auf.

Aber Carlo kam mir nach, lehnte sich neben mir aus dem Fenster. Beinahe hätte ich ihn berührt, als er mir so nahe, aber ich hatte eine Hand mit der anderen gehalten, mich schmal gemacht, und so ist es nicht geschehen.

Lilli, wie gut du aussiehst, sagte er, und gab mir einen Klaps auf den Hintern, als er wieder wegging.

„Hey, du hast dir ja einen Badeofen aufgestellt, das muss ich mir ansehen", sagte ich und ging in die Küche. „Ja, sagte Carlo, aber abwaschen brauchst du mir nicht".

„Nein sicher nicht, das fällt mir gar nicht ein", sagte ich, und öffnete die Türe zur Küche. „Das hast du gut gemacht", sagte ich, als ich Schritte hinter mir hörte, aber es war nur Mercedes die sich zu mir gesellte, und mit mir voll Staunen diese unaufgeräumte Küche betrachtete, die aussah wie nach einer Explosion. Unzählige Töpfe, Pfannen, Teller und Tassen erstarrten vor Schmutz und alten Speiseresten. Mercedes wandte sich voll Grauen ab.

„Bist du schon oft hier gewesen", fragte ich?

„Nein, zum ersten Mal", sagte Mercedes.

Als wir wieder aus der Küche gingen, sagte ich zu Carlo: „Die Badewanne ist noch das sauberste, vielleicht kannst du darin etwas kochen, sonst gibt es kein Geschirr, was zu verwenden ist. Carlo aber sagte schon zum dritten Mal: „Ich habe Hunger, gehen wir etwas essen", aber keiner reagierte darauf.

Carlo sah nicht aus wie der Mediziner, der aus wohlbehüteter Atmosphäre kommt und sein Studium schleunigst beendet, er sah eher etwas abgerissen, und nicht so ganz steril aus, wie man es sich von einem Mediziner lieber vorstellen würde. Ich spürte wie in dieser Wohnung eine Frau fehlte, wie überhaupt diesem Mann eine Frau fehlte, alles würde ganz anders aussehen, wenn eine Frau neben ihm wäre. Ich spürte körpernah, was er ausstrahlte, wie vernachlässigt er selbst und alles in dieser Wohnung waren. Kein Mensch sagte es ihm, keiner machte ihn darauf aufmerksam, so merkte er es vielleicht selbst gar nicht. Jetzt erst sah ich die dicke Staubschicht am Boden, ein Junggesellendasein ohne Mutter war nicht leicht. Carlos Mutter war schon gestorben, er hatte sie bis zum Tode gepflegt, nach ihrer Operation hatte sie sich nicht mehr erholt. Carlo arbeitete neben seinem Studium und es war ein schwerer Weg den er beschritten hatte. Es war Nachmittag, aber es hatte noch niemand für ihn gesorgt, ihm kein Essen bereitet und er selber hatte es auch nicht getan.

„Also los, gehen wir etwas essen.", sagte ich. Alle stimmten nun ein und wir gingen ins nächste Gasthaus, das geöffnet war. Gavin aß nichts, da er dann zu Muttchen nach Hause ging und dort ein gedeckter Tisch auf ihn wartete. Er war genau wie Carlo unterwegs, jedes Mal wenn ich ihn sah, mit einer anderen Frau.

„Wie lange kennst du Gavin schon" fragte ich Mercedes?

„Schon sieben Jahre, sagte sie, wir haben uns immer wieder gesehen, aber ich habe nie recht gewollt.

„Und jetzt ist daraus eine Liebe geworden, fragte ich?

„Das weiß ich noch nicht, sagte sie, ich bin mit ihm beisammen seit ich mich von meinem Freund getrennt habe, mit dem ich fünf Jahre beisammen war, aber es ging plötzlich nicht mehr, ich spürte, ich musste mich trennen".

„Und wenn du ihn siehst, ist jetzt alles ganz kalt und abgeschlossen in dir", sagte ich, „oder spürst du es noch, dass du fünf Jahre mit ihm beisammen warst?"

„Ja eigenartigerweise, obwohl ich ihn verlassen habe, spüre ich doch, wie ich zu flirren anfange, wenn ich in seiner Nähe bin. Er im Gegenteil, das kann ich sehen, wird durch mich nie aus seiner stoischen Ruhe gebracht".

„Ich glaube, dass sich die Frau, ihrem Wesen nach, eben immer viel mehr mit dem Mann verbindet", sagte ich, „und das ist der Grund, warum du flippst und er kalt bleibt".

„Ja das mag schon sein, aber wie du siehst, Gavin ist andauernd auf seiner eigenen Welle, und vielleicht merkt er es gar nicht, dass ich jetzt neben ihm bin. Es wird sich herausstellen".

Und wieder lief alles so wie vorher ab. Gavin ist kaum zu unterbrechen in dem abartigen medizinischen Sermon, wo er alles, was mir am ganzen Körper wehtat, in minutiöser Genauigkeit, lachend erklärte. Und Carlo erzählte vom Tod, vom Sezieren, beim Essen, während er die Gabel voll beladen in den Mund schob, wie er den Toten die Zunge heraussägt, wo er in den Hals präzise einsticht, um zur Zunge zu kommen. Mir wurde leicht übel und Mercedes lachte nur.

„Ich kenne das", sagte sie, „mein Vater ist Arzt, da geht es auch immer so zu. Sie können gar nicht anders, sie müssen den Menschen gegenüber ganz abstumpfen, sonst würden sie ihre Arbeit nicht machen können, es geht gar nicht anders".

„Und würdest du zu einem Arzt gehen", fragte ich Mercedes, „wenn du siehst was da läuft"?

„Oh ja doch, jedes halbe Jahr lasse ich alle Untersuchungen machen, dann bin ich froh wenn alles in Ordnung ist, denn früh erkannt ist gut, aber zu spät bringt nichts mehr".

„Da bist du besser als ich, denn ich denke, sie finden auf jeden Fall etwas und wie das ausgeht, das weiß man doch schon, und so gehe ich gar nicht hin, ich spiele Vogel Strauß, Kopf in den Sand Politik. Ich weiß, aber was soll ich machen, ich kann nicht anders. Jetzt erst, hatte eine Freundin von mir eine Unterleibsoperation, die gar nichts gespürt hat, ihr ging es sehr gut, und nun vegetiert sie dahin nahe am Tod. Kurz vorher war sie eine blühende Frau, und ich fragte mich, ob das mit rechten Dingen zugeht? Früher hat man den Frauen ja gleich die Brüste abgenommen, das hat man jetzt auch schon unterlassen, weil es nicht der Heilung diente, da sie alle gestorben sind, wenn man den Krebs angeschnitten hat. Vielleicht leben wir alle, von Zeit zu Zeit, mit Krebsfaktoren und nur wenn man den Körper aufschneidet, dann gibt es keine Möglichkeit mehr zur Rückbildung, zur Heilung, die schwere Verletzung des Skalpells halten die Körper nicht durch. Ich glaube überhaupt, dass diese Medizin des „Wegschneidens", sich bald in eine andere, sanftere Form verändern muss, bevor wir alle so verstümmelt wie die Menschen im Mittelalter es von Natur aus waren, herumlaufen. Ich glaube, dass die Medizin, wieder etwas mit Heilen zu tun haben muss und nicht mit Aufschneiden und Wegschneiden. Arzt, das hatte einmal die Bedeutung: „Der, durch den die Heilkraft fließt".

„Sicherlich gibt es Ärzte die noch davon wissen", sagte Mercedes.

„Natürlich weiß ich auch, dass man schon vielen Menschen mit Operationen geholfen und das Leben verlängert hat, aber oft frage ich mich, wozu, wenn ich sehe, wie jeder in seiner Existenz leidet, wer hilft ihm dabei?

Mercedes schweigt.

Ich spürte, als ich mich kurz danach verabschiedete, wie ich alles ablehne, was Carlo auf seinem Weg bewegt, und ich spürte, dass ich ihn mitsamt seinem Weg ablehne, seine scharf sezierende Art, diese kalte Form, die mich schaudern macht, genauso unterwegs, wie Virchow schon sagte: „Ich habe zweitausend Menschen aufgeschnitten und keine Seele gefunden". Auch er würde keine Seele finden. Ich aber war eine Seele, also nicht sichtbar und nicht zu finden für ihn.

Keine Geschenke

Weihnachtsabend ist gekommen. Am Tisch steht ein Adventkranz und vier Kerzen brennen. Die Mutter hat zwanzig Stunden gearbeitet, um alles für diesen besonderen Abend festlich zu gestalten. Die Tochter und ihr Ehemann, die seit drei Jahren bei ihr feiern, nehmen am Tisch Platz, und die Mutter trägt die Suppe auf. Fisch ist Tradition am Heiligen Abend, und er liegt goldbraun auf den Tellern, und ist alsbald verschlungen. Nach dem Essen werden einige Geschenke ausgetauscht, obwohl alle gesagt haben: „Heuer kein Geschenke." Weil ja sowieso nie jemand die Wünsche des andern trifft, und dass man Freude zeigen soll, über ein Geschenk, das einem überhaupt nicht gefällt, oder es gar ablehnt, hat etwas zu groteskes und verrücktes, dass sie davon absehen wollten. Trotzdem liegen am Tisch Geschenke aufgetürmt, worüber die Tochter gleich aufkreischt: „Wir sagten, keine Geschenke", gleichzeitig stellt sie eine große Einkaufstüte auf den Boden, wo Weihnachtspapier hervorleuchtet, die sie auch gleich auszupacken beginnt. Sie gibt der Mutter einige Geschenke, und die Mutter gibt ihr und dem Schwiegersohn, den sie nicht besonders gut kennt, aber weiß, dass er gern liest, ein Buch, und da bei den Jungen viele Freunde eingeladen sind, eine Flasche ausgewählten Whisky. Was er gleich aus der Hand legt, ohne ein Wort des Dankes, nicht einmal auspackt.

„Wir haben gesagt keine Geschenke", raunzt die Tochter, „du hast wieder nicht darauf gehört." Die Mutter gibt der Tochter eine Obstschüssel, die sie am Weihnachtsmarkt erstanden hat: „Wenn du nie mit mir gehst, um dir etwas auszusuchen, dann musst du nehmen, was ich aussuche."

„Aber ich habe doch gar keinen Platz mehr, wo soll ich denn diese Schüssel wieder hinstellen", sagt die Tochter, „behalte sie dir, du hast diese afrikanischen Schüsseln doch gerne, mit Elefanten und Zebras".

„Ja ich liebe sie, und mir tun die armen Afrikaner leid", sagt die Mutter, „die in dieser Winterkälte am Weihnachtsmarkt stehen, da muss ich ihnen etwas abkaufen. Übrigens hatte ich Glühwein getrunken, und bin volltrunken herumgetorkelt, und habe so schnell eingekauft, wie ich es niemals mache. Ich bin schnurstracks zu dem Fellgeschäft, wo es warme Hausschuhe gibt, und habe mir Fellsohlen gekauft, die ich mir seit Jahren nur ansehe, gleich in meine Stiefel gesteckt, und dann bin ich kaum nach Hause gekommen, weil ich dachte, meine Füße brechen ab, weil die Schuhe viel zu eng waren, für die dicken Fellsohlen."

Die Mutter sehnt sich danach, einmal mit ihrer Tochter auf den Weihnachtsmarkt zu gehen, aber dafür gibt es bei der Tochter nie Zeit, in ihrem Leben ist jeder Augenblick verplant, die schwere Arbeit und ein Ehemann, der im Haushalt keine Hand hebt, als wäre die Frau sein unbezahltes Personal.

„Hast du die Weihnachtskekse selbst gemacht", sagt die Mutter, „die Zimtsterne Vanillekipferl Kokosbusserl Schokoladenkekse, wie die duften."

„Ja, sagt die Tochter. Ich habe auch eine Nachspeise mitgebracht, " und sie packt den wundervollen mit Zimt bestreuten Obstkuchen aus.

„Aber ich habe doch alles fertig, wir haben gesagt, die Salate machst du."

„Ja aber jetzt habe ich den Kuchen eben mitgebracht", sagt die Tochter, „ich habe ein ganzes Blech, es ist doch nur ein Teil davon."

„Gibt es denn keinen Nachtisch", ertönt seine Stimme, obwohl die Mutter den Schokopudding mit Marillensauce, Schlagobers, in feinen Gläsern serviert, aber es ist, als sieht er es nicht, er verlangt nach Kuchen. Der Nachtisch der Mutter bleibt von ihm unangetastet am Tisch stehen.

„Na dann lass den Kuchen kosten", sagt die Mutter, „ach köstlich der zergeht ja auf der Zunge, wundervoll."

„Jetzt habe ich mir den Garten angesehen, wie er ausgesehen hat, als wir dort eingezogen sind", sagt die Tochter, „die Hecke war so klein, höchstens vierzig Zentimeter, jetzt muss ich sie dauernd schneiden, weil man nicht mehr drüber sieht."

„Schön habt ihr es euch gemacht, es ist Freunde die vielen Blumen Kräuter und Früchte im Garten."

„Nicht wir, sondern ich habe alles gemacht", sagt die Tochter ziemlich scharf, mit einem Blick auf ihrem Mann, der nicht einmal mit dem schweren Rasenmäher fährt, und alle Arbeit ihr überlässt, die sich langsam aber sicher neben ihm Tod arbeitet. Schon mehrmals hat sie mit lauter Stimme aufbegehrt, dann gab es einige Tage, wo er mit anfasste, aber die waren schnell vorüber, und alle Arbeit blieb wieder in ihren kleinen Händen.

Die Tochter blättert im I Phon. „Sieh dir das an", sagt die Tochter, und zeigt der Mutter den Christbaum, der schön geschmückt, das Zimmer in neuen Farben eingekleidet, Vorhänge, Decken, Polster, der Tisch weihnachtlich gedeckt.

„Wunderschön wie immer, hast du alles gemacht", sagt die Mutter, „es ist Freude es zu sehen." Ob er es auch sieht, welche Arbeit dahinter steckt, denkt die Mutter.

Verschiedene Gespräche plätschern dahin, plötzlich sind sie mitten im ersten Weltkrieg, und er beginnt aufzuzählen, wie Österreich damals aufgeteilt wurde, unter den Westmächten, und wie Österreich zuerst alles abgeschnitten wurde, Südtirol, ja bis Niederösterreich wurde vieles annektiert. In diesem Augenblick, fällt der Weihnachtsstern krachend auf den Boden, den die Mutter an den Kasten gehängt hat. Sie erhebt sich und versucht ihn mit dem Drucksauger wieder an den Kasten zu kleben.

„Ich habe ihn am Fenster kleben, da hängt er gut", sagt die Tochter.

Schön ist er, wie die Farben wechseln"

„Ja er schaltet sich von selbst aus, und um fünf am Abend wieder ein", sagt die Tochter.

„Entschuldige, erzähle weiter", sagt die Mutter, als sie wieder an den Tisch kommt.

„Jetzt habe ich alles vergessen", sagt er, und schweigt.

„Also was soll das, wir wollen doch wissen, was du erzählt hast, erzähle weiter", sagt die Mutter.

„Nein jetzt nicht mehr, ich habe alles vergessen", sagt er, und streckt sich behaglich am Sofa aus. Er hat sich gleich nach dem Essen auf der Couch nach hinten hat fallen lassen, er liegt gemütlich flach, nur die zwei Frauen sitzen bei Tisch.

„Jetzt erzähl doch weiter", sagt die Tochter.

„Nein, jetzt nicht", sagt er.

„Er ist stur wie ein Bock, das macht er dauernd, so ärgert er mich immer", und das Gesicht der Tochter füllt sich mit angestauter Wut und Hass, dass sie alles in dieser Ehe allein machen muss, und auch noch von ihm gemaßregelt wird. Über ihr Gesicht fällt ein Schatten, dass es dunkel wird, aufquillt als ob Tiergesichter, ja Fratzen plötzlich heraus sehen. Er sieht sie an, als ob er sie noch nie so hässlich gesehen hat, und sie, die eben das Porzellanmesser in der Hand hat, das sie der Mutter eben schmackhaft machen will, „Du hast keine gut schneidenden Messer, das ist eine Porzellanmesser und schneidet sehr gut", aber in diesem Augenblick, dreht sie das Messer um, richtet es gegen ihren eigenen

Körper, und sticht gegen sich selber zu und sagt: „Er ärgert mich so, dass ich mir oft gern das Messer ins Herz stoßen würde".

Die Mutter ist erschrocken, sie hat die schöne Tochter noch nie mit so einem hässlichen Gesichtsausdruck gesehen, sie spürt die Emotion der Tochter, ihre innere Wahrheit, die sie in diesem Augenblick loslässt, ohne bändigen zu können. Die Mutter ist erschrocken bis tief in ihre Seele, als sie plötzlich einen Spalt sieht, den Spalt der sich zwischen den Beiden geöffnet hat. Sie sieht plötzlich, zugleich imaginär, die junge Frau, die von ihrem Freund bei einer Auseinandersetzung das Messer in den Bauch gerammt bekam, weil sie ihn so auf die Palme brachte, und nie gefügig war, so wie er es wollte. Jetzt sah sie den umgekehrten Fall, die Tochter die ihre Aggression, die sich auf ihn angesammelt, in einem Augenblick ohne zu denken, einfach im unbewussten Tun, einer imaginären Geste, auf sich selbst loslässt, die aber sehr ernst gemeint ist. Wer könnte sich schon wegen so einer Lappalie, dass er nicht mehr weitererzählt, das Messer ins Herz stoßen. Niemand.

„Bitte beruhige dich, lass los", sagt die Mutter, „es ist doch alles nicht so wichtig, dass man sich darüber aufregt, vergiss es." Während sie die Tochter leicht mit der Hand berührt, spürt sie, wie sich sämtliche Muskel der Tochter verhärtet haben, ganz steif ist sie geworden, in dieser Verkrampfung und Demütigung, die sie anscheinend schon oft erfahren.

„Lass nach, lass nach", sagt die Mutter, „rege dich nicht so auf, die Situation ist es doch gar nicht wert, dass du dich so aufregst, wer will denn schon etwas vom ersten Weltkrieg wissen, den Machenschaften der Herrschenden, die über Menschenkörper und deren Leben, wie über Menschenleichen hinweggehen. Ich habe einmal in einem Gedicht geschrieben: „Aus der Vergangenheit war kein Weg zu schlagen, nur Worte die aus dem Hades ragen."

Er lacht schrill auf, „Hades, Hades" wiederholt er.

„Ja Hades", sagt die Mutter, „denn wir müssen immer einen neuen Weg suchen, neue Wege finden und begehen, nicht die alten Wege beleuchten, wo noch nie etwas Gutes dabei herausgekommen."

Die Tochter hat sich wieder entspannt. „Das hast du aber nicht gemacht", sagt sie, und dreht die Pulswärmer, in leuchtenden Farben in ihrer Hand.

„Doch, ich habe jeden Abend gestrickt, ich hoffe es gefällt dir." Die Mutter hat sie in verschiedenen Farben gestrickt, die Tochter kann sie zu Kleidern, Pullovern, als wärmendes Accessoire tragen.

„Sie bringt ja ihre Weste nie fertig, wirft er kritisch ein, weil die Tochter eben eine Weste für sich strickt.

„Ja aber was sie dabei sonst noch alles macht, vergisst du", sagt die Mutter „hast du diese wunderbaren Kekse gebacken?"

„Ach die Kekse, " sagt er geringschätzig, als wäre es ein Nichts. Genau das, was er die ganze Zeit getan hat, neben seiner Arbeit, nämlich nichts.

„Hat sich alles in deiner Firma wieder gelegt", sagt die Mutter, „man muss eben mit dem zufrieden sein, was man bekommt, und wenn es sowieso nicht so wenig ist, besonders". Sie deutet darauf hin, dass er zwar gut verdient, aber sich so oft beschwert, dass es nicht anerkannt wird, dass er für seine gebrachte Leistung nicht den adäquaten Lohn erhält.

„Ja es geht ja nicht darum", sagt er, „ich kann nur sehen, wie viele Fehler die da oben machen, und sie decken es gemeinsam, da kann jedem alles passieren, und keine Krähe hackt der andern ein Auge aus. Sie können sich da oben alles leisten und richten, das ärgert mich so, wenn in meiner Stellung etwas passiert, ist gleich die Hölle los."

„Lies uns eine Weihnachtsgeschichte vor", sagt die Tochter, von dem heiklen Thema ablenkend.

Die Mutter sucht nach einem Buch, hat rasch eine Seite aufgeschlagen: Georg Friedrich Händel. „Der Messias". Alle hören gebannt zu, auch die Mutter, die sie schon mehrmals gelesen hat.

„Da kann man diese Zeit vor sich sehen", sagt die Tochter, „die Kirche, die Menschen in ihren Kleidern, unfassbar was ein Mensch aushalten kann, damals sind doch die Menschen mit vierzig gestorben, und er hat mit neunundsechzig so ein Werk geschaffen. Ich habe es übrigens auf CD, kann ich dir borgen."

„Ich habe es schon mehrmals in der Kirche gehört", sagt die Mutter, „da spielen sie mit Bratschen, Geigen und Bläsern, in wundervoller Akustik, das ist herrlich. Am Ende wenn der Chor das Halleluja singt, rinnen mir die Tränen herab so schön ist es."

Dann liest er noch eine Geschichte über Mozart vor. „Der mit sechs Jahren, schon einige Kompositionen aufgeschrieben hatte, und als er vierzehn war, seine erste Oper aufgeführt hörte", sagt die Mutter.

„Was für ein Genie und in welcher Armut er leben musste, wie traurig", sagt die Tochter.

„Und jetzt verdienen sie Millionen mit ihm", sagt er.

„Der muss ja schon im Mutterbauch zwanzig gewesen sein", sagt die Mutter, „als er auf die Welt gekommen ist, so weit vorangeschritten in seinem Geist."

Die vier Kerzen am Adventkranz flackern und werfen Schatten an die Wand. Trotz dem kleinen, dunklen Zwischenakt klingt der Abend sehr harmonisch aus, wie alles was hochsteigt und sich auswirft, ja nicht das ganze Maß ist, was die Menschen einander zu bieten haben, da ist auch noch Zuneigung und Liebe, sonst würden sie ja nicht zusammenkommen um gemeinsam dieses Fest zu feiern. Nur mitten in der Nacht erwacht die Mutter aus ihrem Schlaf, und sieht die starke Selbstzerstörungskraft der Tochter, beunruhigend vor sich, die wie ein Geysir aus ihr hochschießt, ungebändigt losschlägt aber nicht auf ihn, sondern auf sich selber. In diesem Augenblick, sieht sie den Autounfall ihrer Tochter, vor drei Wochen, wie einen unbewussten Selbstmordversuch, als ob sie fliehen will, woandershin, bei dem zum Glück nur Blechschaden entstanden ist. Sie ist noch mal tief erschüttert, weil sie Einblick in ein Geschehen erhält, in dem sie keine Möglichkeit der Hilfestellung bieten kann. Weil Beziehungen eben ein Spannungsfeld bieten, das man aushalten oder darin umkommen muss. Der Ärger mit ihm. Dabei ist es nur sein mangelndes Selbstbewusstsein, das im Eimer ist, er muss aufhören zu erzählen, wenn ihn jemand unterbricht, damit er hervorsticht, er und kein anderer beendet das Gespräch, wenn ihn die andern, nicht demutsvoll anstarren, wie einen Gott, der die Vergangenheit ausrollt, die er hinter seiner Stirn gepachtet hat. Aber weiß er denn, welches Fundament er da betritt, wo doch alles explodiert ist, mit Kanonen und Bomben? Seinen Sermon hat keiner zu unterbrechen, wo er mit Wissen prahlt, keiner hat sich jetzt zu regen. Aber warum, gerade in diesem Augenblick, krachend der Plastikweihnachtsstern vom Kasten auf den Boden fällt, ist doch komisch? Doch ersichtlich eine kleine Störung, die ausgehalten und toleriert, nicht als wichtig genommen werden muss, wenn nicht die Nerven flatternd blank liegen, wie bei einer Leitung, wo alles was sie berührt, verglühend zu Zischen beginnt. Er verbrennt sich selbst, in der Missachtung der anderen, in Überheblichkeit, dem starken Willen, auch oben zur Spitze zu gehören, und im Grunde alle da oben zu missachten, vor keinem wirklich Respekt zu haben. Wie er es eben jetzt in der Familie gezeigt hat. Im Grunde sich nur mit Worten aufbläht, aber sich selbst nicht achtet, und genau das zeigen sie ihm in der Firma. Es geschieht alles ganz unbewusst, was ein Mensch in sich trägt, ausstrahlt und heraus lässt, das bekommt er wie in einem Spiegelgesetz zurück. Das hat er noch nicht erkannt. Noch niemals hörte sie von ihm ein „Danke", für ihren Einsatz, für ein Geschenk. Ja es gibt Sadisten, unter den Menschen, aber das besagt nicht, dass man sich auf ihr Spiel einlassen muss, man ist für die eigene Empfindlichkeit verantwortlich. Sicher es kostet viel Konzentration, um sogleich die Falle zu erkennen, und nicht wie die Maus hineinzutappen, sondern ganz bei sich zu bleiben, weiterzugehen, und der Fallensteller bleibt auf der Falle missachtet sitzen, wie auf Kaugummi, das wird ihm unangenehm und nicht mir. Also bleibe bei dir, dort ist immer Hilfe, unermessliche Weite, die alles aufschluckt. Moleküle, Atome, daraus entstehen Welten, also das Kleinste, bildet die Grundlage von allem Großen. Man achte auf den Beginn, ist das beste Mittel, um den Anfängen zu wehren, und sich nicht plötzlich aus Unachtsamkeit mitten im Geschehen zu befinden, das einen verschlingt.

Es war nicht das zu schwere Essen, es war die schwere Erkenntnis. Die Mutter denkt sich die halbe Nacht die Welt zurecht, schwer beunruhigt über Einsichten, die ihr in der Dunkelheit klar werden, und weiß, dass sie, als liege sie in Ohnmacht, nichts im anderen Leben dagegen tun kann.

Lachenkönnen

Es ist schön wenn im Alter ein Lachen im Gesicht übrig bleibt, über alles was man erlebt hat, was man angestellt hat, und nicht die totale Verbitterung und unsäglicher Zorn Ärger Wut bleibt. Dass nicht alle Organe im Körper in Unordnung kommen, und keines davon gesund bleibt. Ist es nicht besser, trotz allem Schweren und allem Elend was man erlebt, zu sehen, dass ein ganzer Mensch zurück bleibt, dem das Lachen bleibt bis in den letzten Augenblick hinein, er genau das ausstrahlt und nichts anderes, und keinen anderen erschreckt mit seinem Gesichtsausdruck und Aussehen, worin sich aller Unmut über dieses Leben eingezeichnet hat, und von der lebendigen Schönheit eines Menschen nichts übrig gelassen hat. Meine ganze Arbeit besteht darin dieses Jetzt das noch mir gehört zu erfassen und es zu benutzen, und in jeden Augenblick dafür dankbar zu sein, wenn der Körper noch seine Schritte setzen, und alle Handlungen die notwendig sind noch ausführen kann, und auch noch in Freude ausführt.

Oh alles möcht ich noch mal tun, die viele Arbeit die ich geleistet, und ich leide eher darunter, wenn ich nicht mehr alles tun kann, wozu mich mein Inneres drängt, meine Kreativität hochhebt. Es ist schön zu schaffen, es ist schön Neues zu gestalten, es ist schön dabei zuzusehen wie etwas entsteht, wenn es sich fertigt und endlich fertig ist, und die volle Befriedigung abgibt und die Schönheit des Lebendigen wiederspiegelt.

Oh könnte ich nur, bis zum letzten Augenblick so schaffen, nichts Schöneres kann ich mir vorstellen und wünschen. Die Ruhezeiten des Herumstreunens, des Nichtstuns fallen mir schwer, ermüden mich, immer will ich tätig sein, auf dass mich der Teufel nicht untätig erwische, und zu weiß Gott was verführt, die Langeweile hat schon manches Unglück geschaffen, und das Tun in Kreativität ist immer erfüllend egal was man macht, immer ist dabei auch die Freude im Spiel, und man spürt, der Schöpfer selbst, blickt einem über die Schulter und freut sich mit.

Liebe Freunde!

Als ich nach Hause kam, musste ich eine Tafel Schokolade nach essen, um hinunter zu bekommen, was ihr mir serviert habt: Euer Leben, mitten im Paradies, ein wundervolles Haus mit paradiesischem Garten, wo unentwegt daran gearbeitet wird, alles bis ins kleinste Detail auf das schönste Niveau zu stylen, innen und außen und wo zugleich daran gearbeitet wird, das Paradies zu verlassen, den anderen hinaus zu stoßen, mitten im Paradies in die Hölle zu stoßen. Weil ihr unentwegt nur an Dingen arbeitet, die man anfassen kann, aber nie an der imaginären Beziehung, wo viele Gespräche notwendig sind, um sich zu erklären, um die Worte zu klären, die so achtlos ausgesprochen, dem anderen hingeworfen wie ein Feuereisen, an dem er sich verbrennt. Weil man ja die ewige Idylle nicht aushält, wie jeder weiß, und so manches Gewitter reinigt nicht nur Straßen und Plätze, sondern auch die Seele und alles beginnt wieder neu zu wachsen und duftend zu blühen.

Heute Morgen bin ich erwacht, all die Sätze die ihr gestern gesprochen, waren lautstark in meinem Ohr. Ich habe eure beiden Horoskope vor mich hingelegt, um zu sehen, warum es so bei euch läuft. Einerseits spüre ich diese große Liebe von beiden, wie auch den Kampf zwischen euch. Aber schon in der Bhagavadgita (der heiligen Hinduschrift, das weiseste Buch der Inder) steht: Lust und Streit sind eins. Das heißt, überall wo Sex ist, ist auch Krieg. Es scheint das eine ohne das andere nicht erreichbar zu sein. Es paaren sich dabei Kräfte, die uns schleudern, außer uns bringen, in Ekstase bringen, wer kann da bewusst bleiben?

Aber darum geht es ja in unserem Leben: Bewusst zu sein und uns selbst, unser Selbst, mit allen Facetten kennen zu lernen. Kein Mensch hat das Recht, einem andern zu sagen, was er tun muss, denn er ist auch nicht imstande, die Krankheiten des andern zu leben oder zu heilen. Jeder muss seinen Weg gehen und ist verantwortlich dafür. Die Indianer sagen. „Man ist für sich selbst verantwortlich und für alles was einem zustößt". Ein langer Weg, bis man sich dessen bewusst wird, um es zu erkennen und zu akzeptieren. Denn es gibt nichts, was auf einem zukommt, was nicht mit einem selbst zu tun hat, sonst gäbe es ja keine Anziehungskraft dafür.

Also ich traute meinen Augen nicht. Beide im gleichen Jahr geboren und nur zwei Monate auseinander.

Beide in Zwillinge/Saturn, Uranus und Mars. Beide in Löwe/Pluto und Jupiter. Beide in Jungfrau/Neptun, und Chiron. Beide in Waage/Venus. Sie hat einen Zwillinge Aszendenten, das innerste Sein des Menschen, und sein eigener Schatten, den er nie sehen kann. Deshalb wird er im Außen präsentiert.

In Zwillinge stehen bei ihm vier Planeten. So ausgerichtet ist er auf sie, wie es die Planeten zeigen. Zwillinge ist Bewegung, muss unterwegs sein, und Botschaften verbreiten. Jeder hat seine Aufgabe.

Er hat einen Löwe Aszendenten, (sein innerstes Sein, Löwe; König, EGO und sein Schatten, der immer recht haben will, denn der König, Löwe, hat um sich nur Untertanen, er behandelt sie großzügig, aber sie müssen tun was er will). Jeder hat seine Aufgabe.

Du kannst sagen, das ist alles Blödsinn, aber die Astrologie war Jahrhunderte mit der Astronomie eins, als man die Natur genau beobachtete um zu lernen. Auch die Natur des Menschen. Aber er hat die Möglichkeit sich zu verändern, nur das Unbewusste zwingt ihn ein. Also mir war es plötzlich, als ob ihr einander gegenüber steht, wie vor einen Spiegel. Alles was ihr beim anderen seht, und wo ihr immer anstößt, könnt ihr in euch selbst nicht sehen, deshalb muss es euch der andere spiegeln. (Der Partner dient immer dazu, um sich selbst besser zu erkennen, allein kann man es schwer.)

Du hast dich beschwert, dass sie dir immer ins Wort fällt, du keinen ganzen Satz zu Ende sprechen kannst, sie immer recht haben will, dass sie betrunken Auto fährt, um zwei Uhr nachts erst nach Hause kommt, wenn du allein zu Hause bist und dich oft wie ein Kleinkind behandelt, wenn sie sagt: Gehe noch dort hin und dahin, vergiss nicht das oder jenes mitzubringen, und dich dauernd am Teflon kontrolliert, als wärst du ein Kleinkind.

Du hast vehement voll Zorn gesprochen, weil nicht alles so läuft, wie du dir deine Welt vorstellst. Nun da ist auch noch die Welt von ihr. Was weißt du davon?

Die Kontrolle über den anderen ist das große Übel für Partnerschaften, allein die Freiheit des anderen, ja dessen Freiheit zu mehren in Liebe, ist Grundlage für ein Beisammensein, wenn man nicht will, dass dem anderen die Luft ausgeht, weil man ihn erstickt. Die Freiheit des Menschen ist sein höchstes Gut und zugleich seine Natur und die muss gelebt werden, sonst lebt der Mensch an sich vorbei und ist nicht mit sich identisch. „Die Menschen sind frei, aber sie wissen es nicht", sagt Jean Paul Sartre.

Nun ist dein Sonnenzeichen JUNGFRAU, ein ausgleichendes Element das immer alles schlichten will, aber sehr genau sieht, was beim anderen vor sich geht und nicht in Ordnung ist. Die Jungfrau zeigt auf den andern mit spitzem Finger und vergisst, dass dabei zugleich drei Finger auf sie selbst gerichtet bleiben. „Was siehst du aber den Splitter in deines Bruders Auge und wirst nicht gewahr, des Balkens in deinem Auge?" Matthäus 7/3.

Bist du noch nie betrunken mit dem Auto gefahren? Wie oft bist du um zwei Uhr nachts, wenn du mit Freunden unterwegs warst, nach Hause gekommen und sie auf dich gewartet hat? Hast du es vergessen?

Meine Freundin sagt zu mir: „Deinen Wassermann liebe ich, es ist mein Sonnenzeichen, deine Jungfrau kann ich nicht leiden, mein Aszendent/ Schatten. Weil ich vieles zu scharf an ihr sehe. Nun hatte sie einen Ehemann, Sohn und drei Freundinnen, mit Jungfrau Betonung, wo sie immer Schwierigkeiten hatte. Ist es ihr eigener Schattenanteil, den sie nicht sehen kann? Aber man kommt von dem nicht los, was man im Leben zu sehen und zu lernen hat, bevor man es begreift. Sie ist von der Ehe geflohen, hat sich von den Freundinnen getrennt, aber wie man sieht, es nützt nichts. Schon wieder das gleiche Thema, was mit mir auf sie zukommt und solange auf sie zukommt, bis sie es auch in sich findet.

Das witzigste von allem: Alle Aspekte sind in jeden Menschen vorhanden, es bedarf nur der Umstände und der Zeitqualität, dass sie hervorkommen und ans Licht dringen. Wenn der Uranus auftritt, wirst du aus Beruf, Ehe, Wohnung hinaus geschleudert. Was mir vor kurzem bei Arbeitsgemeinschaft der Autorinnen geschehen ist, und es ist egal, ob dich wer hinaus stößt oder du selbst etwas dazu beiträgst, dass du hinausfliegst, es muss einfach geschehen, denn er leitet eine neue Zeitqualität ein, weil dieser Zyklus zu Ende ist, und gegen die Gestirne bist du machtlos.

Ja zwischen „Macht und Ohnmacht", Feuer und Wasser, pendeln jene herum, die dort ihre Planeten stehen haben, und zwischen „Binde und Löse", Erde und Luft, jene, die dort ihre Anteile liegen haben.

Alle sieben Jahre erneuern sich alle Zellen im Körper. Was glaubt ihr, seid ihr in diesen vielen Jahren der Ehe die gleichen geblieben? Wie viele Verwandlungen durchgemacht? Was alles trotzdem geschafft? Ihr könnt euch freuen, noch immer beisammen zu sein, eure Liebe war immer größer als euer EGO, das ist der Übeltäter!

Ich betreue eben eine Frau, deren Mann nach 38 Ehejahren gestorben ist. Sie will kein Leben mehr, sie will nur in sein Grab. So verwachsen ist man mit einem Menschen, nach so vielen Jahren.

Ich denke, es ist an der Zeit, die eigenen Anteile an all diesen Irrtümern zu sehen, und es sind nur Irrtümer, und dort wo man sich irrt, sie zu lösen, zu erlösen um die so rasch dahin laufende Zeit nicht zu verlieren, sondern sie zu nützen, um das Bewusstsein zu schärfen, damit es dienen kann, ein Zusammensein in Harmonie zu gestalten.

Gestern habe ich davon gesprochen, dass sie im ersten Haus den Mars hat und auf jeden wie ein Krieger zugeht. Du hast im ersten Haus den Pluto, der unentwegt Bilder produziert und du gehst mit diesen Bildern auf jeden anderen zu. Aber hinter all diesen Bildern liegt erst die Wirklichkeit. Pluto hilft für alles, was du in deiner großen Kreativität ausführen willst, da spornt er dich an, wie er dich zugleich vernebelt, was du auslöst mit all deinen Bildern, die du andern hinwirfst, wenn du auf ihn zugehst, als wäre es die Wirklichkeit, es aber nur deine Wirklichkeit ist!

Der Mars, der Krieger den du bei ihr so stark spürst, weil er andauernd auf dich losstürmt, der hat in dem langen Geschäftsleben, das ihr gemeinsam geführt, sicher gute Dienste geleistet, wenn sie bei Firmen, Dinge eingefordert hat, wo der Krieger im Kampf notwendig war, weil jede der Figuren am rechten Platz Notwendigkeit hat, wo du vielleicht nichts damit zu tun haben wolltest, weil du lieber mit kreativer Arbeit beschäftigt warst. Jungfrau: Arbeit/Dienen. Ich selbst muss mich manchmal daran erinnern, dass Arbeit nicht das ganze Leben ist und es noch anderes gibt!

So gesehen, dient alles zum Besten und zum Schlechten. Richtig eingesetzt dient alles zum Neubau des Lebens und der Welt, denn alles könnte immer noch besser getan werden. Daran wollen wir arbeiten. Der Mensch, dein Gegenüber, ist ein ganz eigener Kosmos, um mehr zu staunen, um Achtung zu geben. Alles Fordern hilft da nichts, sondern alles verstehen, die großen Zusammenhänge zu erkennen, hilft mehr.

Das eigene Wesen ist nun einmal jenes, was am Beginn eurer Begegnung (sie an dir und du an ihr), fasziniert hat. Es war der Grund eurer Bindung. Was der andere mitbringt, kann man auch in sich selbst finden und verwirklichen, die eigenen Schwachstellen kann man durch den anderen sehen und sie auszufüllen lernen, weil sie der andere unentwegt vorlebt. Wir sind einander liebende Lehrer. Warum haben wir nur alle so viel Ärger und Zwist miteinander? Nur was gleich ist, spiegelt und reibt sich, die Gegensätze ergänzen einander.

Im Grunde kämpft nur EGO gegen EGO, die Liebe hat sich verloren in Selbstsucht und hat keine Verbindung zum anderen. Entgegen aller Verbundenheit. Jeder ist mit allem verbunden, ist das Gesetz des Kosmos.

Wo so viele Planeten am gleichen Platz stehen, wie bei euch, begegnen sich die großen Lieben, sagt man.

Mein Horoskop, das von Elsa und Lydia habe ich angesehen, ich hatte keinen Planeten so stehen wie ihr, nur die beiden hatten einen Planeten wie deine Liebste, aber in anderer Konstellation. Welche Vielfalt.

Jedes Detail eurer Wohnung ist sorgsam ausgewählt, jedes Eck gestaltet, aber ich frage mich, was das Außen für einen Sinn macht, wenn das Innen sich dementsprechend nicht adäquat verhält? So wird diese Diskrepanz spürbar, wenn ihr euch im Paradies verhält wie in der Hölle. Nicht nur das Außen muss gestylt werden, auch das Innen, an dem Ich muss gefeilt werden, um zu sich selbst zu kommen, um sich selbst zu erkennen. Um sich endlich zu finden, um in Liebe genießen zu können, was so liebevoll aufgebaut und gestaltet wurde. Das Innen muss genau so viel Aufmerksamkeit bekommen, muss beachtet werden, ja mühsam herausgearbeitet werden, damit es zum Strahlen kommt und dem Raum das Licht gibt was der Mensch ist. Ihr bläst einander das Licht immer aus, zerschlagt den anderen, um das Gefühl der eigenen Unvollständigkeit zu verbergen. Aber es wird sichtbar bei jeden Streit, wo sich Ego gegen Ego erhebt, um den anderen zu zerstören, wie in der Mythologie, wo alle Gräueltaten uns vorangehen wie ein Plan, den wir ausschreiten. Nicht jene liebevolle Hand sich erhebt, um den anderen zu unterstützen, um Harmonie zu finden, die zwischen den Menschen das notwendige ist, um endlich die Not zu wenden, an der ein jeder leidet, und die in euren Gesichtern brennt und jeder vor Schmerz aufschreit und auf den anderen einschlägt, weil kein EGO sieht, dass alles in ihm selbst vorhanden ist, was ihn am anderen so unentwegt eindrucksvoll stört. Aber die Schatzsuche hat noch nicht begonnen, um die Schätze hervorzuholen, die ein Leben lebenswert machen. Das Außen ist Staffage, das sichtbare Kleid, wenn es sich öffnet, wird ein kaltes Skelett sichtbar, das noch nicht befiedert ist, mit eigenen Zellen, und sein eigenes Leben in sich selbst angesiedelt hat.

Es ist Arbeit, das Innen so zu pflegen wie das Außen. Aber dazu war nie Zeit, und das ist es, was sich jetzt nach so vielen Jahren so störend zwischen euch ausbreitet und erhebt, die Eigenart des anderen.

Wo es ja die Eigenart war, die euch bei diesem wunderbaren Gegenüber ins Auge gesprungen ist, euch hat anhalten lassen, unter all den Abertausenden, die an euch vorbei gegangen. Der, die, Auserwählte! Um ein Leben zu führen, voll der Arbeit, die Reichtümer schafft, der Körperlichkeit und Lusterfüllung.

Jetzt darbt die Seele, die in diesem Aufbauwerk zu wenig Beachtung erlangte, die Seele jedes Einzelnen, so wie er ist in seiner einzigartigen nie vergleichbaren Art, Qualität und Ausdrucksmöglichkeit seiner Würde. Gerade das wird ausgespart. Ja es wird geradezu ausgemerzt, zerstört im anderen. Der Versuch oft und oft gestartet, jedes Tun, jedes Wort auf die Waagschale gelegt, aber nie bei sich selbst, immer beim anderen. Obwohl es doch nie möglich ist, weil Seele nicht zerstört werden kann. Aber das Unsichtbare trägt Wirkung und das ist es, was ihr unentwegt spürt. Was nützt dann die ganze Pracht im Außen, sie kann in einem Augenblick zerstört werden, von jedem von euch, wenn die Seele dem Druck nicht mehr aushält, den ihr aufeinander ausübt. War all die Arbeit an der falschen Stelle?

Was nützt es, wenn unzählige Pflanzen ins Blühen gebracht, wenn in euch kein Blühen möglich, euer Volles zur Blüte kommen, diese Vielfalt die in jeden angelegt, durch den anderen verwehrt und unterdrückt wird. Nichts. Alles, dieses ganze Leben, ist umsonst gewesen. Aber wie schön ist es, wenn zwei verschiedene Pflanzen nebeneinander blühen, zwei andersartige Bäume sich nebeneinander entfalten in ganzer Pracht? Gerade das macht die Schönheit aus. Was würde es nützen zu sagen: He du Baum, mir gehen deine Nadeln auf die Nerven, bekomme endlich Blätter wie ich sie habe, weiche anschmiegsame Blätter! Nun so ist es mit den Menschen, keiner kann sein Nadelkleid ablegen und ein sanftes Blätterkleid anlegen, aber das macht auch seinen eigenen Duft aus, wenn man diesen Duft mit einem Menschen verliert, kann man ihn nie wieder finden. Im Duft ist doch die Liebe.

In einem Quadratmeter Wiese habe ich hundert verschiedene Blattformen gezählt. Welcher Kosmos der sich entfaltet, von dem man die Augen nicht abwenden kann.

Jeder Mensch ist fasziniert vom anderen, jeder ist fasziniert vom Erblühen des anderen, wendet auch nicht sich ab beim Verblühen des anderen, weil er Natur und Leben verstanden hat. Und keiner kann sich glücklicher schätzen, als jener, der im Alter eine Hand zur Seite hat, wenn jede Geste beschwerlich wird.

Ein Miteinander ist dies Leben, kein Gegeneinander, wo nur die Kräfte verschleudert werden, wo Krankheiten von einem Besitz ergreifen, weil die Energie in die falsche Richtung geführt wird, und nur der Zerstörung dient, in all dem so mühsam aufgebauten Außen.

Achtsamkeit ist das erste Gebot, was in der Selbstverwirklichung jeden Augenblick dem anderen zu Gute kommt, und das Wissen um das Leben, das jeden Augenblick zu Ende sein kann, diese kurze Zeitspanne, wo Beziehung zum Menschen möglich ist, zu erkennen.

Mehr Hochachtung für jeden unvergleichlichen Ausdruck eines Menschen tut Not, ist es doch so einzigartig wie er ist. Aber was zuerst Faszination war, wird zum verdammungswürdigen Phänomen und zu Ablehnung, zu Verletzung, einem Detail, an das man unentwegt anstößt.

Aber warum stößt man an? Weil es genau dieser Aspekt ist, den man bei sich selbst noch nie wahrgenommen hat, deshalb muss ihn der andere unentwegt vorführen, damit alle Details ins Spiel kommen, die es in uns gibt, und keiner ausgespart bleibt. Und solange man diesen Aspekt nicht in sich selbst findet, stößt man unentwegt außen an, er wäre sonst erlöst, und sichtbar geworden, in einem selbst.

Wenn er keinen Schritt in der engen Küche zurückweichen kann, wenn sie vorbei geht, oder aus einem Schrank etwas herausnehmen möchte, wo sie immer zurückweicht wenn er Platz braucht, dann hat sie oft vor Zorn geglüht, weil sie es nicht verstanden hat, dass er anders agiert als sie. Darüber lacht sie jetzt und sieht seine Eigenart, (endlich) die sie vorher nicht verstanden hat und als Angriff auf sie gewertet hat. Aber sie hätte besser nicht ihn beobachtet, sondern sich selbst, wo sie überschießt in seine Bereiche hinein. Das wäre Erlösung von der Qual, immer alles beim anderen zu finden was stört, nur nie bei sich selbst.

Jeder Mensch ist wie ein köstliches Gericht, mit verschiedenen Gewürzen, Eigenschaften, Möglichkeiten, in keinem anderen ist dieselbe Mischung vorhanden. Welche Vielfalt. Und nur ein wenig zu viel von Paprika in den Augenblick geworfen, dann steigt das eigene Feuer in die Augen, wenn man im Knast sitzt, weil alles schon so unbewusst geschehen ist, was man nie wollte. Froh kann jeder sein, der nie vor dem Menschen steht, der ihn so herausfordert, die Schwelle der Bewusstheit zerstört, die bisher alles verhindert hat, und Aggression hervorströmt wie Wasser aus geöffneten Schleusen, dass er ihm das Messer hineinstößt, besinnungslos. Rette sich wer kann. Ich hatte Glück, kein Messer war in der Nähe!

Beziehung, Zusammenleben ist eine Aufgabe, die Toleranz braucht. Jeder schafft seine Arbeit, Zusammensein aber fordert anderes, wenn man sie / ihn täglich sehen muss, nicht alles nehmen kann, was einem auf den Nerv fällt, und es gibt niemanden, den man täglich sehen muss, der einem nicht irgendwann auf den Nerv fällt, durch die diversen Zustände die einen selbst durchlaufen. Diesen Menschen gibt es auf diesem Planeten nicht.

Wenn man täglich dabei zusehen muss, wie langsam der andere ist, wie er sich bewegt wie in Zeitlupe, wenn man selber fliegend losrasen will und möchte ihm einen Tritt in den Hintern geben, damit er in die Schwünge kommt. Wie lange es dauert bis er eine Arbeit beginnt, da hat man es schon selber getan, weil man ist schnell, so schnell dass man jede Handlung setzt ohne einen Gedanken der Vernunft. Das gefällt dem anderen gar nicht, ja er kann es gar nicht verstehen, dass ein Mensch mit Verstand so hirnrissig (das sagt er gleich) handeln kann. Aber wie es der Teufel will, kommen nur solche Paare zusammen, wo jeder mit offenen Mund vor der Unfassbarkeit des so anders Gearteten steht, und nicht versteht, dass er gerade bei ihm hat anhalten müssen. Aber wie schon gesagt, immer finden sich Paare wo sich einer am anderen totärgert. Oder hat es Sinn? Was meinst du?

Jahre der Lebendigkeit miteinander durcheilen, im Älterwerden die vielen Beschwerden besser verstehen, weil man sie am eigenen Leib spürt. Oder: verachtend und zynisch zu sein: Du Hypochonder, was du andauernd hast?

Zwei Rosenblätter habe ich in Händen, während ich schreibe. Welche unfassbare Zartheit, Samt in Reinform. Ich kann mich nicht satt empfinden, nicht satt sehen, an diesem Rot, das aus dem Grün des Stängels herausgeschossen ist, als wäre alles nur da, um Gegensätze zu schaffen, die doch die größte Harmonie als Hintergrund haben. Wenn man nur tief genug eindringt um zu verstehen. Kein Tag ohne Nacht, alles gibt ein Beispiel ab. Wie lange braucht es um das zu erkennen? Wie viele Schritte zurück sind notwendig, damit sich die Not wendet und der andere Platz findet so wie er ist? Immer weiter zu werden, ist die Aufgabe die gestellt ist, die Scheuklappen zu öffnen, damit alles Platz findet was ist. Denn alles muss Platz haben, weil es da ist. Weit werden wie die Welt, damit alles Seiende bestehen kann. Ein sich Wehren dagegen heißt gegen den Strom zu schwimmen, und seine Energie zu verlieren. Ein unnötiges Unterfangen.

Die Rosenblätter werden unansehnlich in meiner Hand, das zu viele Streicheln tut ihnen nicht gut. Auch den Menschen nicht. Er greift hinüber, der andere ist immer verfügbar. Oh Schauder und Ekel. Nur wenn die Hand ins Leere greift, wird Sehnsucht nach Zärtlichkeit erkannt.

Das Wochenende benützt er, um einen Blick mehr auf sie zu werfen. Wie fett du geworden bist, wie dir dein Bauch weg steht. Am Wochenende nimmt er sich Zeit, um sie zurechtzustutzen, wie einen Fliederbusch und nie denkt, dass sie ganz in Ordnung und er mit allem einverstanden ist. Nein, da spinnt er gleich den Faden, schnell wie die Spinne, fängt sie ein, umwickelt sie, wie ein Kokon für später, wenn er sie dann frisst mit Haut und Haar. Er hat Übung darin, auf sie loszuschlagen mit Worten, am liebsten vor seinen Freunden, da will er sich hervortun, krempelt sich die Ärmel hoch, wie einer der ein Kunststück vollbringt, und wartet auf die Lacher, den Applaus der nie ausbleibt, wenn einer gedemütigt wird. Damit sie nicht zu übermütig wird und wenn sie im eigenen Blut am Boden liegt, legt er noch ein Schäufchen nach: Na du kannst ja nicht einmal mehr aufstehen, so unbeweglich bist du. Es ist ein richtiges Sonntagstheater, denn ins Theater geht er nie, er inszeniert lieber selbst, als Regisseur und Selbstdarsteller in der Hauptrolle, die Statisten sind ja immer bereit mitzuspielen und dankbar für jede kleinste Aufmerksamkeit, auch in der Rolle des Erniedrigten.

Aber sie hat ein Eigenleben und ersteht wieder und wieder, und der Sonntag kommt, wo sie ihre Tränen zitternd hin geschwemmt haben. Sie sieht in den Spiegel, sieht diesen feisten Bauch, die feisten Oberschenkel, aber noch immer möchte sie täglich neue Kleider darüber stülpen, um sich abzulenken, um zu vergessen, was der Sonntag gebracht hat und wieder bringen wird. Manchmal wehrt sie sich und sagt mit spitzer Zunge: Sieh dich selber an, wie dein Bierbauch weg steht.

Er sieht sich aber nie in den Spiegel, sieht lieber auf sie, es ist ihm wie ein Spiel, der Mann will spielen. Sei dem Mann das gefährlichste Spielzeug, denn er will spielen, sagt Nietzsche, aber das hat sie vergessen, sein

Lieblingsspiel, wo sie so schön einschnappt wie in der Mausefalle, und nur wenn er dann will, holt er sie heraus um sie körperlich zu benützen, wie einen Besitz der ihm gehört und keinem anderen. Er muss es sich immer wieder beweisen, es macht ihn stark, potent wichtig, wie er es sonst nie ist.

Und er hat darauf vergessen, dass er einen eigenständigen, anders gearteten Menschen vor sich hat, der sein Leben nur in anderer Art und Weise zu durchgehen imstande ist und trotz allem schon so lange an seiner Seite ist und vielleicht zu oft auf das eigene Leben vergessen hat, nur immer auf ihn ausgerichtet zu sein. Das spürt sie manchmal wie einen bitteren Geschmack auf der Zunge hochsteigen. Bei wichtigen geschäftlichen Angelegenheiten wenn Firmen seine Leistung nicht bezahlen wollten, hat er sie vorgeschickt, und sie ist ausgelaufen auf langer Leine, und hat alles gegeben für ihn, letztlich immer für ihn, für die Beziehung. Auch so mancher Prachthappen ist für sie abgefallen, wie ein zusätzliches Weihnachtsgeschenk mitten im Jahr, ihre Anstrengungen haben sich gelohnt. Umsonst hätte sie es nicht getan, sie konnte gut rechnen, Zuneigung war ihr sicher.

Du hast gesagt: Wenn jemand etwas gesagt hat, dann hast du immer das Gegenteil machen müssen, seit der Kindheit dagegen reden und dagegen handeln müssen, und du glaubst, sie hat nicht diesen Aspekt in sich? Wenn du ihr zum Beispiel etwas verbieten willst, dass sie dabei nicht die totale Einengung spürt, und dich abstreifen möchte, wie einen Handschuh der ihr zu eng. Was ja ihr gutes Recht ist, nach deiner Auffassung: Andere Meinungen zu negieren. Und vergiss nie, sie muss dir immer Spiegel sein, dir zeigen, was in dir ist: totale Ablehnung gegen den Eingriff eines anderen, der dich nicht in deiner eigenen Form leben und handeln lässt. Nur um deine Ideen durchzusetzen geht es dir, warum willst du ihr nicht auch zugestehen, ihre Bedürfnisse zu leben? Es ist als ob eine Blume kein Wasser bekommt. Um den Garten kümmerst du dich besser. Du kannst nicht alle ihre Wünsche erfüllen. Zwei Menschen sind wie zwei Kreise, die sich an einer Stelle berühren, und der andere Teil wird nicht berührt und dort liegen die vielen Themen, um die es auch in jeden Leben geht, aber welche Themen es sind, das weiß jeder nur selber, mit seiner Sehnsucht die ihn bedrängt und gestillt werden muss. Sonst geht das Leben an sich selbst vorbei, ist nicht aus dem Innersten geflossen, nicht seiner Erfüllung zugestrebt. Gerade wenn zwischen zwei Menschen große Liebe ist, dann hilft doch einer dem anderen sich zu entfalten und niemals ihm die Flügel zu binden, damit der Schmetterling nicht fliegen kann. Welche Trauer würde über ihn kommen, gleich den gefesselten Menschen daneben! Wollen wir einander erfreuen oder begrenzen? So viele Fragen wirft ein Zusammensein auf und die gehören alle bearbeitet, genauso bearbeitet wie der Garten, ausgejätet und Neues angesetzt, aufgebaut wie das Haus. Das war Mühe, nur für die Beziehung will man keine Mühe, keine Arbeit leisten, keine Erkenntnisse erlangen, immer auf alten abgefahrenen Gleisen laufen, wo schon viele Züge entgleist sind, es so viele Verletzungen gegeben hat. Aber verdammt, genau dort ist Arbeit ebenso wichtig, wie bei allem anderen. Bedenkt das denn niemand?

Am Sonntag will er etwas länger schlafen, sagte er, aber ich möchte gern am Sonntag irgendwo hinausfahren, sagt sie.

Wenn ich unter der Woche Zeit habe, will ich ausgehen, sagt er, dann liegt sie vor dem Fernseher und schnarcht.

Ja weil ich den ganzen Tag gearbeitet habe und müde bin, sagt sie.

Bei ihr kann man ja nicht einmal einen Satz zu Ende sprechen, sagt er, immer unterbricht sie, fährt einem vehement ins Gesicht. Kein Wort wird angenommen, ja keines kann ankommen, sie hat noch nicht einmal gehört was ich sagen will, schon gibt sie ihren Senf dazu, noch bevor ich meinen Gedanken zu Ende denken und ausformulieren konnte, was ich sagen will.

Wegen allem schreit er, sagt sie, wie ein Rumpelstilzchen sehe ich ihn vor mir. Am Sonntag hat er die Fische geputzt, er kann das sehr gut, macht es mit Leichtigkeit. Dann merkt er, dass der Ausguss verstopft ist, wie es ihm schon mehrmals passiert ist. Er muss unter die Abwasch kriechen, das Rohr ist so weit im Eck, dass er schlecht dazu kommt, sich anstrengt und da beginnt er so zu schreien, dass ich gleich nach oben geflohen bin, ihn allein gelassen habe. Jetzt stört es mich ja nicht mehr, seit ich mir eine neue Sicht über vieles erarbeitet habe, aber früher, wo ich alles auf mich bezogen habe, jedes Wort jede Geste von ihm auf mich bezogen habe, jedes seiner Worte mich wie ein Geschoß getroffen hat, als ob ich an allem was ihm passiert, Schuld wäre, was habe ich da gelitten. Jetzt kann ich es erst sehen und habe begriffen, dass er seinem Zorn, über die eigene Dummheit, Ausdruck geben muss, weil er vergessen hat, darauf zu achten, ob der Ausguss frei oder verstopft ist, und es ihm schon mehrmals passiert ist. Das alles hat aber nichts mit mir zu tun. Das macht jetzt die Beziehung viel leichter, seit ich damit begonnen habe, mich genau zu beobachten, mit allem auseinanderzusetzen was in mir läuft und sehen konnte, was ich alles falsch mache. Ich lasse ihn jetzt toben so viel er will, und beziehe es nicht auf mich. Ich kannte früher keine Grenze zwischen uns, wenn er agierte, agierte es in mir, als wären wir ein Wesen, jetzt stehe ich auf meinem Boden und muss lachen, wenn er im Auto schreit wie ein Verrückter, dass alle Autofahrer wie Verrückte fahren. Es ist nicht angenehm, so einen schreienden Mann neben sich zu haben, aber ich bin aus dem Spiel ausgestiegen, in das ich mich immer hineinziehen ließ und es ist ihm gelungen. Aber dieses Spiel ist zu ende. Jetzt lasse ich ihn allein und er wird es spüren, wie er über einem Abgrund hängt, wenn ich ihm nicht andauernd die Räuberleiter mache, um ihn aufzufangen, und den Boden für all sein ausflippen und umkippen bereitwillig bereite. Ich habe an mir gearbeitet, er muss es auch tun. Gezwungenermaßen. Meine Veränderung bedingt seine Veränderung. Es ist ein ungeschriebenes Gesetz in dem wir beheimatet sind und erst dann wohl fühlen werden.

Es ist jetzt alles anders zwischen uns, sagt er manchmal, so als ob sich alles umgekehrt hätte zwischen uns. Er bemerkt eine Veränderung sagt sie, aber er weiß noch nicht, dass er auch an sich arbeiten muss, genau wie ich es getan habe.

Er will immer, dass sie sich ändert, so funktioniert wie er es will, damit er so bleiben kann wie er ist, weil er ist ganz in Ordnung! Aber einer allein macht keine Beziehung, die ist immer zwischen den beiden. Zwei die bewusstlos agieren, bis zu dem Augenblick, wo Bewusstheit und Erkennen einsetzt, dass sie an allem mitarbeiten, was ihnen so fauchend ins Gesicht springt, ins Ohr stößt, an die Haut schlägt, ja ins Blut kriecht, krank werden lässt, und sie langsam aber sicher auseinander drängt, oder umbringt oder in Freude miteinander weitergehen und alt werden lässt. Und das ist der Zug auf den ihr leicht aufspringen könnt, wenn ihr wollt! Ich habe es nicht geschafft, deswegen muss ich darüber reflektieren, aber ihr könnt mir ein Beispiel abgeben, wie es geht, eine lange liebevolle Beziehung zu führen.

Mein Tag

Ich habe nur diesen Tag, weiter zu denken oder zu planen wäre mir nicht möglich und doch gehen einige noch nicht vollbrachte Dinge weite Räume hinein, die ich noch nicht zu durchdringen imstande bin, aber ich habe nur das Heute, weiß ich. Noch ist der Körper sehr wohl in Takt, dass ich dieses Heute recht zu durchgehen imstande bin, was immer auch geschieht, ich habe diese Stunden zur Verfügung, um auszuführen was aus meinem Inneren drängt und sich zeigen will, materiell werden will, aus geistigem Gespinst hervorgeholt und sichtbar gemacht für die anderen. Ich habe diesen Tag, die Sonne ist lautlos hochgestiegen, hat sich erhoben über meine Träume hinweg, und hat mich sanft aus dem Schlaf gezogen, dass ich noch die letzte Verwobenheit hell vor mir sehen konnte, in denen sich meine Seele so schlafwandlerisch so selbstsicher ohne zu zögern umherbewegte. Dann habe ich mich gestreckt, den Körper ausgedehnt, bin aus der Embryohaltung herausgesprungen und in den hellen Tag hinein. Es schneit seit Tagen, seit Jahren hat es nicht mehr so viel Schnee in der Stadt gegeben, es ist schön anzusehen, nur wenn ich weiß, dass trotz dieser Schneeumstände alles ablaufen soll, als wäre trockenes Wetter, dann möchte ich gleich verzweifeln. Wie der Mensch sich bewegt, sich um die Natur keinen Pfifferling kümmert und stur seinem Verstandesdasein nachjagt, das wie ein Unmensch sich aller Natur im Menschen gegenüber zeigt. Warum sehen sie nicht, dass jetzt alles anders ist, eine Ausnahmesituation ist, wenn Schnee fällt? Warum soll alles im gleichen Maß ablaufen, so als wäre kein Natureinbruch vor sich gegangen? Wie beschränkt ist der Mensch? Kann er nicht mehr sehen, und sind seine Gefühlsseismographen total verkümmert und verstummt? Sicherlich muss Brot gebacken werden, müssen Tiere gemolken werden und jeder Mensch zur Arbeit herangeholt werden, trotzdem könnten alle Modegeschäfte schließen, damit sich viele an der weißen Pracht erfreuen, wenn doch nur die armen Verkäuferinnen den ganzen Tag gähnend auf Kunden warten, die nicht aus dem Haus gehen. Welche Wonne wäre das. Ach Herr gib ihnen Verstand für die Dinge die sie tun, möchte ich ausrufen und in alle Ohren posaunen, aber keiner hört mehr, alles ist voll Lärm, der die inneren Intentionen total überhört, sie nicht wahrnimmt und sich nur um ein Außen kümmert, das immer wieder wie Sand in der Hand zerfällt und alle wollen nur dieses Außen. Welche Kurzsicht. Ich sehe aus dem Fenster, es schneit, wie schön diesen tanzenden Flocken zuzusehen, welch kindliche Freude mir hochkommt, welch weiße Wonne, die so spielerisch vor mir tanzt und herunterfällt, so still und sanft sich kristallen an mein Fenster setzt. Eisblumen haben sich angesiedelt, es ist schön und ich habe nur diesen Tag, ich weiß dass er so schnell abfällt wie ein welkes Blatt vom Baum meines Lebens, und wenn ich ihn nicht beachte, dann lebe ich nicht. Ich will wach sein, hellwach sein in jeden Augenblick, ich will sehen was mein Leben ist, ich will den Strom spüren der durch mich fließt, ich will nicht besinnungslos herumrasen ohne erwacht zu sein, wie in einen Halbschlaf herumtorkeln, bei dem jede Tätigkeit sofort in ein Vergessen fällt und nur Sinnlosigkeit gezeugt hat. Ich will meine Handlungen genau sehen, jede kleinste Geste beachten, ich weiß es können meine letzten sein, und ich will mit ihnen eins werden, eine Vermählung meines Inneren und meinem Leben soll stattfinden. Ich will nicht mehr es gespalten leben, hier ich dort meine Handlungen, ich will eine Einheit mit mir selber sein, ich will einfach sein in diesem Schäumen das mich umgibt, ich will mein Tun mein eigen nennen, das ich nicht verachten muss, welches dem Menschen wirklich zum Segen und nicht zur Not gerät. Meine gebende Seite will sich ausschütten in Nützlichkeiten, aber wohlbedacht und in aller Aufmerksamkeit, ich will sein an diesem Tag, ein Zeichen sein an diesem Tag das alle sehen können, das nicht zu übersehen ist, ein Wahrzeichen für eine neue Form Leben, in der Leben wirklich Leben bedeutet, und nicht Abartigkeit einer sinnlosen Kraftanwendung, die zu niemandes Gewinn. Ich will diesen Tag als mein Leben nehmen und ihn dankend begrüßen, ihn hochhalten und genau erkennen, ihn losreißend vorbeiziehen sehen, und voll genützt dem Abend übergeben, ich will aus ihm schöpfen was für mich bereit, ich will abgeben, wozu meine Kraft und Befähigung der Tage imstande ist, und ich will die Freude spüren, die ihn durchtränkt wie einen Schwamm das Wasser, und will trunken sein in diesem Rausch, der mein Leben, mein Heute, mein von Augenblick zu Augenblick sein ist, das ich einzig zur Verfügung habe und sonst nichts. Mein Dank will sich singend aus meiner Kehle erheben, und am Abend lobpreisend hörbar werden, in einem Dankgebet.

Schwere Arbeit

Hallo, dich kenne ich auch, sagt Sonja, als sich Ruth in der Kräuterhandlung an einen der kleinen Tische setzt und ein Vollkornbrötchen mit einer Dillsoße bestreicht.

Hallo, ja ich erinnere mich, sagt Ruth, du hast letztes Mal mit meiner Cousine gesprochen.

Sonja: Mein Mann organisiert die Seminare mit Karl.

Ruth: Ach ja, ich erinnere mich. Gestern erst habe ich Karl gesehen, und ich musste feststellen, wie stark er sich verändert hat. Wir waren auf einer Vernissage, es war ein Mädchen dort, die schon den ganzen Abend alle angestänkert hat, eine arme Dichterin, die betrunken war, die oft betrunken ist. Karl ist erst sehr spät gekommen und gleich stänkert sie auch ihn an, wie uns alle, und er als einziger gibt ihr eine Ohrfeige. Es war wie einen Hammerschlag. Ich war entsetzt. Karl der so viele Seminare mitgemacht hat, um in seine Mitte zu kommen, war weit außerhalb seiner Mitte, er schlug auf dieses viel kleinere Wesen, das ihm kaum an die Schultern reichte, brutal ein. Ich war entsetzt.

Sonja: Diese Veränderung musste ich auch bei meinem Mann erkennen, als die ersten anderen Frauen aufgetaucht sind. Ich wusste gar nicht wie ich es verkraften sollte, nicht was ich tun sollte.

Ruth: Karl hat dabei meine Cousine verlassen, als die vielen anderen Frauen auftauchten.

Sonja: Ich habe danach mit deiner Cousine, gar nicht mehr sprechen können, denn sie hat so viel Hass in sich gehabt und ich hätte in diesem Augenblick, in diesen Hass, ebenfalls mitgeschwungen und das wollte ich nicht und konnte es nicht, ich habe doch die zwei Kinder.

Ruth: Meine Cousine ist sehr emotionell unterwegs, sie hätte sich eigentlich keine Sorge machen müssen, nicht den Rächer in Gedanken spielen müssen, der selbst im Hass badet und sich selbst dabei zerstört. Ich weiß, dass man alles zurück bekommt was man aussät. Da achte ich sehr darauf. Sie aber hat den ganzen Schmerz, den sie erlebte, in Hass umgewandelt und ich merke oft, wenn ich mit ihr spreche, dann wirft sie diesen Hass, den sie auf ihn hat, im gleichen Augenblick auf mich. Wie geschlagen bewege ich mich oft weg, und manchmal glaube ich, ich muss erbrechen, so hebt es mir den Magen hoch.

Sonja: Ich weiß es auch, dass man alles zurückerhält, was man aussendet, und da brauche ich doch den anderen nicht verfluchen. Ich finde es schön, dass du ebenso denkst und unterwegs bist. Ich hatte schon lange einen geistigen Lehrer, aber mein Mann hat ihn nicht angenommen. Er ist lieber zu den Sufis gegangen, ihm sagte die Bewegungsform mehr zu. Mein Lehrer sagt, dass man jeden Tag mindestens zwei Stunden meditieren soll, tief in sich hinein fallen und in seine Mitte hören soll, dann sagt er von der Ehe, man soll nicht mit anderen Geschlechtsverkehr haben. Ich habe mich daran gehalten, er sagt, dass man durchhalten muss, nicht aufgeben darf und das habe ich bis jetzt getan und werde es weiter tun. Ich weiß, dass ich mich am richtigen Weg befinde und weiterbewege.

Ruth: Ich habe meinen ersten Mann geheiratet, zehn Jahre hat es gedauert. Ich habe gedacht, dass man dann, mit dem Ehemann alt wird und dann ist alles ganz anders gekommen. Ich bin gezwungener Weise mit einigen Männern in Kontakt getreten. Ich wollte es zuerst nicht annehmen, mein ganzes Denken war entgegengerichtet, aber es blieb mir nichts übrig, denn ich war noch nicht bereit dazu, mich körperlich zurückziehen, ich war noch zu jung. Dann musste ich aber bemerken, dass das alles eine Aufgabe war. Ich habe einige Menschen zu geistigen Wegen geführt, die in ihnen zwar angelegt, aber verkümmert waren und ich habe sie nur wieder aktiviert. Ich habe plötzlich sehen können, dass es ein ganz anderes Bild von der Welt gibt, außer der Ehe bis zum Tode, das auch seine Bedeutung und Berechtigung hat. Es war ein schweres Umlernen, aber langsam nehme ich es voll an. Mit den Kindern wirst du es nicht leicht haben, wenn du so einen bewussten Weg gehst, dann wandelt es sich oft in den Kindern ins Gegenteil, so als ob sie die andere Seite leben müssten, die es auch noch gibt. Ich war ein sehr gläubiger Mensch und meine Tochter hat sich dagegen sehr verwehrt. Dann hatte sie eine Freundin, bei ihr bemerkt sie, dass sie nichts aus der Ruhe bringen kann, die so stark ist und all dem sie ausgeliefert ist standhalten kann und diese Freundin war sehr religiös. Das hat mir meine Tochter wieder zurückgebracht, ohne mein Tun, ohne dass ich sie jemals eingeengt hätte. Im Gegenteil, ich habe sie immer frei in ihren Entscheidungen gelassen, aber ich war sehr glücklich über ihren Wandel. Wir gehen nun den gleichen Weg. Sie hat die christlichen Mystiker gelesen und ihr Leben selbst gewandelt. Ich hatte Glück. Doch ich selber wollte immer so einen hellen guten Weg gehen und musste erkennen, dass sich dabei der andere Gegenpol, das Dunkle, Schlechte aufbäumte, dass ich fast abkippte, immer wieder in Krankheiten fiel, weil ich diesen Gegenpol nicht verkraftet habe. Ich arbeite nun daran, diesen Gegenpol zu erfassen, zu sehen, zu erleben, dass es ihn gibt, dass mein Nichtwahrhaben Wollen, ihn nicht aus der Welt geschafft hat, dass er da ist und im Hier und Jetzt und nichts ohne seinen Gegenpol bestehen kann.

Sonja: Wenn du aus der Mitte fühlst, dann wird auch der Gegenpol stärker, du selber baust ihn in dir auf, es ist wie ein Prüfung und Erkenntnis, aber du musst nur ganz in deine Mitte kommen, das Zentrum von dem du ausgehst, dann schaffst du es schon.

Ruth: Das habe ich bemerkt, wie jedes Pendel in eine Seite ausschlägt, geht es auch gleich weit, in die andere Seite. Du hast recht, die Mitte zu finden ist das Wichtige. Bist du Vegetarierin?

Sonja: Es steht ja schon alles in der Bibel, du sollst nicht töten, man soll sich von Pflanzen und Kräutern ernähren. Ich esse auch keine Eier.

Ruth: Bei mir ist es ganz von selbst zu einer Umwandlung gekommen, langsam habe ich bemerkt, dass ich kein Fleisch mehr brauche, nur manche Tage habe ich noch kleine Rückfälle, wie ich es bezeichnen möchte, da esse ich Fleisch. Wurst esse ich schon seit Jahren nicht, aber meist am nächsten Tag geht es mir dann nicht gut und das Gute, was ich mir antun wollte, hat sich ins Gegenteil gekehrt, mein ganzer Körper lehnt sich dagegen auf. Es ist auch wichtig, einen guten Lehrer zu haben, sonst kommt man nicht weiter. Meiner ist Sri Aurobindo, es sind nicht seine Bücher die er verfasste, die man auslesen kann, man muss mit der Essenz leben, aus dem Wissen leben, das er weitergibt.

Sonja: Mein Lehrer sagt, dass man das Licht immer auf die Erde bringen muss, das man in sich trägt, es ist eine schwere Arbeit.

Ruth: Genau das sagt Aurobindo: „Es hat keinen Sinn, wenn irgendwo ein Yogi in seiner Erleuchtung ist, wenn alle anderen im Dunkel weiterwandeln, wenn einer ein Licht findet, dann muss er es den anderen übergeben". Ich spüre dass du viel Kraft hast, dass du es schaffen wirst mit den Kindern. Was arbeitet dein Mann?

Sonja: Ach er ist fertiger Physiker, aber wir haben ein Haus gebaut. Er hat alles selbst gemacht, und ist bei den Kindern zu Hause. Ich gehe arbeiten, und wir leben von meinem Geld. Ich arbeite in einem Institut für Meinungsforschung, habe einen sehr klassen Chef und kann manche Arbeiten zu Hause machen, es geht sehr gut.

Ruth: Aber jetzt wo die Kinder klein sind, sollte es doch auch für dich die Möglichkeit geben, dass du bei ihnen bist. So schnell werden sie groß und dann ist es vorbei und du hast es versäumt. Du hast zuerst gesagt: Alles hättest du für deinen Mann getan, ich habe bemerken müssen, wenn man alles für einen Mann tut, dann züchtet man sich ein kleines Ungeheuer neben sich. Zum Beispiel, wenn ich etwas für mich einkaufen gegangen bin, dann habe ich für ihn etwas gesehen und habe es gekauft, ich habe nur an ihn denken können, und das war nicht gut.

Sonja: Ja das mag sein, aber bis jetzt geht es gut. Ich bin zufrieden mit dem was er macht, ich habe die Kinder oft, und habe es sehr schön im Haus.

Ruth: Auf jeden Fall frage ich mich oft, was diese ganzen Seminare sollen, die Familien auseinander bringen? Jedenfalls wissen die meisten Lehrer und Schüler nicht, was sie tun, und wo es lang geht. Ich muss jetzt gehen, also mache es gut und lass dich nicht unterkriegen.

Sonja: Ja ich danke dir.

Sie gibt Ruth noch ein Päckchen. Nimm es bitte von mir, es ist griechischer Tee, die Griechen brühen ihn auf und es soll für den Magen sehr gut sein, weil du zuerst etwas für den Magen kaufen wolltest.

Ruth: Ach das ist lieb von dir, ich danke dir sehr und werde beim Teetrinken an dich denken.

Ruth küsst Sonja und wird fest von ihr gedrückt und umarmt.

Sonja: Ich wünsche dir auch alles Gute, ich hoffe wir sehen uns bald wieder, es war für mich sehr schön, mit dir über all diese Dinge, die auch mich beschäftigen, zu sprechen.

Ruth: Ja das würde mich sehr freuen.

Als Ruth wegging, dachte sie: Was für ein feines Wesen Sonja doch ist, dreimal hat sie sich während des Gespräches die Tränen unter ihren Brillen abgewischt, die ihr bei den Worten, die wir gewechselt, hochstiegen. Auf einem Arm ist das kleine Kind gesessen, am Kittel hat sich das größere angehängt, und hat sie immer wieder mit vielen Fragen unterbrochen, jedoch nie aus der Ruhe gebracht.

Sonja hatte noch gesagt: Was muss der Mann Seminare machen, wenn er zwei kleine Wesen vor sich hat, die ihn so viel lehren können?

Sie hatte nur genickt. Für sie war es fast zu viel, dieses Gespräch und die wunderbare Stimmung in der Kräuterhandlung, sie hatte die mystischen märchenhaften Bilder von Lore Weber betrachtet, die an den Wänden ausgestellt waren und eine stark verinnerlichte Stimmung im Raum verbreiteten. Dazu die vielen duftenden Kräuter und Kostproben aus Vollkorn und Heilpflanzen, es war ein Zentrum des Heils und der Heilung. Ruth war es körperlich spürbar erschienen. Sie trug ein Lachen im Gesicht, als sie die Kräuterhandlung verließ, das ihr die Entgegenkommenden voll Freude zurückwarfen.

Selbstbezogenheit

Ella: Hast du nachgelesen in deinen Psychologiebüchern? Jeder, der dir gegenübersteht, bietet dir einen Spiegel. Du siehst immer noch nur was er macht, und du beziehst dich in die Geschichte gar nicht ein. So als ob du nicht dabei gewesen wärst. Aber es ist immer die Konstellation zwischen zwei Menschen, die das Geschehen auslöst, dass es kracht.

Hanna: Nein ich hatte keine Zeit. Aber heute hat mich Elisa angerufen, ich kann ja so gut mit ihr sprechen, und wieder ist er ausgerastet, und ich hätte so gern, dass er damit anders umgehen kann.

Ella: Er ist eifersüchtig, soll er zu dir sagen: Ich bin eifersüchtig auf deine Freundin, auf jede deiner Freundinnen, das wird er dir nie sagen, und du willst schon wieder an ihm etwas ändern, und nicht erkennen, dass wenn du dich änderst, erst dann ändert sich um dich die Welt.

Hanna: Ich wollte doch nur mit ihm über die Freundin reden, dass er leicht damit fertig wird. Und ich will nicht, dass er darunter leidet. Aber man kann nicht mit ihm reden, er rastet gleich aus, macht mich herunter.

Ella: Ich sehe dich vor mir, dreimal stärker als er, und das spürt auch er unentwegt. Ich frage dich, wenn das schon hundertmal bei Freunden abgelaufen ist, er erzählt etwas, und immer musst du etwas dazwischen sagen. Wohlgemerkt mit deiner Kraft, auch noch mit deiner Eigenart, die alles besser weiß als er. Wieso glaubst du, dass er da einmal anders reagieren kann? Es ist doch zwischen euch, das verändert sich nie, wenn du nicht aufhörst, ihn zu unterbrechen.

Hanna: Aber es sind doch ganz banale Gespräche, und man wirft doch immer ein Wort dazwischen ein, das macht doch jeder. Es ging um überhaupt nichts, und dann ist tagelang Clinch zwischen uns. Und heute schon wieder, wegen Rita, weil ich sie treffen will, mit ihr sprechen will, weil ich mit ihm über nichts sprechen kann. Er ist dann weggegangen und ist mit Blumen zurückgekommen, für den Garten, um sie einzusetzen. Dann sagt er zu mir: Du hast so einen schönen Garten, und hast es so schön, und willst immer weggehen.

Ella: Er hat doch immer seine Freunde getroffen, ist mit dem Boot nach Jugoslawien gefahren, und du warst allein.

Hanna: Er hat immer seine Freunde getroffen, nur bei mir will er das nicht, und ich mache es erst seit ich in Pension bin.

Ella: Es ist nicht zu fassen, er ist ja ärger als die Moslems. Ich würde das auf andere Weise lösen. Ich würde mir tagelang einen Schleier über das Gesicht hängen, ihn richtig schockieren, damit er aufwacht. Weil er versteht ja gar nicht, was er macht, aber ob er sich ändern will, kann, ist eine andere Sache. Er ist wie der Gebieter über dein Leben, obwohl du so viel gearbeitet hast wie er, und nur weil er dein Mann ist, und das im zweiten Jahrtausend!

Hanna: Er war immer schon so, als wir im Geschäft mit meiner Tochter gearbeitet haben, da hat er auch sie immer herunter gemacht, auch bei anderen Leuten ist er über sie hergezogen.

Ella: Er muss einen Minderwertigkeitskomplex gegen euch zwei haben. Wenn er nur über sich sprechen kann, und wie kannst du das unterbrechen, du hast seinen Vortrag unterbrochen, das geht nicht, und warum hörst du nicht damit auf? Während du erzählt hast, ist mir ein Bild hochgekommen: Da ringt einer vor dir mit dem Untergehen im tiefen Wasser, zwei starke Wellen nehmen ihm seinen Platz, denn deine Tochter ist sicher genauso eine starke Welle wie du.

Hanna: Du kannst dir nicht vorstellen, wie sie sich in der neuen Firma durchgesetzt hat. Sie hat aber nach einem Monat gekündigt weil sie vieles von ihr verlangt haben, was sie nicht machen konnte. Zum Beispiel hätte sie die Klos putzen sollen, und die Fahrzeit, jeden Tag eineinhalb Stunden, war zu viel. Auf die Kündigung hin sind sie auf alles eingegangen, was sie wollte, und haben ihr sogar einen freien Tag gegeben, was sie wollte. Das war sehr gut für sie, dass sie dabei gespürt hat, was sie erreichen kann.

Ella: Genau das habe ich gemeint, und das spürt er auch, und da er keinerlei Selbstsicherheit hat, muss er andere heruntermachen, damit er ein wenig hoch kommt zwischen euch.

Hanna: Er macht sehr viel für seine Freunde, ist immer da wenn ihn jemand braucht, aber er kann ja nur von sich sprechen. Er kann nie über irgendein Thema sprechen, immer nur darüber, was er alles gemacht hat. Wir hatten z.B. einen großen Auftrag, eine Firma in einem Monat einzurichten. Es hat sehr gut geklappt, und als alles fertig war, hat man ihn gefragt, ob er auch etwas sagen will. Da sagt er: Nein. Ich war sprachlos, dass er niemanden für die gute Mitarbeit gedankt hat, das kann er nicht, kein Wort hat er gesagt. Ich habe mich damals sehr gewundert.

Ella: Ich kenne einige Jungfrau Sternzeichen, die fangen mit „ich" zu sprechen an, nach einer Stunde hören sie mit „ich" auf, die können auch nur von sich sprechen, und er hat dieses Manko, da er immer unsicher war. Er war begabt, hätte Architekt werden können, war aus armen Haus, hat kein Studium, und so fühlt er sich immer degradiert, degradiert sich ständig selber, anstatt darauf stolz zu sein, was er schon geleistet hat.

Hanna: Ja er kann es, und seine Mutter auch, sie ist auch Jungfrau und kann nur von sich sprechen. Aber da bemerkt er es sogar, und es stört ihn, dass seine Mutter immer von sich spricht, nur bei sich selber kann er es nicht sehen.

Ella: Du sieht ja auch immer nur bei ihm, was er macht, und du willst, dass er sich verändert, aber du siehst nicht, was du machst, aber er ist dein Spiegel. Kannst du dir vorstellen, bei euren zwei Horoskopen, da stehen von neun Planeten sechs an der gleichen Stelle, im gleichen Sternzeichen, und du denkst: Er ist es! Da musst du um die Welt fahren, um einen Menschen mit diesen Horoskop zu finden, aber dein Mann hat es, der dich so perfekt spiegelt. Und ich kann momentan keinen finden, der mich so perfekt spiegelt, dass wir zur Selbstarbeit kommen können, der mir etwas über mich zeigt. Der mich so gespiegelt hat, den habe ich verloren, den habe ich geliebt, und manchmal durch den Fleischwolf drehen wollen.

Hanna: Manchmal! Immer!

Seltsame Begegnungen

Bei manchen Menschen, wenn du ihnen begegnest, da fällst du in sie hinein, nicht wie in eine Pfütze oder ein fremdes Bett, sondern es ist, als ob du einem alten Freund, einer alte Liebe wieder begegnest. Bei dir öffnet sich die Herzklappe und der andere fällt in dich hinein, ohne dass du es merkst, du spürst nur, dieser Mensch ist dir ganz nahe, wie ein alter Bekannter, eine alte Liebe, ob weiblichen oder männlichen Geschlechts. So ist es immer und doch nur manchmal, weil so viele Menschen, denen du begegnest, bleiben draußen stehen, und bleiben Fremde, auch wenn du sie nahe an deine Haut lässt, es nützt gar nichts, es entsteht keine Nähe, die ja manchmal gleich im ersten Augenblick voll da ist. Das kannst du nicht erreichen, das kann kein Ziel sein, das ist einfach Gnade, der du unterworfen bist, wie sie dir gegeben ist, da bist du völlig ausgeliefert, diesem so offenen und doch verborgenen Geschehen, das dich närrisch umtanzt, ohne dass du es zu fassen bekommst. Wenn du dann diesen Menschen mit offener Herzklappe begegnest, und plötzlich kommen bei ihm alle Todsünden heraus, deren ein Mensch nur fähig sein kann sie zu begehen, dann bist du plötzlich wie aus einem Tiefschlaf erwacht, und starrst in den anderen hinein. Nein, das ist doch nicht möglich, das kann doch nicht sein, und doch ist es so, denn durch deine Offenheit hast du nicht zielgerichtet wahrgenommen, den, der vor dir steht, du hast alles angenommen, was so angenehm auf dich überströmt, aber du hast in diesem Augenblick vergessen, dass in jeden Menschen alles enthalten ist, was es gibt, und er ja immer die freie Wahl hat zu agieren wie er will, ganz zu sein wie er ist.

Diese späten Enttäuschungen schiebst du eben dem anderen in die Tasche, er hat dich enttäuscht, so furchtbar enttäuscht, dabei warst du nur so stark geblendet, verblendet von dem Licht das der andere ausstrahlte, da konntest du die dunklen Stellen nicht sehen, die immer da sind, deine späte Enttäuschung ist nur deine frühe schlechte Sicht über den ganzen Menschen. Ja manche Menschen strahlen, da fallen viele hinein, weil Licht nun einmal anziehend wirkt, und wenn da noch alle Farbschattierungen, die es gibt, aufleuchten, wie sollst du nicht geblendet, ja verblendet sein, und die Richtigstellungen deiner eigenen Sicht folgt auf den Fuß. Es kann Monate, ja Jahre dauern, und wenn dir dann all die Dunkelheit des anderen begegnet, und du sie erkennst, hilft und nützt dir das nicht mehr, weil du eben diesem kosmischen Geschehen, und das ist es, voll auf den Leim gegangen bist, das dich am Begin so fasziniert und gebannt hat. Keine Gegenrede eines anderen hätte dich aufklären können, denn du hättest es nicht zugelassen, dass er dich herausreißt aus dieser Seligkeit, in Liebe zu diesem anderen Menschen, diesen Fremden, der in dein Leben getreten ist, wie ein Muss, wie ein Zufallen, dem du nicht ausweichen konntest, in diesem Augenblick auf deinem Weg, und in diese Seligkeit, um zugleich die größte Enttäuschung deines Lebens zu erleben. Aber das kannst du erst später sehen, und musst es am ganzen Körper spüren, diesen Vorgang, wie er sich von dir losreißt, und dir dabei einen Teil deines Herzens herausreißt, und du ihm nur voll im Schmerz voller Unverständnis nachblickst, weil du nicht verstehen kannst, weil du nicht verstehen willst, weil du mit Märchen aufgewachsen, wo dich das Schöne getragen hat, aber sie dir auch die zweite Seite des Menschen gezeigt haben, aber die hast du vergessen, nur die schöne Seite willst du sehen, nur die helle und warme Seite, nie die kalt dunkle Nachtseite, die doch immer im gleichen Augenblick vor dir gestanden ist, und du sie hättest wahrnehmen können, spüren können vom ersten Augenblick an. Aber nein, das wolltest du auf keinen Fall, nur die helle Seite, die angenehme Seite, willst du für immer vor dir, neben dir haben, aber das ist deine große Enttäuschung. Aber es war nur eine große Täuschung, die der andre für dich ist, weil du nie nur die halbe Seite bekommst, bei keinen Menschen. Nun wird dir das endlich klar, da sehe ich wie die alte Hexe die Kinder braten will, und doch dann von den Kindern in den Ofen geschoben wird. Nun was sagst du zu diesem Bild? Grausame Kinder, grausame Welt, in der du so verblendet wirst, und auch verblendet bleiben willst, aber das Leben lässt das nicht zu, du sollst erkennen und das ganze Leben müht sich nur darum, dir Erkenntnis beizubringen, Aha Momente, wo der Verstand, der eingelernte Verstand aussetzt, und eine neue Sicht dich erweitert und öffnet für dieses Geheimnisvolle, das Wesen das im Menschen ist, und das ein Mensch ist.

Also lerne immerfort, um immer weiter zu werden, im Erfassen der Ganzheit, die hier auch gegeben ist, auch deine Ganzheit, alles zu sehen was es gibt, ohne deine Verurteilungen der anderen, denn du bist kein Richter, und der andere hat so lange Zeit zu gehen, zu tun, zu narren, wie er will, bevor er selber unter großen Schmerzen Ganzheit sieht und erlangen kann. Was für ein steiler Weg hinunter oder hinauf, entscheidest du selbst. Und nichts kann dich von diesem steilen Weg abbringen, bevor du erkannt hast, alles erkannt hast, was du auch bist, dich wie in einen Spiegel in allem zu erkennen, keine Abwege Umwege Aufstiege Abstiege schützen dich davor, das zu erforschende Terrain ist immer unter deinen Füßen, bis zu deinem letzten Augenblick, und ich hoffe, es wird ein seliger Augenblick werden, der Augenblick seliger Erkenntnis im Aushauchen deines Lebens.

Seufzerbrücke

Das Telefon klingelt bei Bella: Hallo.
Gerda: Grüße dich, also ich sage dir, ich verzweifle langsam.
Bella: Was ist mit dir, erzähle.
Gerda: Ach ich bin so viel allein, ich kann dir nicht sagen wie schrecklich das ist.
Bella: Was ist mit deinem Freund?
Gerda: Ja darum geht es ja, er hat doch noch seine Familie, seine geschiedene Frau und seine Tochter, und verbringt jedes Wochenende mit den Beiden. Nein nicht mit der Tochter allein, sondern auch mit seiner Frau, mit der er ein sehr gutes Verhältnis hat, und ich sitze denn ganzen Sonntag allein da. Heute war ich spazieren mit dem Kleinen, aber es war schrecklich, als mir die Familien entgegen gekommen sind, es war schmerzhaft, dass ich wieder nach Hause geflohen bin.
Bella: Nun erlebst du dasselbe, wie es mir ergangen ist. Arme Gerda. Als ich diese Sonntage spazieren ging, mit meinem Kind, habe ich es irgendwann aufgegeben, bin am Sonntag immer zu Hause geblieben, habe mich nicht mehr hinaus gewagt, wenn mir all die Familien entgegengekommen sind, habe mich vergraben und mich nicht mehr gerührt. Später dann, als ich ganz allein war, habe ich mir diese Familien angesehen, und ich muss dir sagen, ich habe nirgendwo das Glück sehen können, habe Männer neben den Frauen gesehen, die allen Missmut im Gesicht getragen haben, ärgeren Missmut als sie bei ihrer Arbeit an den Tag legen und zur Schau stellen, und alles ist mir so gezwungen vorgekommen, dass ich in solchen Augenblicken das Gefühl meiner Freiheit und meines nicht eingeengt Seins zu genießen begann. Denn solch eine Beziehung wollte ich sicher nicht, darauf konnte ich sehr gut verzichten. Aber dein Freund muss zu einer starken Verbindung fähig sein, sonst würde er das mit seiner Familie nicht machen, und ich finde das sehr gut, wenn doch ein Kind vorhanden ist, das sicher seinen Vater braucht.
Gerda: Ja ich finde es auch gut, aber wenn ich sage, nehmen wir die beiden Kinder zusammen, dann will er das nicht, will davon nichts wissen. Dabei würden sich die beiden sicher gut verstehen, aber er will seine Tochter nicht mit einer anderen Frau konfrontieren, und das macht mir zu schaffen.

Bella: Wie lange bist du jetzt schon mit ihm beisammen?

Gerda: Ein dreiviertel Jahr ist es jetzt.

Bella: Ich glaube bei dir beginnt wieder dasselbe Dilemma, was du all die Jahre mit deinem Mann erlebt hast, wenn du gehofft hast, er wird sich verändern und damit wird sich deine Situation verändern, die du nicht erträgst. Aber du wirst sehen, es wird wieder dasselbe sein, du hast wieder den falschen Mann getroffen oder du veränderst endlich deine Einstellung in der Beziehung, lässt mehr Freiheit um den anderen und beschäftigst dich einfach mit etwas neuen. Benützt deine Zeit damit, um mit dir selber weiterzugehen, nicht andauernd mit dem Hoffen, ihn zu treffen und mit ihm zu sein. Ich habe immer eine Menge gemacht, was mich ausgefüllt hat und somit habe ich es schaffen können, ansonsten hätte ich mich erhängt, irgendwo auf einem Fensterkreuz.

Gerda: Weißt du, ich kann nicht verstehen, wenn er eben jetzt mit mir beisammen ist, dass er sich nicht dazu bekennt. Natürlich treffen wir uns so oft es geht, vielleicht dreimal die Woche, aber du weißt, für mich ist das alles zu wenig, ich brauche immer den Mann um mich, ich leide sehr darunter.

Bella: Ich habe so ein Gefühl, dass dein Freund sicher jetzt noch nicht zu einer näheren Beziehung fähig ist. Sicherlich braucht er eine Freundin, aber nur als ein Nebenbei, neben seiner vielen Arbeit, neben seinen Verpflichtungen die er seiner Familie gegenüber hat, und ich sage dir, vielleicht hast du in zehn Jahren eine Chance, wenn die Kinder erwachsen sind. Vorher geht er sicher keine enge Beziehung mehr ein.

Gerda: Glaubst du das wirklich?

Bella: Ja ich denke schon, denn ich glaube wenn du beginnst ihn einzuengen und mehr von ihm zu verlangen, wird er sich zurückziehen, wird er dich verlassen.

Gerda: Aber ich verstehe nicht, er sagt er hat mich sehr gern. Gestern zum Beispiel war sein Geburtstag, ich habe für ihn einiges hergerichtet, habe auf ihn gewartet, er sagte er kommt um zehn Uhr, weil er vorher mit seiner Familie feiern muss, und stell dir vor, um 12 ist er endlich gekommen. Er hat gewusst dass ich auf ihn warte, und er hat sich dabei gar nichts gedacht, mich so zu versetzen, er hat keinen Gedanken daran verschwendet, dass ich hier auf ihn warte, und dass er versprochen hat zu kommen.

Bella: Ach Gerda, wenn er dort vielleicht ein schönes Gespräch gehabt hat, hätte er es unterbrechen sollen, hätte er es deinetwegen unterbrechen sollen, wenn er sich vielleicht sehr wohl gefühlt hat? Ich glaube du legst sehr enge Maßstäbe an und wirst dir damit selber alles zerstören, du hast gewusst, dass er eine Familie hat, nun musst du es annehmen wie es ist, mehr kannst du nicht verlangen.

Gerda: Ja aber ich verstehe, nicht dass er, wo er sagt wie gern er mich hat, nicht jede freie Minute mit mir verbringen will. Vor kurzem trifft er auch noch einen Freund und das ärgert mich am meisten. Ich stelle mein Leben, immer ganz auf den anderen ein, wenn ich mit jemandem beisammen bin und erwarte, dass es der andere auch tut. Aber ich merke nichts davon, meinen Geburtstag hat er ganz vergessen. Nun gut das kann schon passieren, aber nächsten Tag als er es bemerkt hat, hätte er doch einen Strauß Blumen kaufen können und mir bringen, aber nein gar nichts, kannst du dir das vorstellen?

Bella: Da wirst du aber sehr zu leiden haben, du, die immer verwöhnt worden ist, die immer beschenkt worden ist, aber vielleicht hat er sich, weil er dich sehr mag, schon sehr verändert. Vielleicht hat er andere Freundinnen, neben seiner Arbeit und Familie, nur einmal in der Woche getroffen und bei dir macht er es dreimal. Du scheinst seine Veränderung nicht wahrzunehmen, denn du willst nicht eine Veränderung, sondern du willst nur, dass er sich genauso verhält wie du es dir vorstellst, willst nicht ihn, sondern willst deine Vorstellung verwirklicht sehen. Aber jeder hat eine eigene Form für dieses Leben, deine Form und seine Form müssen sich irgendwo begegnen und aneinander schmiegen, mehr ist nicht drin. Zueinander passen werden sie nie genau, weil sie zu verschieden sind, diese Formen die du für dein Leben, und er für sein Leben zur Verfügung hat. Du musst annehmen wie er ist, wie er sich verhält, nicht wieder zu leiden beginnen, und krank daran werden, oder du nimmst dir einen anderen, der deiner Vorstellung näher kommt. Aber wenn du ihn gern hast und er dich gern hat, ich glaube das solltest du nicht so leichtfertig aufs Spiel setzen, denn wer weiß wie lange es dauert, bis du wieder auf einen Menschen triffst wo diese Gegenseitigkeit besteht.

Gerda: Ja aber ich kann und will nicht allein sein, ich schaffe das nicht.

Bella: Dann musst du es verändern, musst ihn lassen, denn er wird sich sicherlich nicht verändern. Sein Beruf verlangt viel Freiheit, er braucht sie um arbeiten zu können, und er kann dann im Privatleben kein anderer sein. Aber das müsste er tun, wenn er sich so verhalten würde, wie du es dir vorstellst. Er ist eben ein komplizierter Mensch, das hast du gewusst, wenn du das nicht willst, musst du in der nächsten Straßenbahn nach dem Mann Ausschau halten, der seine Aktentasche ganz an den Körper drückt und ihn ansprechen. Dann brauchst du vielleicht einen Mann, der nur Arbeit und zu Hause kennt, täglich brav um die gleiche Zeit bei der Türe hereinkommt, und keine andere Familie hat, und alle Zeit die er zur Verfügung hat, nur dir widmet.

Gerda: Ha, Ha, Ha. Natürlich hast du recht, aber diese Männer werden mir dann zu leicht langweilig, das halte ich auch nicht aus.

Bella: Nun dann musst du eben bleiben und durchhalten was du eben jetzt erlebst und wie dein Freund ist.

Gerda: Aber man muss sich verändern in einer Beziehung, ich kann auch nicht so bleiben wie ich war, muss mich auch anpassen an den anderen.

Bella: Ja, aber du bemerkst gar nicht, wie weit er sich dir gegenüber schon angepasst hat, wie weiter er dir schon entgegengekommen ist. Du willst einfach mehr, bist gierig und das wird dir alles zerstören. Statt dass du froh bist, einen Menschen dreimal die Woche zu sehen, den du magst, der dich mag, willst du mehr in deiner Gier und wirst schließlich gar nichts haben, wenn du es zerstört hast, mit pausenlosen Einengungen und ihn zwingen willst. Glaubst du, ich wäre setzt solange mit meinem Freund zusammen gewesen, wenn ich nicht so weit gewesen wäre, wie die ganze Kugel, der ganze Ball? Er hat immer gemacht was er wollte, lebte als wäre er ein Junggeselle, und ich glaube, er hat nicht einmal bemerkt, dass ich neben ihm bin. Aber wäre ich jemals neben ihm gewesen, wenn mir das alles zu wenig gewesen wäre? Nein, niemals, es hätte nicht dauern können, hätte enden müssen, und es hat gedauert, solange ich ihm diese Weite geboten habe. Mehr ist nicht drinnen. Hätte ich darunter gelitten und nicht angenommen wie es war, dann wäre alles lange vorbei gewesen. So aber, habe ich doch schöne Zeiten mit ihm verlebt, alles war ausgerichtet, auf die kurze rasch vergehende Zeit des Beisammenseins, und das war dann sehr erbaulich für uns beide.

Gerda: Ich weiß nicht, wie ich das schaffen soll.

Bella: Warte ab, bis dein geschiedener Mann vom Ausland zurückkommt, vielleicht verbringst du dann die Sonntage mit ihm und eurem Kind und alles wird gut sein.

Gerda: Aber da könnte ich doch gleich bei ihm bleiben.

Bella: Ja ich glaube, das wäre sowieso das Beste. Wenn ich bedenke, dass du dein Heim in solcher Sorgfalt und mit so viel Liebe gebaut hast, und auch nur daran gescheitert bist, weil du ihn nicht angenommen hast, wie er ist. Du hast doch vom Anfang an bemerkt wie er ist, und hast ihn genommen. Er kann sich dich nicht so verändert haben, dass glaube ich nicht. Du bist nur mit dieser Vorstellung in die Beziehung gegangen, dass er sich verändern wird, aber da hast du eine Rechnung gelegt, die nicht aufgeht, bei der immer noch ein Posten als Endsumme bleibt und an dieser Endsumme kaust du nun schon seit Jahren, aber nur durch dein eigenes Denken, deine eigene Vorstellung.

Gerda: Ach es ist schwierig, ich weiß gar nicht was ich tun soll.

Bella: Wie ich dir schon sagte, es gibt nur zwei Möglichkeiten, entweder du nimmst es an wie es ist oder du veränderst es dir, mehr kann ich dir nicht raten und sagen. Es tut mir leid, das weißt du und es schmerzt mich, wenn du leidest, aber du selber kannst nur dich verändern, dass du eben nicht mehr leidest, du musst über alles eine neue Betrachtung gewinnen, und wenn du willst kannst du sagen: Ach was der Geburtstag, vorbei und aus, aber du kannst dich auch noch jahrelang darüber ärgern und was soll es? Ich habe immer bemerkt, wie die Mutter meines Freundes bei seinen Geburtstagen Körbe mit Geschenken aufgestellt hat, er hat wie ganz nebenbei hineingesehen und kaum ein Wort des Dankes von den Lippen gebracht. Leider habe ich nicht davon lernen können. Auch ich habe ihn immer überhäuft mit Geschenken, und er hat es abgetan wie ein Nichts. Ich habe mich zu Tode geärgert, anstatt aufzugeben ihn zu beschenken, das wäre der einfachste Weg gewesen. Aber ich weiß es ist schwer. Warum hast du für ihn einen Geburtstagstisch gerichtet, wenn er deinen Geburtstag vergessen hat? Ist das nicht schon die erste Dummheit?

Gerda: Nein ich glaube nicht, denn ich will eine gewisse Form des Zugewendet Seins im Zusammenleben spüren, deshalb kann ich mich nicht auf die raue Ebene begeben, wie er es vorgegeben hat.

Bella: Gut, dann darfst du dich aber auch nicht ärgern und vielleicht begreift er es beim zweiten oder beim zehnten Mal, deine Geduld muss ausharren, um vielleicht einen Erfolg zu sehen. Leider habe ich keinen Erfolg gesehen, er ist so geblieben wie er war, denn ich habe denselben Fehler gemacht, wie seine Mutter, habe ihn überhäuft, und alles war ihm zu viel. Vielleicht hätte ich etwas erreicht, wenn ich genau das Gegenteil seiner Mutter gewesen wäre. Vielleicht hätte er dann wie erwachend um sich geblickt und wäre darauf gekommen, wie gut es seine Mutter meint, so aber war er noch mehr voll Abwehr gegen alles. Selber hat er nur mit einem gewissen Zwang an Geburtstage denken können, nie mit großer Freude, zu geben, zu beschenken. Nein ihm war es nur Belastung, war ihm immer Zwang, und das wollte er nicht. Man muss schon sehr reich sein, in seinem Inneren, um ein Gebender zu werden und nicht nur ein Nehmender zu bleiben. Aber vielleicht ist es das Mütterliche, das Frauliche, immer geben zu wollen, und nur der Mann, der bei sich auch das Weibliche seines Wesens hervorgekehrt hat, bei dem wird es dann in gleicher Form spürbar, er wird dich beschenken, er wird für dich sorgen, eben wie eine Mutter, eben wie das Mütterliche in ihm. Aber vielleicht wird er wieder Eigenschaften mitbringen, die dir wieder nicht so gut gefallen, er wird leicht weinen, wird immer von sich sprechen, dir immer sein Herz ausschütten, dich dabei überschütten, zuschütten. Vielleicht wirst du das dann auch nicht annehmen können, aber du kannst eben nicht nur Schattierungen erhalten, die du beliebst anzunehmen und anzuerkennen, die dir unter die Nase gehen. Aber immer wird es so sein, dass dir der andere unverständlich erscheint, und unverständlich bleibt, immer wird es so sein, dass du ins Kopfschütteln kommst. Oder du beginnst langsam zu lernen, beginnst jeden anderen zu betrachten, wie er sich zeigt, wie er sich gibt und wirst dadurch eine wunderbare Welt erfahren, in einer Vielschichtigkeit und Weite, dass dir der Kosmos auf den Augen liegt und im Herzen aufgeht wie eine Blume, die in allen Formen blüht, in allen Farben und Abschattierungen leuchtet, ein immenses Universum in dem sich der Mensch bewegt und auszuleben versteht, nirgendwo Gleichheit, nirgendwo zwei Formen die übereinander passen. Kannst du dir dieses Wunder vorstellen?

Gerda: Nein, aber ich werde es versuchen.

Bella: Gut, dann lass den Kopf nicht hängen und versuche dich mit dir zu beschäftigen, das ist das Beste. Du rufst mich an und erzählst mir, wie schlecht es dir geht und vergisst dabei, dass es dir viel besser geht. Du triffst ihn und erfreust dich dreimal die Woche an ihn. Ich habe jetzt niemanden, das weißt du. Ich kann dir nur sagen, freue dich an dem was du hast. Ich würde im Glück schwelgen, wenn ich hätte was du hast. Also alles Liebe für dich, Kopf hoch, mach es gut.

Gerda: Ja danke, du auch.

The Students

Die Hauptsache ist, dass man einen Menschen hat, sagte er, nein er weiß, man hat keinen Menschen, man hat nicht einmal sich selber, er meine einen Menschen, mit dem man sich aussprechen könne, einen Freund, wie es ihm Werner war.

Er studiere Medizin im zweiten Semester, er wohne mit seiner Freundin und deren Schwester beisammen und es gäbe andauernden Streit und er halte diesen Streit nicht mehr aus. Seine Freundin, die auch Medizin studiere, gehe anstandslos durch eine Prüfung nach der anderen und bei ihm wäre jetzt plötzlich so ein Riss entstanden, dass er eine Prüfung nach der anderen sich selbst versaue, er lerne für die Prüfung und dann gibt es irgendeinen Umstand, der ihn ganz aus dem Konzept bringe, er lerne gleich viel wie seine Freundin und wüsste gleich viel wie seine Freundin und diese schaffe dann die Prüfung und er selber falle durch. Er wisse nicht, was da vor sich ginge, zum Glück habe er Werner, seinen Freund, mit dem er alles besprechen könne, der jetzt auch aus Lienz nach Wien gekommen wäre um hier zu studieren, aber auch bei Werner wäre jetzt alles im Chaos gelandet, hier wäre ein Sog, und wie Mikl schon sagte: „Ein Misthaufen, ja, Wien wäre ein Misthaufen, auf dem ganz eigene Blüten wachsen würden. Blüten, die sonst nirgends wachsen, es wären aus Wien die wunderbarsten Menschen in die ganze Welt gegangen," und an diesen Sog und Boden müsste man sich erst gewöhnen, und die Depressionen, dieses Wort könne er schon gar nicht mehr hören, weil es ihm aus allen Mündern entgegenschreie, die zu einem Wort, zu einem schwingenden Ton ansetzten, ja, er spüre es auch, aber er wolle sich dem nicht ausliefern, und Werner war so verunsichert, seit vier Monaten war er in Wien, dass er plötzlich, wo ihm vorher alles klar war, was er machen wollte, alles war linear vor ihm und er brauchte sich nur entlangschienen, aber jetzt hier in der Stadt war es, als wäre ihm diese Linearität aus der Hand geglitten und eine divergierende Linie in allen Richtungen wäre ihm in die Hand gesprungen und hätte ihn förmlich zu einem Sternpunkt gemacht, durch den alle diese Linien hindurchführten, und es war ihm, als wäre er wie Christus am Kreuz aufgenagelt, an diesen Querverbindungen, die ihn festnagelten und zugleich auseinanderrissen, er kam sich vor, als würden all seine Teile sich andauernd in alle Richtungen zersplittern, und dort, wo vorher ein genaues Wissen und ein genaues Vorwärtsgehen war, gab es hier nur ein händeringendes Verzweifeln, das tausend Möglichkeiten vor ihn stellte, früher wo der Tisch fest war wenn er vor ihm saß, war jetzt eine sich zerbröckelnde Masse, die sich in abertausend Teile auflöste, in die kleinsten Atome zerbröselte, und keinerlei Halt bot, selbst der Tisch, an dem er saß, zerbröckelte vor seinen Augen und die Linie, die er vor sich sah, war verschwunden und es taten sich so viele Linien vor ihm auf, die er alle beschreiten wollte, er dachte an seinen Großvater, hier mitten in der Großstadt musste er an seinen Großvater denken, wie dieser noch mit seinen Händen so vieles getan hatte, nicht nur das Feld bestellt, die Bäume geholzt für den Winter, und tausend Kleinarbeiten, die ein Hof so mit sich brachte. Großvater hatte auch geschnitzt und aus Holz die wundervollsten Gebilde entstehen lassen, wie es die Natur selbst auch konnte, und die Natur in Großvater es notwendig gemacht hatte, dies zu tun.

Auch Werner spüre plötzlich, dass er etwas mit seinen Händen machen wollte, er hatte immer schon gezeichnet, es war ihm das Liebste, er hatte gezeichnet und gemalt, er hatte kleine Skulpturen angefangen zu schnitzen wie sein Großvater, aber als er das Studium begonnen hatte wusste er plötzlich, dass er am liebsten in die Kunstakademie gehen würde, und dass dort aber bei 300 Anmeldungen nur sieben bis neun Schüler aufgenommen würden, also gab es für ihn keine Möglichkeit, und da war alles plötzlich, das so klar gewesen, unklar und auf keine gerade Linie mehr zu bringen.

Er schaute seit vier Monaten der vergehenden Zeit zu ohne sie zu bewältigen, er starrte ins Leere und sah keine Möglichkeit durchzukommen, er war wie in einem Sog, in dem er unbeweglich steckte und alle seine Taten packten ins Leere und erzeugten nichts.

Werner hatte ihm das alles erzählt und er konnte ihm nur nickend zuhören, dass sich sein dunkler Lockenkopf schüttelte, er wollte sich schütteln wie ein nasser Hund, um sich abzubeuteln von all dem, was nicht nur in Werner vor sich ging, sondern auch in ihm selber.

Er spürte wie ihm dieses Medizinstudium entglitt, wie sich seine Freundin weiter vorschob und ihn abdrängte, ihre Ellenbogen waren weit von ihrem Körper gestreckt, und er hatte keinen Platz, um auf dieser Linie weiterzukommen, es war ihm auch, als würde der Streit ihm so viel Substanz kosten, diese dauernden Anfeindungen der Schwester seiner Freundin, diese schwerthaften Schläge die sie ausführte und damit auch seine Beziehung zu seiner Freundin traf, es war ihm, als ob die Schwingung der Schwester auch seine Freundin erfassen würde, und sich eine gläserne Wand zwischen ihnen aufbaute, wo er die Freundin wohl noch neben sich sah, aber wenn er die Hände nach ihr ausstreckte, war sie immer schon um ein Stück vorgerückt, weiter ihrem Ziel zu, und ihm war dieses Ziel plötzlich ganz verschwommen, nicht mehr so klar und es war ihm, als ob bei der kleinsten Bewegung, die Hände nach ihr auszustrecken, sie sogleich ein Stück weiter von ihm wegrückte, es war Synchronizität, hob er nicht die Arme, war sie da, hob er die Arme, war sie weg und unerreichbar.

Er versuchte, sich aus dieser Situation zu lösen, er wollte umziehen, in eine andere Wohnung, aber es war unmöglich, was er auch versuchte, es war keine andere Wohnung, die er sich leisten konnte, aufzutreiben. Er blieb und sah sich dabei zu, wie er sich immer mehr in eine Situation verflocht, die sich langsam immer mehr zu einer Schlinge verdichtete, die sich um seinen Hals zusammenzog und bei jedem seiner Schritte ihn einzuschneiden begann und ihm Luft wegsperrte, und ihm Schwindel schaffte und ihn unfähig machte etwas zu tun.

Der Freundin spöttische Blicke vermehrten sich, wenn sie mit den Prüfungsabschlüssen strahlend nach Hause kam und er schon wieder nicht.

Für ihn war Beziehung alles, er konnte sich nichts Wichtigeres und Schöneres vorstellen. Ein Kind, ja, er hatte oft an ein Kind gedacht, es könne nichts Schöneres geben als ein Kind zu haben, seine Freundin hatte dafür keinen Gedanken frei, sie schnitt ihm nicht nur das Wort, sondern auch seine Träume ab. Er liebe den Buddhismus, er dachte oft an die Mönche, an ein Leben in Askese, aber er hatte bis jetzt noch nie den Mut dazu gehabt, er spürte, er brauchte die Frau, es war ihm alles so wichtig, was mit der Frau zusammenhing, seine Träume mit Kindern hingen mit der Frau zusammen.

Seine Augen hatten den dunklen Kreisrand um das braune Moosgeflecht um eine Nuance verstärkt, dass es in der Mitte der Iris zu einem Aufleuchten kam, ein glitzerndes Funkeln wurde für einen Augenblick sichtbar, so als wollten schon jetzt seine Träume licht werden, hier und jetzt in diesem Augenblick.

Auch Werner wäre es wichtig, sich in einem Kind zu verwirklichen, auch bei ihm war da so ein Drang und ein bestimmtes Muss in diese Richtung zu gehen, auch er könne sich nichts Schöneres vorstellen, als sich in einem kleinen Wesen wiederzufinden, ein kleines Wesen sich auf die Schultern zu setzen und herumzutragen, und das Gelalle und Gekreische wie eine Schwingung in den eigenen Körper aufzusaugen. Ja, auch für Werner wäre das ein Traum der ein Unbedingt in sich trug, die Linie war nicht verwischt, sie war klar und deutlich sichtbar, aber ob Werners Freundin mitmachte, war auch bei ihnen noch nicht klar.

Werner wäre mit so viel Zuversicht nach Wien gekommen und all diese Zuversicht wäre plötzlich in den vielen Kanalgittern hindurchgerutscht und verschwunden. Was blieb, war eine graue Stadt mit grauen Häusern darauf, die keinerlei Auskunft darüber gaben, wie dieses Leben zu bewältigen wäre, zu entschlüsseln und zu durchgehen, ja es schien, als ob es gar keinen Durchgang hier geben würde, hier, wo die Natur so zubetoniert nicht mehr zum Tragen kam, hier, wo alle Geräusche an Verzweiflungsschreie erinnerten, wo alle Straßen nirgendwohin führten und das Zentrum selbst ein Platz war, der sämtliche andere Häuser überragte, ein Krankenhaus, das wie ein riesiger Mistkübel inmitten der Stadt stand und von dem Wesen und Unwesen in dieser Stadt Kunde gab, in diesen Mistkübel sollten alle, die hier wohnen, hineinkommen, irgendwann hineinkommen. Früher war ein Kirchenturm das Wahrzeichen der Stadt gewesen, aber seitdem die Kirche nunmehr inhaltslose Floskeln verbreiten konnte, keine wahre, tiefe Ergriffenheit mehr erzeugen konnte, war die Wissenschaft an ihre Stelle getreten und hatte sich aufgebläht zu einem Monster, das nun seinen Platz wie ein riesiges Maul inmitten der Stadt, seine Wahrheit aus dem Rachen schrie, wenn man vom nahen Leopoldsberg auf die Stadt hinuntersah. Er stützte den Kopf auf, nein, er habe nie daran gedacht die Schulmedizin fortzusetzen, sein Vater war Botaniker und sie hatten alle Kräuter wie in einer Kräuterhandlung aufgestellt bei sich zu Hause, er wusste schon seit seiner Kindheit um die Wirkungen und Kräfte der Pflanzen und deren Heilwerte und er hatte nur Medizin zu studieren begonnen, weil er eine solide Ausgangsbasis dafür brauchen würde, um zu dem ursprünglichen Wissen zurückzukehren, das früher die Ärzte gehabt hatten, dass sie einem Menschen schon ansahen, was ihm fehlte, wenn sie in dessen Gesicht blickten, wenn sie ihm in die Augen sahen und auf sein Wort achteten, was ihm fehlte zum Ganzsein, zum Gesundsein, in all dem lag schon der Schlüssel, und er wollte nicht dem Mann Pulver verschreiben für die Gelenke, oder eine Salbe für die Haut, wenn all das nur Ausdruck eines tieferen Übels war, das unter der Haut saß, und im Herzen seinen Ursprung hatte, das Unglück dass hier kein Glück zu finden war, oder so schwer zu finden war, und er hätte so gerne Psychologie dazu studiert, aber es wäre ihm zu viel gewesen, er schaffe nicht das zu tun, was er gerne getan hätte, er war wie ausgetrunken von einem Vampir, seine Kraft war geschwunden wie sein Ziel, das er vor Augen gehabt hatte. Alles war ins Wanken geraten wie bei Werner und er sah sich selbst wie vor einem Abgrund stehen, vor einer gähnenden Leere, und er wusste, dass sein Ziel auf der anderen Seite lag, sein Ziel, das er vorher in seinem innersten Herzen getragen hatte und in seinen Sinnen gefühlt hatte, war ihm entrückt, und er wusste nicht, wie er diesen Abgrund überbrücken könne, er wusste nicht, wie er über diesen Abgrund wieder zurück zu seinem Herzen kommen könne, zurück zu seinem Mittelpunkt und Halt. Er dachte plötzlich, ob es die Stadt war, in die er mit so viel Optimismus gekommen wäre, ob diese Stadt dieser Abgrund war, den er nicht zu überbrücken imstande war, und dass ihn schon ein paar Tage auf dem Land wieder sehr nahe zu ihm selber brachten, ein paar Tage nur zu Hause auf den Feldern, auf den Bergen und er wusste wieder ganz genau, was er wollte. Es war ihm plötzlich, als müsste er wieder zurückgehen von dort wo er gekommen war, um den Sinn seines Lebens zu finden, den er hier verloren hatte.

Er würde so gerne reisen, sich die Welt ansehen. Er hatte es mit Mutter besprochen, wenn er die Matura schaffen würde, dann gab es eine wunderschöne Reise für ihn. Dann war die Matura geschafft und nicht Mutter sprach mit ihm, sondern Vater, und dieser verschob die Reise, wenn das Medizinstudium gemacht wäre, in eine unerreichbare Ferne.

Das Vertrauen auf die Worte war verlorengegangen, in diesen Worten war alle seine Hoffnung geborgen gewesen, und diese war mit einem mal aus diesen Worten entschwunden und diese Worte flogen wie leere Hüllen um seinen Kopf wie Granatgeschoße, die ungeheuren Lärm verursachten, aber nur Zerstörung in sich trugen, ohne Aufbau, alles ohne Aufbau, in diesen Worten war kein Aufbau und keine Wahrheit. Er hatte einen Knacks erhalten, das Wort war ihm vor den Augen zerbrochen und mit diesem Wort, das keine Wahrheit in sich fand, war in ihm etwas zerbrochen.

Er hatte sich auf den Weg in die Stadt gemacht, wie es der Vater gesagt hatte, aber nun war der Weg vor seinen Füßen verschüttet, verschüttet, wie wenn die ganze Stadt wie Schutt vor seinen Füßen liegen würde, grau und zerschlagen, die ganze Stadt aus schalen Worten, deren

Lautstärke orkanartig in ihm anschwoll, durch sein Trommelfell in ihn eindrangen und ihn von innen her zerreißen wollten.

Totalschaden

SIE: Ja wo ist denn dein Motorrad (als er mit einem Roller auf seinen Parkplatz fährt)

ER: Kaputt. Totalschaden, ich hatte einen Unfall (er nimmt den Helm ab)

SIE: Und dir ist zum Glück nichts geschehen?

ER: Nein, Abschürfungen und die Schulter habe ich mir lädiert, (er greift sich an seine Genitalien) und auf meinem Tank bin ich ziemlich stark angedrückt worden und dann bin ich auch schon geflogen. Ich wusste überhaupt nicht was geschehen war, es ging alles so schnell. Wir sind gleich ins Krankenhaus, sie haben mich untersucht, haben aber nichts gefunden und mich weggeschickt.

SIE: Schrecklich, ich bin froh dich zu sehen. Wie ist es passiert?

ER: Wie? Mein Freund und ich sind auf der Heimfahrt vom Urlaub durch Kärnten gefahren und wollten dort noch einen Freund besuchen. Ich habe ihn angerufen und gefragt: Ist bei euch im Ort ein Gasthof wo wir essen können? Wir sind den ganzen Tag gefahren, es war circa halb sechs. Nein, aber im Ort davor, ist eine MC Donalds, sage er. Also wir sind durch den Ort gefahren, es kann sein dass ich etwas unaufmerksam war, weil ich links und rechts nach dem Laden aussah. Also, wir stehen schon an der Kreuzung, auf dieser Straße, meine Freund biegt nach links, ich schaue rechts ob der Laden recht ist, und fahre hinter ihm nach, da fliege ich auch schon durch die Luft. Ich habe den Gegenverkehr total missachtet, ich bin eingebogen ohne auf den Gegenverkehr zu achten.

SIE: Mit wem bist du zusammengefahren?

ER: Mit einer Frau, einer schwangeren Frau im achten Monat, hat aber ausgesehen, als wäre sie erst im sechsten Monat, ihr ist nichts passiert, aber mein Motorrad war ein Totalschaden. Ich habe es gleich dem Schrothändler verkauft, ein Bastler kann es sich sicher noch herrichten.

SIE: Schrecklich, wie lange fährst du schon mit dem Motorrad?

ER: Fünf Jahre und es ist mir noch nichts passiert und mein Motorrad ist auch nicht eines von den Flitzern, das will ich gar nicht, ich fahre schön pomali. Ich muss mit dem Auto auf den deutschen Autobahnen, sehr schnell fahren 160, 180, da geht es nicht anders, bei der Arbeit da ist man immer in Eile.

SIE: So schnell fährst du da?

ER: Ja klar, die anderen fahren ja auch alle so schnell, da kann man gar nicht anders fahren, außerdem hat man Termine die man einhalten muss. Jetzt habe ich mir den Roller von meiner Schwägerin ausgeborgt, ein furchtbares Gefährt, kleine Räder, der Lenker, ein einziges Gewackel, und keine guten Bremsen, aber ich müsste sonst eine Stunde zur Arbeit und eine Stunde zurück fahren, da bin ich froh dass ich ihn habe.

SIE: Also wenn du auch dein Motorrad verloren hast, das kannst du dir sicher wieder schaffen, aber wie gut das dir nichts passiert ist, da wird deine Mutter ein Kreuz geschlagen haben.

ER: Er nickt. Ich habe auch gedacht, das Materielle ist mir egal. Ich arbeite in einer großen Firma, da gibt es keine Sorge, dass man abgebaut wird. Wir verkaufen Container, Badecontainer, Küchencontainer.

SIE: Container?

ER: Ja da ist schon alles eingebaut und das Geschäft geht gut und ich bekomme immer mehr Aufträge. Ich muss dauernd unterwegs sein, ich brauche sehr viel Bewegung, bin auch jeden Abend auf Achse, ich gehe manchmal in die Oper, ins Theater, oft ins Konzert, schon wegen Mutter wenn sie singt,

SIE: Ich habe unlängst deine Mutter gesehen, zwei Kinder sind im Auto gesessen und sie hat ihnen sehr schön vorgesungen und ich sagte: Na die werden auch einmal gut singen können.

ER: Ja das waren meine Neffen und Nichten. Ich bin auch ein Mensch der keinen Streit will, mit niemanden Streit will, immer muss ich alles ausgleichen, wieder dazu bringen, dass wir uns vertragen. Ich brauche diese Harmonie. Ich gehe jeden Tag Laufen, bin mit dem Walkman unterwegs, höre Musik, ich merke dass ich sehr viel Bewegung brauche, ich muss immer unterwegs sein.

SIE: Gerade wenn du läufst, solltest du in dich hören, der Bergsteiger Reinhold Messner hat erzählt, welche Zustände er beim Laufen erreicht, es waren sehr ähnliche Erfahrungen wie es Yogis erzählen, da beginnt dein Inneres sich zu öffnen und du bist auf einer anderen Ebene als sonst. Wenn du aber Musik hörst, kannst du nicht hören was von innen an dich kommt, ich habe immer sehr darauf geachtet. Gerade jetzt wo dir dieser Unfall passiert ist, solltest du genau zuhören, was dein Inneres will, es hat dich plötzlich angehalten. Ich denke, man sollte darüber nachdenken, über das was geschehen ist, man bekommt zuerst einige kleine Hinweise, wenn man gar nicht drauf hört und reagiert, dann kann es ärger werden.

ER: Na ich weiß nicht.

SIE: Ich bin froh dass ich dich zufällig treffe. Zufällig! Denn mir ist etwas Komisches passiert. Ich habe mir die Barbara Karlich Show angesehen.

ER: Ich sehe mir so etwas nie an.

SIE: Ich nur manchmal, weil mich interessiert, wie die Menschen denken, da war eine junge Frau, mit einem wunderbaren Ausdruck im Gesicht, ja mit einem Leuchten könnte man sagen und als ich diese junge Frau ansehe, da sehe ich dein Gesicht daneben und ich dachte, das wäre die Frau für dich. Sie hat dir ähnlich gesehen wie eine Schwester, hatte einen ähnlichen Mund, dunkle Augen, langes dunkles Haar, sie war sehr schön ich hätte dich am liebsten hergezaubert, damit du sie auch siehst. Ich denke immer, zwei Eichhörnchen und zwei Tiger, zwei Adler, das passt.

ER: Ja da ist schon etwas Wahres daran, aber wenn sich eine Frau in diese Show setzt?

SIE: Nein, nein, die war nicht allein, es war eine religiöse Gruppierung, ein Pärchen, wo sich die beiden erst in der Hochzeitsacht einander hingeben, das Thema war: „Als Jungfrau in die Ehe", es war auch ein dreißig Jahre verheirateter Mann dabei, der wie seine Frau unberührt in die Ehe gegangen ist und sagte: „Es wird immer schöner" sagt er und diese junge Frau sagte, sie hebt sich für den Mann auf der sie heiratet. Natürlich haben alle aus dem Publikum dagegen gesprochen, aber sie hat mit Überzeugung ruhig geantwortet, dass es für sie so richtig ist. Ich würde dir raten dieser jungen Frau zu schreiben.

ER: Aber ich habe jetzt eine Freundin. Seit drei Monaten und es geht sehr gut mit ihr.

SIE: Ach so, du hast mir letztes Mal erzählt, dass du allein bist.

ER: Nein, jetzt nicht mehr, ich habe sie bei einem Fußballspiel getroffen, sie ist mit Freunden gekommen, hat alles über das Spiel erklärt, Eckball, Elfmeter, Out und ich habe doch darüber maturiert. Ich habe sie angesehen, sie hat mir gut gefallen, so sind wir gleich ins Gespräch gekommen. Wir können sehr gut miteinander reden, sie gefällt mir auch sehr gut, schade dass ich kein Foto da habe.

SIE: Auf einem Foto kann man nicht viel erkennen, verstehen muss man sich und den anderen.

ER: Für mich sind drei Dinge wichtig in einer Beziehung. Sie muss mir optisch gefallen, und es muss geistig stimmen, sie darf nicht unter meinem Niveau und ich nicht unter ihrem sein, es muss ausgeglichen sein und es muss zwischen uns eine Anziehung sein, dass ich mich zu ihr hingezogen fühle und sie zu mir.

SIE: Es ist wirklich etwas sehr Geheimnisvolles, dass zwei Menschen ein Leben miteinander verbringen, es ist für mich nicht erklärbar. Ich sehe immer wie jeder auf seiner Parabel läuft und dann tangieren sie sich kurz und gehen auf ihrem Weg wieder weiter. Das größte Mysterium, wenn zwei miteinander ein Leben verbringen. Vielleicht aber verzichtet einer auf sein Leben oder beide haben so viel Freiraum für den anderen geschaffen, dass jeder sein Leben leben kann und die Dinge die er spürt machen zu müssen.

ER: Das Komische ist nur, ich hatte eine Beziehung vor Monaten, sie war aus Kärnten, aber wir haben uns oft getroffen, einmal ist sie her gekommen, dann bin ich zu ihr gefahren, leider ist es nicht immer der richtige Zeitpunkt wenn man jemanden trifft, sie war schon mit einem Mann beisammen.

SIE: Wie lange?

ER: Ein, zwei Jahre und trotzdem wissen wir beide, sie wäre die Richtige für mich gewesen und ich für sie. Sie schreibt mir Briefe, wie lieb sie mich hat, aber ich habe ihr jetzt gesagt, es hat keine Zukunft und habe Schluss gemacht.

SIE: Traurig, aber es ist eigenartig im Leben, da liebt man einen Menschen und plötzlich tritt ein anderer auf, den man auch liebt oder zu lieben glaubt, der einem jedenfalls gänzlich aus der Bahn wirft. Ich habe das vielfältig beobachten können. Es ist als ob wir wie die Natur unendlich sind, da tritt einer auf, den wir von Beginn an lieben und ein anderer, den wir gleich ablehnen ohne ihn zu kennen, als ob wir schon einmal Kontakt gehabt. Aber vielleicht hättest du auch den richtigen Einsatz liefern müssen, um sie zu erreichen.

ER: Nein das ging nicht, sie ist schwanger, sie bekommt in einem Monat das Kind.

SIE: Die Frauen bekommen von fremden Männern Kinder und andere lieben sie, das musste ich auch vielfältig bemerken. Alles irgendwie ein einziges Chaos. Traurig, jetzt ist sie mit dem anderen beisammen und dich liebt sie.

ER: Aber ich glaube, mit meiner neuen Freundin haut das schon hin, wir verstehen uns sehr gut, wir können über so vieles sprechen, gerade durch sie bin ich jetzt wieder auf Großmutter gekommen, wir haben uns viel von der Kindheit erzählt. Bei ihr war nicht alles in Ordnung, sie hat als sie sehr jung war Fehler gemacht, Ich finde es schön, dass sie mir alles erzählt.

SIE: Was für ein Sternzeichen bist du.

ER: Jungfrau, aber ich halte da nicht so viel davon.

SIE: Das macht nichts, ich kenne einen Wissenschaftler der sagte, die Astrologie ist der größte Blödsinn. Er begann sich damit zu beschäftigen um sie zu widerlegen und er ist ein großer Astrologe geworden, weil er plötzlich das Weltgeschehen durch die Konstellation der Sterne auf dem Blatt Papier vor sich sehen konnte. Wenn wir wie die Natur sind, dann muss man doch erkennen, ein Mensch der im Winter geboren ist, ist anders, als einer der mitten im Sommer geboren ist. Die Jungfrau braucht auf jeden Fall jemanden, mit dem sie sprechen kann, die Jungfrau ist das geistigste Zeichen, sagt man und hat eine sehr große Beobachtungsgabe, Goethe war Jungfrau, mit Skorpion Aszendent, mit dem konnte er so in die Tiefe gehen und hat von dort alles herauf gebracht. Der Aszendent ist gleich wichtig im Horoskop, wie das Geburtszeichen. Du solltest dich mit etwas beschäftigen, was nicht nur die Muskel stärkt, sondern auch deinen Geist ausfüllt.

ER: Ja das habe ich immer schon gemerkt, als ich mit dem Studium fertig war, habe ich gleich gewusst, ich muss irgendwie weiter machen, habe angefangen Italienisch zu studieren, jetzt treffe ich oft Nina, sie ist aus Südtirol, mit ihr kann ich gut italienisch sprechen.

SIE: Welches Sterneichen ist deine Freundin?

ER: Wassermann.

SIE: Wie ich. Ja das geht gut, ich habe viele Freundinnen die Jungfrau vom Sternzeichen sind, ich bin mit ihnen nicht beisammen, aber sprechen kann ich mit ihnen ohne Ende. Es ist mir ja schon einige Male geschehen, dass ich es vorher gesehen habe, wenn ein Paar zusammenpasst. Ich sagte z. B. zu einer Freundin: Wenn du den Freund von Walter siehst, den angelst du dir. Sie ist 17 Jahre mit ihm beisammen gewesen. Ich habe es einfach gesehen. Sieh sie dir an, du kannst ihr ja das schreiben, so wie es an dich gekommen ist. Ich glaube sie würde auch gut in deine Familie passen. Aber das ist alles schon nachdenken, zuerst ist plötzlich dein Gesicht neben dem ihren gewesen, als ich sie sah. So oft passiert mir das nicht und warum ist es nicht irgendeiner von den jungen Männern gewesen, die ich kenne. Ich habe nicht an dich gedacht, doch plötzlich warst du da. Und ich habe später an deine religiöse Familie gedacht, deine Mutter als Pastoralassistentin und du hast doch auch ministriert.

ER: Ja aber das ist schon lange her, ich bin zwar noch in der Jugendbewegung, weil ich die Leute mag und die Kommunikation, aber da hat sich eher in mir das Gegenteil, eine Abwehr, gebildet. Meine Mutter hat ein Sendungsbewusstsein, sie war ja nie da. Wir waren sieben Kinder, ich bin der letzte und meine Mutter und mein Vater waren Einzelkinder.

SIE: Ich kann mich noch erinnern wie du im Hof Fußball gespielt hast, dein Lockenkopf ist mir immer aufgefallen.

ER: Mutter war in der Schule und dann in der Kirche, sie war nie da, die Großmutter war immer für mich da, die hat bei uns gewohnt. Ich habe alles mit Großmutter besprochen. Sie hat sich für die Familie aufgeopfert, sie hat alles für die Familie getan und auf ein eigenes Leben verzichtet. Sie war dreißig, als ihr Mann im Krieg starb, meine Mutter hat ihren Vater nur zweimal gesehen, als er auf Fronturlaub hier war, sie war fünf als er eingerückt ist, erinnern kann sie sich kaum an ihn. Dabei hätte er gar nicht einrücken müssen, wenn er Großmutter nicht geheiratet hätte. Er war Italiener, aber er hat es getan und musste dann einrücken.

SIE: Ach da sind deine schönen Locken her. Was für Leben diese Leute hatten, zwei Kriege in ihrem Leben, wie wenig sie beansprucht haben, wie genügsam sie gelebt haben, wenn man dazu die Menschen heute vergleicht, gibt es keinen Vergleich, die glauben, das Leben ist ein einziger Selbstbedienungsladen.

ER: Das Handy Klingelt. Ja Fritz ich komme schon, bis gleich. Ich habe eine Verabredung. Kennst du Fritz mit der gelben Honda vom Nebenhaus?

SIE: Nein.

ER: Können wir uns etwas ausmachen, es war schön mit dir zu sprechen.

Ich sitze jetzt oft hier im Hof vor den Rosen, du findest mich hier.

Als er geht, küsst er sie auf beide Wangen, als ob sie seit langen Freunde wären, dabei ist er 27 und sie 60. Seine liebevolle Art ist daraus zu ersehen, denkt sie, trotzdem ist er jetzt hart an jemanden angefahren, ja angebumst, eine schwangere Frau ist in diesem Wagen gesessen. Hat er diese Frau die ihn liebt und ein Kind bekommt, angebumst ohne es zur Kenntnis zu nehmen und das Leben zeigt es ihm, damit er es sehen kann? Oder soll er jetzt endlich in Konfrontation mit jemanden gehen, die er immer vermeiden will? Vielleicht hätte er sich dem stellen sollen, wenn er spürte, dass diese Frau seine Liebe gewesen wäre. Vielleicht, vielleicht, vielleicht, denkt sie und weiß noch immer nicht, wie dieses Leben zu erklären ist.

Ungeschützt

Auf Versöhnung folgte Streit und auf Streit Versöhnung. Es war wie Tag und Nacht zwischen ihnen, ein dauerndes Hin und Hergerissen-Werden in Gefühlen und Erschütterungen, die eruptiv nicht nur aus Levin sondern spiegelgleich aus Elaine heraussprangen, die Zunge bewegten ohne dass sie einen Gedanken der Vernunft dazwischen schieben konnten.

Ich kann mir doch nicht alles gefallen lassen, dachte sie, mich nicht andauernd von ihm beschimpfen lassen, ich habe doch schon gar keinen Selbstwert, kein Selbstbewusstsein mehr, denn was er so unverschämt aus seinen Mund entlässt erniedrigt mich, als hätte er ein Recht dazu, nur weil ich jetzt ein Kind von ihm habe, mich zu beflegeln und grob mit mir umzugehen, wie mit einem Reibfetzen den er herumschleudert. Aber ich bin doch die Frau die ihn liebt, und er der Mann, von dem ich noch vor kurzen glaubte, dass er mich auch lieben würde, aber jetzt habe ich Zweifel, ob er mich je geliebt hat und jetzt gar nicht lieben würde. Denn sonst würde er mir mit allem entgegenkommen, seine Hilfe anbieten, aber genau das Gegenteil ist der Fall. Wenn er am Morgen aufsteht und wortlos an mir vorbeigeht, es ist nicht auszuhalten.

Es war als wäre der Höllenofen ins Glühen geraten, so ein Beisammensein war für sie nicht zum Aushalten und bei seinem ersten Wort schleuderte sie ihm ins Gesicht zurück, was er ihr angerichtet hatte, wie ein verdorbenes Mahl.

Er fühlt sich auch andauernd überfordert, dachte sie. Er sprach davon dass sie ihn überrumpelt hätte, weil sie gleich schwanger geworden war. Aber wie hätte sie das wissen sollen, wenn sie bis jetzt nie schwanger geworden war. Er hatte ihr sehr gefallen der große Mann, sie konnte nicht vorbeigehen, musste bei ihm anhalten, er stellte etwas dar wonach sie Sehnsucht hatte, der Sex war toll und sie war in die Liebe hineingefallen wie in ein Seidenkissen und offen wie ein Scheunentor gewesen, das sich so gleich ein kleines Wunderwesen bei ihr einnisten konnte. Und sie war nicht unglücklich darüber gewesen, sie wollte ein Kind und jetzt mit siebenunddreißig war es gerade noch Zeit nicht eine alte Mutter zu werden oder vielleicht gar kein Kind mehr zu bekommen. Sie spürte sogar, dass sie noch ein Kind haben wollte, ein Geschwisterchen für das erste, aber davon musste sie schweigen, es tief in ihr vergraben und verstecken, sonst würde sie ihn wahrscheinlich zu Tode erschrecken. Sie hatte auch Fehler gemacht, sie war mit einem Fremden den sie nicht kannte, zusammengezogen, hatte die gemeinsame Wohnung vorfinanziert und drei Monate Miete bezahlt, von ihm war kein Geld eingeflossen. Die Monate während der Schwangerschaft brachte er sie dauernd in Stress, täglich in Stress und nahm keine Rücksicht auf sie oder das Kind. Es gab immer Streit wegen dem Namen des Kindes, er wollte unbedingt, dass es seinen Namen bekommt. Obwohl sie beinahe darauf eingegangen wäre, hatte sie sich dann doch dagegen gewehrt und das Kind bekam ihren Namen. Denn sie dachte zum Glück daran, wenn es wieder Streit gab, da er ein richtiger Macho war, nahm er vielleicht das Kind und fuhr einfach ins Ausland. So aber konnte er es nicht. Sogar noch im Kreissaal, gleich nach der Entbindung, hatte er sie in Stress gebracht, mit dem Zirkus den er dort aufführte, als der Name des Kindes eingetragen wurde, und er sich aufregte wie ein plusternder Pfau, was für ein blödes Land es wäre, wo nicht ein Doppelname zugelassen wurde, wie es doch in seinem Land kein Problem war. Er drehte richtig durch, führte sich auf, dass die Hebamme wortstark eingreifen musste, um ihn zurechtzuweisen, um wieder Ruhe in den Kreissaal zu bringen. Ruhe für sie und das Kind.

Er hilft mir nichts zu Hause, dachte sie, wenn er einmal in zwei Wochen den Mist ausleert oder den Abwasch macht, dann glaubt er schon, dass er mitarbeitet am gemeinsamen Haushalt und dabei hängt alles an mir. Wenn er wenigstens zwei Stunden am Tag das Kind nehmen würde, dann könnte ich etwas für mich tun, aber auch dazu ist er nicht fähig und nicht bereit. Er will gar nichts tun, nur den ganzen Tag am Computer sitzen und seine blöden Spielchen machen und wenn ich dazu nur ein abschätziges Wort sage, dann ist wieder Streit.

Oft wenn Streit war, wollte sie am nächsten Tag sich an ihn schmeicheln um wieder Frieden zwischen ihnen einkehren zu lassen, aber dann sagte er zu ihr: Du schmeichelst dich nur an um Sex zu bekommen, ich bin kein Zuchtbulle den man benützen kann, nach eigenem Belieben.

In diesem Augenblick schreckte sie schon von ihm zurück. Wieder lag dicke Luft im Raum und wie täglich auf ihrem Herzen. Sie hatte Sorge um das Kind, weil das Kind alles miterleben musste und sie dachte oft daran, dass sie sich trennen musste, weil es für das Kind das Beste wäre, wenn sie mit dem Kind allein wäre und es nicht diese dauernden Streitigkeiten miterleben musste, sie hatte auch keine Hoffnung, dass er sich ändern würde sodass alles in dieser Art und Weise weitergehen würde.

Dann waren sie trotz allem zu seinen Eltern gefahren. Er hatte ihr das fremde Land gezeigt und im gleichen Atemzug darauf hingewiesen, wie gut es ihr geht, dass sie das alles auf seine Kosten genießen kann. Sie sagte gleich zu ihm, dass sie jederzeit zu ihrem Vater ins Ausland fahren kann und nicht darauf angewiesen ist.

Dabei hat sie sich alles selbst bezahlt, dachte sie, nur das Wohnen bei seinen Eltern war frei. Und es kam wie es kommen musste, es flammte Streit auf, dass sie zwei Tage vor der Heimreise mit dem Kind einfach ohne ihn nach Hause flog, weil er seine Schimpftiraden wie Schmutzfässer über sie ausleerte, und sie andauernd triefend und atemlos dastand und es nicht mehr ausgehalten hatte.

Jetzt wo das Kind ein halbes Jahr alt ist, dachte sie, will er schon, dass ich wieder arbeiten gehe, wie ich es vorher getan, andauernd spricht er von nichts anderem, aber er wird sich nicht um das Kind kümmern, damit muss ich auch zurechtkommen. Ich muss überhaupt mit allem zurechtkommen, allein zurechtkommen, so fühle ich mich. Ich würde sogar arbeiten gehen, aber der Job von vorher, der ist weg, den bekomme ich nicht mehr. Da habe ich gut verdient, und so ein Job ist nicht so leicht zu bekommen.

Sie streckte jeden Monat das Haushaltsgeld um 1000 Euro, hob von ihrem Ersparten ab, aber sehr lange durfte sie das nicht mehr tun, denn das würde bald zu Ende sein und dann womöglich ohne ihn und ganz ohne Geld dastehen. Jedenfalls wenn er nicht hier wäre, würde sie mehr Kindergeld erhalten und es würde ihr geldmäßig besser gehen, als jetzt mit ihm. Und weil sie nicht arbeiten ging, und er es nicht einsah, dass sie auch noch den Babysitter bezahlen soll, sagte er: Dann stehst du vielleicht noch mit ausgestreckten Händen da und verlangst Geld von mir. In solch einem Augenblick würde sie ihn am liebsten anzünden und rot glühend brennen sehen, mitsamt diesen Worten, die für sie Brand an Haut und Seele waren.

Was stellte er sich unter einer Beziehung vor, dachte sie, hatte er jemals erfasst dass er jetzt Vater war? Nein, wie konnte er, da er schon seine beiden Kinder nicht aufgezogen, sondern die Frau damit allein gelassen hatte. Würde er es wieder tun? Obwohl er jetzt vierzig war, genau so handeln wie mit fünfundzwanzig?

Oft musste sie weinen, konnte sie die Tränen nicht mehr zurückhalten, dann begann er sie zu spotten: Wie schwach du bist, wie du heulst, übel könnte einem werden, wenn man dich ansieht. Da musste sie an sich halten um nicht loszuschlagen, in sein Gesicht loszuschlagen, auf diesen Mund der solche Worte so unbedacht auf sie schleuderte. Sie musste immer stark sein, durfte nie Schwäche zeigen, so als ob er sonst gefährdet wäre, wenn sie schwach war. Er wollte nur eine starke Frau, das betonte er oft und lautstark und sie spürte aus vielen seiner Worte Angst, tief in ihm sitzende Angst, dass sie schwach sein könnte und ihn noch mehr belasten würde, obwohl sie nie schwach war und auch nicht vor hatte schwach zu erscheinen.

Aber ihre Tränen in all dieser Misere, die musste sie doch zeigen können, dachte sie, wenn er auf sie niederdonnerte: Du spinnst ja total, du bist ja verrückt, du brauchst einen Psychiater, gehe doch endlich zum Psychiater, du brauchst eine Psychotherapie. Dabei war doch er es, der das benötigen würde, weil er nicht einmal wusste, wie man als Vater zu handeln hat.

Oft hob er das Kind hoch, wenn es weinte, schüttelte es grob mit seinen großen Händen, und schrie er es an, dass es zu weinen aufhören soll, und dann schrie sie ihn an, dass er nicht mit dem Kind so schreien soll, und er schrie sie an, dass sie den Mund halten soll, weil einen Jungen darf man nicht verzärteln, den muss man streng erziehen, nicht so verweichlichen wie sie es tun würde. Er sprach darüber, als ob er wissen würde, wie man ein Kind erzieht und hatte es doch nie getan. Das ärgerte sie so sehr, dass sie wieder mit ihm in Streit geriet, im Grunde über alles und nichts, in jeden Augenblick mit ihm in Streit geriet, denn sie konnte weder mit ihm sprechen noch anlaufende Probleme ausdiskutieren, weil er ihre Sprache nicht gut genug beherrschte und sie seine Sprache überhaupt nicht verstand, und noch keinen Augenblick daran gedacht hatte, seine Sprache zu erlernen, wenn sie im vorwurfsvoll entgegenschleuderte, er solle endlich Deutsch lernen. Und wenn sie mit ihm sprach, hörte er ihr nie zu, ihre Worte flogen an die leere Wand, und schlugen auf sie zurück wie ein Echo das niemanden erreichte und auf sie hart zurückprallte, auf das Kind aufschlug, das alles aufnahm, mit der Muttermilch einsaugte, allen Schwingungen ungeschützt ausgesetzt, allen Stürmen die rot glühend in ihr tobten, sie ganzkörperlich erzittern ließen, und das Kind auf einem imaginären Eisfeld aussetzten, wo es frostig durch seine Adern zog.

Unverständliches Leben

Ich könnte erbrechen, wenn ich an diesen Menschen denke, sagt Paula, als ich mit ihm beisammen war, da war er ein ganz anderer, das hätte ich ja nicht ausgehalten, neben mir, so wie er jetzt ist.

Warum hast du so einen Hass auf ihn, sagt Lisa, weil er nicht der Herr Doktor geworden ist, den du so gern neben dir gehabt hättest?

Ach ich habe keinen Hass, sagt Paula, aber wenn ich sehe, wie er unterwegs ist, kommt mir das Kotzen.

Paula merkt gar nicht, wie sie aus tiefster Seele einen Menschen verurteilt, sie merkt nicht in welche Schwingung sie ihr aburteilendes Denken versetzt, und sie merkt nicht, wie sich ihre Muskel in totaler Kontraktion anspannen, und in ihrem Körper eine Blockade schaffen. Ja es scheint, einen Wall um sie herum will sie aufbauen, sich abgrenzen von diesem Menschen, mit dem sie nichts mehr zu tun haben will. Sie stellt sich wie ein Richter über seine Welt, urteilt scharf, und merkt nicht, wie sie sich mit diesem Distanzierungsversuch selber tief ins eigene Fleisch schneidet, weil es ja nicht möglich ist, sich von einem Menschen abzutrennen, den sie einmal geliebt hat. Oder hat sie ihn nicht geliebt, nur benützt? Wird es jetzt erst offenbar, dass sie ihn nie geliebt hat, und jetzt entsetzt, aburteilend auf ihn hinblickt, um sich zu distanzieren, sich abzutrennen, als hätte sie nie mit diesem Menschen beinahe zwanzig Jahre verbracht. Oder hat sie in diesen Jahren nie einen Blick auf ihn geworfen, weil sie immer mit sich selbst beschäftigt war, und es gar keinen Platz gab, sich in sein Wesen zu versetzen, um es zu erkennen.

All ihre Versuche, ihn im Studium voranzubringen, schlugen fehl, das musste sie doch sehen, und sich eingestehen, dass man einen anderen nicht nach eigenem Denken formen kann. Bemerkte sie nicht einmal, dass er gar keine Ambitionen hatte, sein Studium zu beenden, oder etwas zu erreichen in diesem Leben, da er immer sagte: „Ich will alles genau wissen, bevor ich weitergehe im Studium". Das war es für ihn, und als es ihm zu eng und unangenehm neben Paula wurde, ging er einfach.

War er wirklich damals ein ganz anderer Mensch? War nicht alles in ihm angelegt, genau wie er jetzt lebte und agierte? Er hat Paulas Wohnung ausgebaut, zwei Räume an die Wohnung angebaut, er hat gearbeitet, genau so macht er es jetzt. Er baut an seinem Haus, das Geld kam von vielen Krediten, die er aufgenommen, ohne einzigen Gedanken daran, ob er sie jemals wieder zurückzahlen kann, und die Bank hatte sofort gegeben, die Zinsen waren hoch, ein gutes Geschäft für die Bank. Bei ihrer Wohnung hatte sie alles bezahlt. Wollte sie nicht, dass er jemals Ansprüche stellen kann? Oder hat sie den ewigen Säugling, der nie erwachsen wurde, an ihrer Brust gesäugt? Hatte sie diese Haltung nur bestärkt, ja richtig unterstützt, damit ja keine Verantwortung in ihm reifen konnte, wie es seine Mutter, jahrelang vorher getan, die für alles gerade gestanden war, was er verbogen hatte.

Warum war ihr jetzt speiübel, wenn sie an ihn dachte, nichts mit ihm zu tun haben wollte, wo sie so viele Jahre Tisch und Bett geteilt hatte? War es ein anderer gewesen? War sie eine andere gewesen?

Sicher nicht, da in einem Menschen alles angelegt ist, was es an Eigentümlichkeiten aller Differenzierungen gibt, wie auch in ihr, und es nur auf die Lebensumstände ankommt, was hervorkommt, hervorbrechen kann, beim einzelnen. In einem Augenblick der Unbewusstheit geschehen die größten Schreckenstaten, Raub, Morde, alles im Feuer der Ergriffenheit des Augenblicks, der seine eigene Würze hat, die nicht jeder Nebenstehende vorausahnen oder ertragen kann.

Es ist seltsam dass sie nie dran denkt, wie reich die Ausstattung eines Menschen ist, in wie vielen Masken er erscheinen kann, auch zu seinem eigenen Erschrecken, nicht immer zum Aufbau der Welt, sondern zu deren Vernichtung.

Hat sie davon nicht gewusst? Was weiß sie von sich selbst?

Sie würde so etwas nie tun, was er getan hat, urteilt sie streng. Ihre Gedanken, schwarze geballte Kumulus, sollten wirkungslos an ihr vorbeigehen, die von ihr wegfliegen wie schwarze Vögel, und sie sieht gar nicht, was sie im Augenblick mit sich selber macht. Aber auf einer runden Welt, einem runden Kosmos, kommt alles wieder auf sie zurück, was von ihr ausgeht, denn es ist ja ihre Energie, in ihren Worten der Verurteilung, es hat nichts mit ihm zu tun, keines dieser Worte wird ihn treffen, aber diese schwere Ladung wird wie ein Bumerang auf sie zurückschlagen, ohne dass sie auch nur mit dem kleinsten Schritt ausweichen kann. Es ist ihre Tat in diesem Kosmos, die gehört zu ihr, sie wird sie nicht wollen, und sich wundern, aber ihrem verurteilenden Denken nicht entkommen, und die Welt wird dadurch nicht besser.

Wie er ganz allein für seine Handlungen einstehen muss, vielleicht wird er sich umbringen, wenn es keinen Schritt vor und keinen Schritt zurück gibt, wenn er unbeweglich festgenagelt steht, von den Gläubigern. Wer weiß welche Handlung noch in ihm steckt, die er genauso leichtsinnig ausführen wird, wie alle anderen vorher? Kann sie ihn davor bewahren? Nützt ihm ihr urteilen dazu?

Das hat sie gar nicht vor, keinen Schritt der Hilfe von ihr, keine Hand die sich ihm entgegenstreckt, kein Wort das ihn zur Besinnung ruft. Nichts. Sie lässt ihn, mit dem sie so lange beisammen, in sein Verderben laufen, und denkt: Sie hat keinen Hass auf ihn, und kocht dabei über, vor Emotion und Aggression, wenn sie an ihn denkt, ohne sich beschränken zu können, ohne zu sehen was sie tut, sich selbst dabei anrichtet, was sie auslöffeln muss. Sie ist völlig distanziert, glaubt sie, und kocht im Zorn der Verurteilung und Vernichtung, als wäre sie das höchste Gericht der Beurteilung der Wesen.

Ein Mensch der urteilt, ist noch selber in Babyschuhen eines Bewusstseins, noch ungeboren in sich selbst, noch weit entfernt von höherer Stufe Menschsein, auf der sie glaubt zu stehen um zu urteilen.

Sie steht mit ihm noch auf der gleichen Stufe, ohne es zu sehen, denn sie hat das Zeitgeschehen ebenso zu tragen wie er. Schon das zeigt, dass sich sein verzweifelter Versuch auszubrechen, aus dem, was sie bei ihm sieht in seinem Tun, auch bloß der Versuch ist, aus dem auszubrechen, was er spürt. Jeder versucht es auf ganz eigene Art. Wem wird es gelingen? Wer hat die besseren Karten in diesem Spiel? Das noch spielende zündelnde Kleinkind, die nicht erwachsenwerden wollen. Wie klug sie sind die Menschen, bauen Maschinen, Hochhäuser, Rennautos, Brücken über weite Täler, fliegen bis zum Mond, in andere Galaxien, aber um einander zu verstehen, zu sehen zu begreifen, oder sich selbst zu sehen, haben sie noch nicht gelernt, bei der vielen Arbeit die sie schaffen, und glauben das wäre ihre einzige Aufgabe, aber zwischenmenschlich sind sie noch immer in der Steinzeit, weil dort wo das Herz liegt, noch immer pulsierend, pochend, ein Stein liegt.

Es gibt Richter, Anwälte, Banker, Geschäftsleute, in großen Gesellschaftszweigen, sie verdienen gute Brötchen, mit jenen, die in die Tiefe des Meeres die Pfeiler für Brücken oder Bohrinseln aufstellen, die daran zu Grunde gehen, und keiner von ihnen bekommt den Nobelpreis, obwohl er ihm zustehen würde, keiner von den Oberen will rechtschaffen werden, je mehr Verbrechen, desto mehr klingeln die Kassen.

Welch ein verfluchtes Netz von Gegebenheiten, keiner kann entfliehen, jeder ist eingewoben in diesem Netz, jeder eine kleine Masche, solange seine Schritte noch Bewegung in sich tragen, die das ganze zusammenhält, oder zerreißen lässt, und jeder wird die Erschütterung spüren. Aber jeder wirkt an der Welt, hat für sich Entscheidungsfähigkeit, in seiner Freiheit und Einmaligkeit. Oder auch die Aburteilenden, Überklugen, alles über- und durchschauenden Besserwisser?

Vorstellungen

Wenn man dabei zusieht, wie Menschen ihre Energie einsetzen, wenn sie ihre Kreativität ganz ausklammern, dann kann einem richtig übel werden, dachte ich. Und das war mir so, als ich den Hörer auflegte und noch Hellas Stimme im Ohr hatte, die mir jetzt schon zehn Mal alles bis ins kleinste Detail erzählt hatte, wie sie alles ganz aus der Ruhe gebracht hatte, aber wie sie zugestimmt hatte, dass bei ihr ausgemalt wird, und dass sie jetzt wieder ein Jahr daran zu leiden hätte, dass sie zugesagt hatte, und sie sieht wie man ihr keine Ruhe lässt, wie man sie andauernd bedrängt, jetzt wo sie endlich allein ist, von Mann und Kind befreit, gelingt es ihrem Sohn immer wieder, in ihre Atmosphäre einzudringen, und sie vollkommen aus der Ruhe zu bringen. Zuerst hat er nach seinem Auszugnoch viele Sachen bei ihr liegen gelassen, sie dachte: Jetzt hat sie endlich Platz und kann sich ausbreiten in der Wohnung, nachdem der jetzt fünfundzwanzigjährige Sohn ausgezogen ist. Aber sie hatte keinen Platz wie sie es gehofft, sondern da lag noch die Skiausrüstung, die Winterkleidung, und tausend Dinge die ihrem Sohn gehörten, und es war ihr unentwegt, als wäre sie eingeengt, als ob nicht genug Platz für sie da wäre, und als ob er den Platz nicht ganz frei machen wollte und dachte, die Mutter sollte nie frei sein, es sollten all diese Gegenstände die er nicht aus der Wohnung räumte, an ihn erinnern, dass er da her gehörte, alles an ihn erinnern, auch wenn er jetzt gegangen war, jedenfalls war es so, dass sie sich nie frei fühlen konnte, so wirklich frei, so wie es jetzt seit dreißig Jahren war, und an dieser Art der Besetzung, wo sie in Liebe zuggestimmt hatte, und dem Wirrwarr jetzt nicht entgehen konnte, und als sie endlich das Zimmer ihres Sohnes langsam zu besetzen begann, und sich langsam darin wohlzufühlen begann, sich ein wenig ausweitete in der ganzen Wohnung, endlich ein Bett hatte, in dem sie sich richtig ausbreiten konnte, wo sie vorher jahrelang am Boden nur auf einer Matte geschlafen hatte, weil der Platz in der kleinen Wohnung sonst zu eng geworden wäre, wenn in jeden Raum ein Bett gestanden wäre, und sie spürte seit langer Ziert, dass sie Platz brauchte, um atmen und leben zu können, Platz der frei war, Platz um sie herum, dass sie sich bewegen konnte, auch wenn es nur imaginär war, damit sie diesen

Dauerbesetzungszustand der über ihrem Leben schwebte, entging. Ohne Atem zu holen erzählte es Hella.

Nun aber hatte ihr Sohn gesagt: Ich male dir das Zimmer aus, damit du es schön hast, und was glaubst du, was du dir dabei ersparst! Sie aber hatte es gleich vor sich gesehen, was dabei für eine Unruhe auf sie zukommen würde, sie wollte gleich abblocken, aber dachte daran, dass sie sowieso immer eine große „Neinsagerin" war, und so stimmte sie schließlich zu. Ausmalen, Boden abschleifen, Fenster streichen in ihrem Raum, die anderen Räume hatte der Sohn vor zwei Jahren ausgemalt, aber seither waren vierzehn Tage vergangen, wo sie durch eine Landschaft von Tiegel und Dosen stieg, eine Woche war schon von ihrem Urlaub um, und noch immer war kein Ende abzusehen. Der Plafond war ganz zerstört, sagte sie, die Wände waren gut, nur bis auf ein paar Stellen, wo nachgebessert gehörte, aber den Plafond hatten sie, ein Freund und Studiumskollege hatte geholfen, total verpatzt. Sie wollten sehr schnell fertig sein, und hatten viermal über die ganze Plafond Fläche drüber gewalzt, und so sah sie es jetzt auch aus.

Hella war der Verzweiflung viel näher als der Freude, die war so weit von ihr entfernt sagte sie, als ob Äonen sie davon trennen würden, und wenn sie ehrlich war, sie wäre am liebsten auf einige Monate weggeflogen, einfach verschwunden um Ruhe zu haben, um frei zu sein, um diesen Besetzungszustand, den sie jetzt so hautnah an ihr spürte, der an ihr klebte wie die eigene Haut, abzustreifen um davon frei zu sein.

Was dabei noch hinzukam, wenn sie ihren Sohn etwas fragte, wurde sie wortschwer und schroff abgewiesen, sie hatte nicht zu fragen, sie hatte nur zu schweigen, und Hilfsdienste zu leisten, als wäre sie nicht der Inhaber der Wohnung, sondern der letzte Hilfsarbeiter, also sie wurde andauernd zurückgedrängt, selbst das Fragen wurde ihr verboten, Mutter du machst aus allem ein Problem, sagte der Sohn, Mutter halte dich raus, aber in den vierzehn Tagen war dem Sohn auch die Luft ausgegangen, er hatte es sich nicht so langwierig und schwierig vorgestellt, und so waren seine Nerven hochgeschraubt, wie der Motor eines Staubsaugers der auf Hochtouren lief, und da platze es auch schon aus ihm heraus, dass sie endlich still sein soll und er schrie mit seiner Mutter, wies sie zurecht, nahe daran sie zu beflegeln, aber sein Schreien, seine vehementen Worte, hatten ihr schon ungeheure Verletzungen zugesetzt, dass sie nur mehr heulend, und am Telefon noch einmal alles erzählen konnte, wo sie doch alles das nicht gewollt hat, bekräftigte sie, und jetzt muss sie sich auch noch sagen lassen, was sie sich erspart hat! Sie hat sich gar nichts erspart, hätte sie es von Professionalsten machen lassen, wäre es sicher in einer Woche fertig gewesen, und sie hätte sich nicht so anschreien lassen müssen, sich nicht andauernd zurücknehmen müssen, im Gegenteil wenn sie etwas gefragt hätte, dann hätte sie Antwort bekommen und sie wäre ganz unglücklich darüber, dass man so eindringen kann in ihre Freiheit, sie so beengen und besetzen kann, und alles ein Kampf ein einziger Kampf ist, ich möchte meinen Frieden, ich will meine Ruhe, aber ich bin in diese Unruhe gestoßen, sagte Hella, und jetzt auch noch in schreckliche Disharmonie. Ich weiß gar nicht ob ich mich jetzt entschuldigen soll? Nein, das verwarf sie wieder, auch wenn der Sohn sie so angeschrien hatte, dass sie dachte, in all ihre Bestandteile zu zerfallen. Jetzt hatte sie auch noch zu dem Wirrwarr des Ausmalens, Krieg, der sie am ganzen Körper peinigte, und sie wollte um alles in der Welt Frieden und ihre Ruhe haben, endlich Ruhe haben.

Ja sie weiß sie hätte nein sagen müssen, aber wie gesagt, sie wollte Hingabe leben, sie wusste Hingabe ist auch wichtig, wie sie sich ausdrückte,

Bei dem Wort Hingabe musste ich unterbrechen und sagte. Aber du hast keine Hingabe, sonst müsstest du dich nicht so aufregen.

Ja sagte Hella, Hingabe würde alles annehmen wie es ist, aber sie fühlte sich natürlich gleich angegriffen, und sagte, wenn man so etwas beginnt und wenn so etwas gemacht wird, dann kommen hundert andere Mängel zum Vorschein, die vorher nicht zu sehen waren, jetzt aber einen erschreckenden Gegensatz bilden, so wie die Bodenleisten, die Türschnallen, die Karniesen, und neue Vorhänge, alles neue müsste her, alles müsste im Zuge dessen erneuert werden, und zog immer mehr Arbeit und mehr Unruhe an. Eine Glasscheibe in der Türfüllung wäre gebrochen, die habe sie vorher nicht gestört, jetzt aber musste sie unbedingt erneuert werden, und es wurde immer noch mehr Arbeit. Und dann sagte ihr Sohn: Mutter warum hast du nicht das Glas zuschneiden lassen, obwohl ihr Sohn erklärt hatte, dass er alles machen würde, und so rührt sie nichts an, er soll es machen. Punkt. Ihr bleiben dann noch mehr als genug Arbeiten, Räumung und Putzarbeiten. Er wollte es ja machen und sie hätte es ihm ja nicht angeschafft, er wollte es ja unbedingt machen, sie hätte es ja nicht gebraucht, sie hätte so auch leben können, aber sie spürte, dass er ihr keine Ruhe ließ, keinen Platz ließ, in ihren Raum immer wieder eindrang, in ihre Sphäre und sie so bedrängte,

Wieder weinte sie, ihre Nerven waren nicht mehr die Besten, du kannst dir ja nicht vorstellen, sagte Hella, wenn da nicht alles in Ordnung ist, man findet ja keine Ruhe, ich habe immer alle Dosen und Kübeln zusammengestellt, aber es stört, es ist keine Ordnung.

Ja ich wollte sie beruhigen, und sagte: Auch der Sohn wollte dich etwas schonen, er wollte dich nicht bedrängen, sonst hätte er doch nicht so viel Arbeit auf sich genommen.

Er hätte es ja nicht brauchen, sagte Hella gleich kämpferisch, und sie denkt gar nicht daran, es auch als Liebesbeweis zu erkennen, weil sie nur diese Bedrängnis spürt, die sie kaum aushält, wie wenn dauernd Ameisen über sie laufen würden, so flackerten ihre Nerven. Jedenfalls hat sie zum zehnten Mal, von dem Plafond erzählt und den kleinen Fältchen die darüber laufen, und ich sagte: Denke an die Menschen die im Müll hinter der Cheops Pyramide hausen, oder in Lateinamerika in Konservendosenhäusern wohnen, du wirst es bald wieder schön haben, und ich wollte sie zum zehnten Mal herausholen, auf meinen Linie bringen, damit sie sehen konnte, wie gut es ihr ging, trotz allem, und dass es nur ein vorübergehendes Chaos war, aber diese Zustände für diese Menschen eine ganze Lebensewigkeit dauern.

Aber das hat sie mir auch übel genommen, dass ich nicht sehe in welch einer schwierigen Situation sie jetzt war. Sie dachte nur an sich, diese Menschen, die ich erwähnte, waren weit weg, und keines Gedankens würdig, dass ich sie daran erinnerte, machte sie böse auf mich, und ich musste meine Worte genau wählen, weil der Funke, der sich zwischen ihren Sohn und ihr entzündet hatte, war auch in der Vehemenz, wie sie ihre Worte auf mich schleuderte, wie die Funken beim Schleifen des Metalls hochspritzten, und es konnte leicht passieren, dass der Funke auf mich übersprang, der sie entzündet hatte, als ich ihr sagte, dass sie eine ganz blöde Ziege sei, ein einziger Jammerlappen, und nur ihre eigene Selbstständigkeit noch nicht gefunden hatte, die es zuließ, dass man ihr dauernd die Ruhe entziehen konnte, und in sie eindrang, als wäre sie gar nicht vorhanden. Sie war nicht vorhanden, sonst hätten es die anderen gemerkt, und sie bräuchte jetzt nicht weinend inmitten dieses Chaos stehen, wenn andere Menschen ein Leben auf dem Müll ertragen, und sie nicht einmal das Ausmalen ihrer Wohnung ertrug.

Nun wir haben uns danach einige Zeit nicht getroffen, und ich spürte, dass all ihre Energie, die sie in einer eigenen schöpferisch Arbeit abgeben sollte, in ihren Gedanken Räder schlug und sie verschleuderte, und zugleich sich in ihr staute und sie dabei zermalmte, weil sie in jedes kleinste Detail hineinkroch wie eine Mikrobe, und daraus nur imaginäre riesenhafte Gebäude baute und entstehen ließ, in denen sie umherirrte, ohne jemals hinaus zu finden, weil ihre ganze Energie lief allein auf ihre Fragen, auf jede kleinste Kleinigkeit genau hinzusehen und sie zu bekritteln, so eine unerhört nörgelhafte Ader floss aus ihr in ihre nahe Umgebung, die allein schon den Sohn von der Leiter wehen konnte und ihn ins Schleudern bringen konnte, das aber sah sie nicht, dass es ihre eigene ungebrauchte ungenützte Energie war, die da herumschwirrte und sie so unglücklich machte und selbstzerstörerisch aus sich heraus schleuderte, alles wie das Fleisch durch den Fleischwolf drehte, und sich dabei selbst zerteilte, sie explodierte in diese Details hinein, wie in ein großes Erschrecken, was zugleich das Leben als ein Ordnungsprinzip ausleuchtete, und doch hier inmitten des Chaos stand, das mit jedem Schritt begehbar war.

Zeitverschiebungen

In den Dingen habe ich mich verloren, so viel habe ich angesammelt, dass ich jetzt altgeworden darin ersticke, dachte sie. Alles sah ich als wertvoll und wichtig, dabei ist nichts davon wertvoll, nichts davon ist wichtig, außer einige Bücher. Dabei ist das ganze Leben abgelaufen und ich habe ständig gearbeitet und gewerkt um Dinge zu erstellen, jetzt ist die Wohnung vollgestopft, mit dieser Vielheit die auf mir liegt, weil ich heute nichts davon benötige. Alles verändert sich durch Zeitverschiebungen, die Dinge und die eigene Sicht, und schon ist das Wichtige überflüssig und wird nicht mehr gebraucht, außer die Liebe zu Menschen, die ist nie überflüssig, im Gegenteil genauso wichtig wie in jungen Jahren, denn die Liebe ist das Tragende und Weiterbringende, nichts anderes wird im Alter gleich wichtig, als in der Jugend, das fließende Gefühl das nicht im Körper erstarren soll zu all den möglichen Krankheiten, sondern im Fluss gehalten werden muss, um lebendig zu bleiben, voll Freude und Heiterkeit, das ist es was wir brauchen, und von all den Dingen nur einen kleinen Teil die notwendig sind, um die Not zu wenden. Wenn es kalt ist einen Wintermantel, wenn heiß ist ein Sommerkleid, aber nicht von allem zwanzig. Alles ein hirnrissiges Spiel, das hier angetrieben wird, sodass wir ohne es zu merken mitgerissen werden in diesem Sog, um diesen von außen kommenden Befehlen, die irgendwer ausgegeben hat, denen wir in Trance folgen, die alle mitreißen und dabei glaubt jeder noch, er hat einen freien Willen in seinen Handlungen, dabei ist es nur ein Eingestellt- und Ausgerichtetsein auf Befehle, die so reizend unauffällig und doch drängend an einen herankommen, und doch bewegt man sich wie ein Marionette, und glaubt an einen eigenen Willen. Dabei hat man den lange abgegeben, ja man hat ihn nie entwickelt, nicht einmal ansatzweise. Alles nur aufgeladen wie den Sattel auf das Pferd, und losgetreten in die Hüften und du rennst so schnell wie du gar nicht gedacht hast dass du es kannst, aber du merkst nicht die Zügel die dich lenken, und glaubst wieder du hast eine Entscheidung getroffen. Wie dumm wir alle sind, haben die Augen weit aufgerissen und agieren wie blind. Wer will das bestreiten? Jetzt wo ich in Pension bin, habe ich Zeit dazu dies alles zu betrachten, und es macht mich traurig wie viel Leben ich dabei verschlissen und verschenkt habe, mit so vielen

Anstrengungen, um mitzulaufen mit einem verwirrten Volk.

Zum Glück habe ich vieles von innen Kommende vor mir gesehen, und sogleich habe ich die Hände geregt und habe so kreativ wie nur möglich, Kleider, Mäntel, Kostüme mit meinem Ideenreichtum gefertigt, die Geschicklichkeit war mir in die Wiege gelegt, dann ist es gekippt und ich habe begonnen, Glasfenster zu gestalten, zu schneiden, zu verbleien, zu verlöten. Wie war ich erstaunt welche schönen Objekte ich gestalten kann, so einfach aus mir selber herausgezaubert, und all dieses Tun hat mein Leben erhalten, es war der Kitt um mich zusammenzuhalten und nicht auseinanderzufallen, und ich wurde nicht müde, sondern stark und voll der Freude. Das war es was mein Leben erhalten hat. Zweisinnig, ich habe es erhalten und es hat mich erhalten. Auf dass dich der Teufel nie unbeschäftigt antreffe, dieses Sprichwort war mir tragende Unterlage, und das alles hat mich erst glücklich gemacht, es war die reine Freude, die Hände so auszufüllen und vor allem das Herz, das es niemals leer werde und immer froh und heiter bleibe.

Nun das war kein schlechtes Leben, das war ein gutes Leben, kann ich jetzt rückblickend sagen, weil ich noch immer in Freude darüber lachen kann.

Dass es manchmal zu viel Arbeit gewesen ist, kann sein, aber ich bin immer recht munter dabei gewesen und geborgen im Tun. Wer kann schon von solcher Freude berichten, egal, heute weiß ich das alles ein Geländer war, das mich aus den misslichsten Lebenslagen, die alle mit zwischenmenschlicher Verletzung zu tun hatten, herausgeholfen hat, an denen ich hätte sterben können, es wäre ein leichtes gewesen, aber die Arbeit meiner Hände hat mich weitergetragen, und die Freude ist aus meinem Inneren aufgestiegen, und hat mir den Weg ausgeleuchtet, dass ich nicht falle, und dafür danke ich meinem Leben, und dass ich es nicht vergeudet habe, und mit Arbeit gepriesen habe.

Atemsitzung

Von Rebirthing haben sie gesprochen, von einer Atemsitzung, einer Therapie mit der man Blockaden die im Körper stecken, bewusst machen kann. Menschen die sehr tief einatmen, sind große Machtmenschen, haben ein egobezogenes Dasein, sie wollen großen Eindruck machen. Menschen die zu stark ausatmen, haben kein Selbstbewusstsein, wenig Zuversicht, keinen Optimismus und wenig Energie. So kann man allein mit Atmen, seinen Haushalt, sein Energiepotential verbessern oder zurück in eine Mitte bringen, von der es verrutscht ist. Pranajama, kontrollierte Atmung, rasches Aus- und Einatmen, Kumbaka, bringt wieder verdrängte Emotionen hoch, denn alle Erlebnisse und Emotionen sind gespeichert, von der Kindheit und später, die sich im Körper in den Muskel abgelagert haben und dort Schmerz verursachen. Durch schnelles Atmen können diese Emotionen auftauchen. Durch Hyperventilation wird ein körperlicher Prozess ausgelöst, den Schmerz spürt man wo die Blockaden sitzen, die in der Muskulatur eingelagert sind, die Emotion kommt hoch, die sich in den Muskeln eingefroren hat. Du siehst es wie einen Film, welche Situation dir so nahe gegangen ist, dass du dich verkrallt und verhakt hast, deine Energie statt nach außen zu tragen, weil du vielleicht noch ein Kind warst, nicht gewusst hast, wie man damit umgeht, wie man reagieren kann, oder später wo du geschwiegen hast, wo du hättest losbrüllen sollen wie ein Löwe, um andere die dir zu nahe gekommen sind, zu vertreiben. Aber das hast du nicht getan, so hat es sich in deinem Körper eingespeichert und verfestigt. Das bildet Blockaden, mit denen du so recht und schlecht zu leben versuchst, und doch nicht zurechtkommst. Alle Erlebnisse sind im Körper gespeichert, und wo du Schmerz spürst, sitzen die Blockaden in der Muskulatur, die deine Emotionen hervorrufen ohne dass du weißt was mit dir los ist. Durch Hyperventilation wird ein körperlicher Prozess ausgelöst, tiefer und schneller zu atmen, es kommt Schmerz hoch, wo die Blockaden sitzen und du brichst aus in Weinen, in Schreien, weil du plötzlich sehen kannst, was damals passiert, was mit dir geschehen ist, und jetzt weinst und schreist du, weil du damals nicht geschrien und geweint hast, siehst was in dir stecken blieb und oh Wunder, du kannst dich lösen, bist plötzlich frei von all dem, was dich blockiert und belastet hat. Das mache ich, denke ich, denn ich habe in beiden Daumen seit Jahren Schmerzen, oft starke Schmerzen, dass ich nichts anfassen kann. Ja ich habe etwas in den Muskeln gespeichert, ich spüre da ist etwas das mir unentwegt Schmerz zufügt, da ist Emotion gespeichert, die ich nicht herausgelassen habe. Also breite ich eine Decke auf, setze mich im Türkensitz und beginne wie wild zu atmen, dass mir leicht übel wird, mich gleich an der Grenze der Ohnmacht befinde, und da steigen auch schon Bilder auf. Damals als ich Emma bei der Übersiedlung geholfen habe. Ich konnte damals kaum etwas tragen, weil beide Handgelenke schmerzten, manchmal so schmerzten, dass ich nicht einmal eine Türe öffnen konnte, aber ich habe trotzdem geholfen, weil ich ja dabei sein muss, weil ich glaube ich werde gebraucht und ich will gebraucht werden. Am nächsten Morgen war in beiden Daumen Schmerz, der Schmerz aus den Handgelenken war verschwunden, aber der Schmerz in den Daumengelenken, der begleitet mich nun seit Jahren. Ein mir bekannter Religionsphilosoph hat gesagt „Du kannst einem Menschen alles wegnehmen, nur seine Krankheit lässt er sich nicht wegnehmen". Es muss etwas Wahres daran sein, denn ich habe nie versucht etwas dagegen zu machen, ich habe alles mit Schmerz getan, denn die Hände, das Gerät aller Geräte, die brauche ich unentwegt, aber ich habe es hingenommen. Aber jetzt will ich mich davon befreien, ich atme ein aus, immer schneller, atme mich nahe an die Ohnmacht heran, da steigen diese Bilder des Umzugs von Emma hoch. Ich habe viele Kisten mit Kleidung geschleppt, ins Auto getragen, noch mal in die alte Wohnung, noch mal in die neue Wohnung, ausgeladen. Als wir spät abends dort ankommen, fragt Emmas Freund: Und wo ist die Werkzeugkiste? Die habe ich nicht mit, sagt Emma. Wie soll ich jetzt etwas arbeiten, sagt er zornig, weil sie gerade auf das Wichtigste vergessen hat und die alte Wohnung sehr weit weg ist. Da bin ich gleich gegangen, weil ich diesen Spannungszustand wie eine Welle auf mich überschlagen spürte, und da sagt Emma noch zu mir: „Weißt du, heute war alles nicht so, wie es hätte sein sollen". Punkt. Sie umarmt mich nicht, sagt nicht, danke dass du mir geholfen hast, sondern sie meint, ich hätte nicht dabei sein sollen, meine Hilfe war ihr nichts, so steht sie vor mir und ich fahre ab mit ihren Worten, die in mir stecken wie ein Schwert das sie geworfen hat, in meinen müden Körper. Wie blöd bin ich eigentlich, denke ich, dass ich mich abplage, dann bekomme ich noch einen Tritt. Weil ihr Freund ihr eine Rüge erteilt, muss sie mir diese Rüge gleich weitergeben. Sie kann gut mit ihren hochsteigenden

Aggressionen umgehen, ich aber nicht, denn ich schweige, und am nächsten Tag da steckt es in beiden Daumengelenken, als wären sie steif geworden. Natürlich habe ich gedacht, das hat mit meiner Dummheit Zusammenhang, aber ich habe nicht gewusst, wie ich es wegbringen soll, wie ich wieder in meinen vorherigen Zustand zurückkomme, wo mir nichts weh getan hat. Aber jetzt versuche ich mich völlig zu entspannen, um genau zu sehen, was damals geschehen ist. Also ich habe mich schrecklich geärgert, weil ich so blöd bin zu helfen, ohne dass man meine Hilfe schätzt, man hat mich nicht gemäß meiner Hilfeleistung behandelt, ihr Freund sagt sowieso kein nettes Wort und Emma würgt mich ab, als sollte ich im Erdboden versinken, dass sie mich nicht sieht, und ich nicht sehe, wenn ihr Freund auf sie losgeht. Ja verständlich aber ich bin nun mal da, und schon ist es geschehen. Also ich habe mich schrecklich geärgert und habe kein Wort darüber verloren, und ich war beleidigt, wie Emma mich behandelt. Die Emotion steckt in den Muskeln wie eingefroren. Jetzt ist es, als würde ich imaginär, einen weißen Riesenkraken aus meinem Kopf herausziehen, aus allen Gelenken, von den Fingerspitzen bis zu den Zehenspitzen, meine Hand hält ihn fest und ich überlege, ihn sogleich ganz heraus zu ziehen und über den Berg, nein hinter den Berg zu werfen, damit ich befreit von diesem Kraken bin, der sich in meinen Muskel eingenistet hat, der Krake des Ärgers, des Zorns des nicht heraus gelassenen Ärgers, des nicht heraus gelassenen Zorns. Ich halte ihn am Kopf und ziehe, in diesem Augenblick spüre ich, dass ich meine ganze Feinfühligkeit aus mir heraus ziehe, wenn ich diesen weißen Kraken aus mir heraus ziehe, ich ziehe mein Feinfühligkeit aus mir heraus, mit der ich reagieren, alles wahrnehmen, alles aufnehmen kann, ich ziehe den Kraken meiner Feinfühligkeit aus mir heraus, damit mir niemand mehr nahe kommen kann, damit ich nichts mehr spüren kann, was auf mich zukommt, damit ich frei bin von allen Belästigungen, die mich erdrücken und verletzen. Ich ziehe hoch, aber in diesem Augenblick weiß ich, dass ich meine Feinfühligkeit auf keinen Fall hergeben will. Nein, nein, nein schreit etwas in mir, ich will alles spüren fühlen empfinden, auch weiterhin, ich will nicht wie eine taube Nuss mitten im Leben sein, nein, ich will meine Feinfühligkeit meine Aufnahmefähigkeit behalten, ich will sie nicht hergeben. In diesem Augenblick spüre ich, dass mir alles was geschehen ist, jedes Wort was Emma gesagt hat, gar nichts hätte tun können, wenn nicht mein Ego sich beleidigt aufgestellt, groß wie ein Bär der zum Kampf antritt, aber nun keinen Ton von sich gibt und davontrottet. Mein Ego das sich beim Davontrotten über mich her gemacht hat, unentwegt zu mir gesprochen hat „Das kann man mit dir nicht machen, das kann man nicht zu dir sagen, das kann sie nicht zu dir sagen, so kann man dich nicht behandeln, so kann man nicht mit dir umgehen, denn du bist ein großer starker Bär". Nein der Bär hat das nicht gesagt, das Ego sagte: „Du bist doch wer, wie glaubt sie, dass sie dich behandeln kann, nein mit dir nicht", hat es in mir gesprochen. Aber dieses Aufbäumen des Egos in mir hat nichts genützt, nicht abgehalten, dass seither meine Daumen an beiden Händen schmerzen. Aber all diese Worte, die da in mir laut geworden sind, haben mein Ego aufgeregt. Nein, mit mir nicht!

Meinem Selbst ist überhaupt nichts geschehen, merke ich jetzt, wenn ich diese Worte einfach vorbeifliegen hätte lassen, dann hätte ich sie nicht abbekommen, weil es doch die Emotion war, die Emma in diesem Augenblick so gut an mich abgegeben hat, aber ich habe imaginär die Hände ausgestreckt, als würde ich einen lieben Bekannten empfangen, ihn umarmend an mein Herz lassen. Das muss ich schon oft getan haben, weil ich doch immer die gleiche bin, gleich reagiere, habe angenommen was sie mir aufgeladen, anstatt mich zu verweigern, im Augenblick das rechte Wort zu sagen, oder die Worte die von ihr kamen, nicht anzunehmen, das wäre das einfachste von der Welt gewesen. Emma hat den ganzen Tag zehnmal sie viel geschleppt wie ich, war sicher vollkommen fertig, dass da Emotion leicht hoch kommt, ist verständlich, aber warum nehme ich ihre Emotion an, als wäre sie meine Emotion, warum nur? „Weil du mit ihr verbunden bist", spricht es in mir. Ja ich bin mit ihr stark verbunden, aber warum bläht sich mein Ego so gegen sie auf, wenn sie ein Wort sagt, werfe ich es gleich auf die Waagschale und wiege es ab, wie schwer es ist? Genau wie im alten Ägypten, Isis und Osiris beim Tod die Herzen gewogen hat, ich wiege ihre Worte, und sie wiegen schwer, es passt mir nicht was sie sagt?

Weil du dumm bist, höre ich die Stimme. Ja, ja, ja, ich bin dumm. Du bist blöd, wie siehst du denn aus, so kann man ja nicht gehen, wie deine Haare aussehen, wie blöd du bist, das kann man ja nicht anziehen, schrecklich wie du aussiehst! Alle diese Sätze haben sie auf mich geworfen, nein nicht Emma, jeder meiner mir liebsten Nahestehenden, weil sie mir so nahe stehen, können sie alles zu mir sagen. Ich gehe, bin eingeknickt, mein Bär schleicht nach Hause, aber hätte sie am liebsten gefressen dafür, was sie gesagt haben. Aber nein, ich habe wieder nicht zugeschlagen, nur diese Sätze habe ich mitgenommen und tagelang an ihnen herum gekiefelt wie an einem Hühnerknochen, an dem noch Fleisch hängt, dass ich unbedingt abnagen will, aber da ist mir bei einer unbeachteten Bewegung dieser Knochen in den Hals gerutscht und steckt nun dort, dass ich tagelang gar nichts sprechen kann, weil ich heiser bin. Ich bin plötzlich heiser, obwohl kein Wetterumschwung mich gestreift, nur meine Sprachlosigkeit mich dazu gebracht hat, dass ich nicht rede, wenn es notwendig ist. So ist es mir jetzt nicht möglich zu sprechen, damit ich es genau sehen kann, was ich mache. Aber nicht Heiserkeit allein ist es, was über mich kommt, diese Sätze wohnen jetzt in mir, haben sich häuslich eingerichtet und kommen mir hoch, wann immer sie wollen, stören unentwegt mein Dasein, mein Egodasein versteht sich, in dem ich es mir so halbwegs eingerichtet habe, obwohl dort zu leben sehr schwer ist. Jeder will auf dem Thron sitzen und wird unentwegt davon herunter gerissen. Du willst groß erschienen, sie machen dich klein kleiner am kleinsten, du willst toll erscheinen, sie machen dich fertig, reißen dir Kleider, die Haare vom Leib, und du stehst nackt, nackt wie du gekommen und bist nichts. Sie zeigen dir unentwegt, wie du nichts bist, und du willst WER sein, ETWAS sein, aber es gelingt dir nicht, du bleibst ein Nichts, da kannst du anziehen was du willst, tun was du willst, ja jegliches Vorpreschen auf irgend einer Linie, wo du spürst du kommst an, du bist ETWAS du bist WER, alle sehen es, da wird dir von Nahestehendesten wieder das Podest unter den Füßen weggeschlagen, sie reißen dich grob herunter, dass du siehst, wo du wirklich stehst. Nirgendwo. Aber du hast dieses Nirgendwo in dir nicht erreicht, denn hättest du es, dann hätte dich kein Wort, kein verletzendes Wort je erreichen können, denn wer nirgendwo ist, der kann nirgendwo erreicht werden, wer ein Nichts ist, den stört auch nichts, aber du bist ein Ego und willst über andere herausragen, und so köpfen sie dich so oft du es brauchst, damit du siehst, dass es nicht möglich ist.

Schluck was höre ich! In diesem Augenblick beginne ich, den Riesenkraken den ich über meinem Kopf in der Hand halte, wieder in mich hineinzustopfen, tief in meine Zehenspitzen, tief in meine Fingerspitzen, seine unzähligen Tentakelfäden in alle Muskel hineinzustecken und da ist er jetzt wieder. Ich will feinfühlig bleiben, ich will sensibel bleiben, weil ich ein Mensch bin, aber ich habe mich entschlossen, ein Nichts zu sein, weil ich nicht weiter an meinem EGO so leiden will, das ich nicht wirklich bin, aber so ein Nichts, dass die anderen sagen können was sie wollen und mich nie mehr damit erreichen, stören, ärgern verletzen töten, ja es ging so weit, dass ich dachte, ich sterbe an manchem Worten die sie gesagt haben, meine liebsten mir Nahestehendesten! Nein ich sterbe nicht mehr an ihren Worten, ihre Worte gehören zu ihnen, denn alles was vom Menschen ausgeht, kehrt zu ihm zurück, es scheint geradlinig aus ihm herauszuschießen, aber es läuft auf großer Kreisbahn unablässig wieder auf ihn zu. Er kann sich von seinem Tun nicht abtrennen, auch wenn er es noch so aggressiv auf mich hin versucht, er kann mich so nicht erreichen, denn was jeder tut, gehört zu ihm. Ich brauche es nur bei ihm lassen, einfach bei ihm zu lassen, so habe ich damit nichts zu tun, bleibe untangiert davon. Meine Verbundenheit zu jedem, in dem Festnetz Mensch, ist sowieso nie zu verändern, egal was einer sagt, egal wie weit ich mich von ihm zurückziehe, trenne, es ist unmöglich mich zu lösen, ja selbst über den Tod hinaus sind die Menschen miteinander verbunden, als gäbe es ihn nicht. Nein, nein, nein, ich will weiter so sensibel bleiben, denn Verletzbarkeit ist meine beste Fähigkeit, mit der ich mehr wahrnehmen kann wie Dickhäuter, ja ein Bär ist auch in mir, aber er ist gekommen um zu leben, nicht um zu leiden, an allem was andere abladen. Tränen laufen mir über die Wangen, ich will feinfühlig bleiben, um die Welt wahrzunehmen wie sie ist und ich weiß, sie ist die schönste die ich kenne. Ich atme tief durch, öffne die Augen und sehe auf den blauen Himmel, und beginne zu lachen, dass es mich nur so schüttelt. Ja, ja, ja, ich bin dumm, und sie haben Recht, aber sind sie es nicht auch? Chris kommt mir in den Sinn, wie ihr Arm plötzlich steif war. Wie hat sie diesen Mann geliebt, so nahe ist er ihr gekommen, sie war lange allein und dann hat sie sehen müssen, dass er neben ihr seine vorherige Freundin nie verlassen hat, und hat ihm eine Szene gemacht, über das Geld das sie ihm geborgt und er ihr noch nicht zurück gegeben hatte, sie war wieder allein, ihre Hand war steif und sie hatte starke Schmerzen. Sie wusste nicht warum ihre Hand plötzlich steif war, aber sie war voll Zorn und Ärger, der in jedem Wort, das sie sprach, vibrierte und zitterte, aber nicht gegen den, der ihn ausgelöst hatte. Meine Hand tut plötzlich nicht mehr so weh, merke ich, die Daumen sind beweglich. Oh Wunder, mein Heiler in mir selbst hat mir den Weg gewiesen, mein Atem ist mein Leben, ich danke dir Atem, ich danke dir Leben, für alles was ich erfahre, und für alles was du mir durch Erkennen zeigst, und ich weiß, es war nicht mein letzter Abstieg in mich selbst, denn da liegt noch einiges, was ich an mir sehen und meine Betrachtungsweise ändern will, um frei zu werden.

Die Nacht der offenen Museen

Welche Freude, die halbe Stadt rennt, um endlich einmal ohne zu bezahlen in ein Museum zu kommen, um zu lernen was es noch gibt, um zu sehen was andere Menschen aus ihrem Inneren geschöpft haben, ein großer Schmerz, wie ein Gebären ist es vor sich gegangen, aus sich selber etwas in die Welt zu setzen, und die ganze Anstrengung, der ganze Schmerz wird in dem Kunstwerk sichtbar, was der Künstler rundherum wahrnimmt, denn er ist die Aufnahmestelle der Seismograph der Empfindsame, Einfühlsame in andere Menschen, in alles was da läuft, es wird in dem Kunstwerk sichtbar, und auch die große Freude zu leben. Und die Menschen lernen und ihr Kopf soll noch mehr lernen und aufnehmen, behalten was Wissen ist, (es ist in dieser Zeit groß geschrieben), aber es wäre viel besser, endlich die Nacht der Einfühlung in einen anderen Menschen zu proklamieren, das wäre das echte Lernen, das wäre Erweiterung des Menschen, des Mitfühlens und der Gabe, endlich Mensch geworden zu sein.

Dann würden die Menschen endlich lernen, was es heißt ein Flüchtling zu sein, von weit hergekommen, mit so vielen Schmerzen das eigene wenige was ihnen gehörte zu verlassen, sich weit ab in einem unbekannten Land, dessen Sprache sie nicht sprechen, einzuwandern, und dort werden sie in ein Haus gestopft, wie man hier Gänse stopft, viel zu viele in wenig Platz, und sie haben endlich wieder ein Dach über den Kopf, und müssen nicht in Kälte und Regen im Freien übernachten. Und dann kommen die Gefühllosesten aller Menschen, und zünden ihnen über dem Kopf das Obdach, das Asyl an, dass sie wieder auf der Straße liegen müssen.

Kann sich jemand vorstellen, wie diese Gefühllosigkeit anders gearteter Menschen aussehen kann? Nein, auch das kann sich niemand vorstellen, das an Schulung in dieser Richtung wäre wohl das Brauchbarste was diesen Menschen angeboten werden könnte, und viel Nächte des Probeliegens auf harten Beton in Regen und Matsch, damit ihr Einfühlungsvermögen geschult wird, und sie zu einem mitfühlenden und einfühlsamen Menschenwesen werden, und sich zum fühlenden ja einfühlsamen Menschenwesen entwickeln können, damit solche Verstümmelungen nicht mehr passieren in der zwischenmenschlichen Gesellschaft.

Nein, nicht das Wissen gehört geschult, echtes Einfühlungsvermögen gehört geschult, damit solche Abartigkeiten zwischenmenschlicher Natur nicht mehr vorkommen können. Damit eine Gesellschaft entsteht, wo das Einfühlungsvermögen in das andere Wesen an erster Stelle steht. Und das brauchen Politiker ebenso, wie Randalierer solcher Schandtaten.

Kann sich einer vorstellen, ich sitze im Stadtpark und da kommen zwei Männer vorbei die sich angeregt unterhalten, einer ist ein Schwarzer, und ich sehe eine kurze Sekunde in das Gesicht des Schwarzen, und ein ganzes Gedicht kommt mir im Augenblick hoch, das ich aufsagen könnte, durch diese Schönheit die dieser Mensch ausstrahlt, die ich im Augenblick aufgenommen habe, und die in mir zum Ausdruck eins Gefühls wird, die mit der tiefen Verbundenheit von Mensch zu Mensch spürbar wird. In einem Augenblick, hat er mich so tief berührt, dass ich zum Poeten werde, der das Tiefste ausdrücken kann, weil er das höchste Einfühlungsvermögen hat, und auf alles was ihm begegnet, angemessen reagiert.

Es ist ein Horror, dass Wissen unentwegt Schulung und Unterweisung bekommt, und die Empathie vollkommen ausgeschlossen wird, ja so als ob es diese gar nicht gäbe. Ja bei vielen Menschen ist sie noch nicht hervorgekommen, ja sonst könnte diese Welt sich nicht so darbieten, mit unzähligen Mauern abschirmen gegen die Ärmsten hin, wie es eben wieder in Amerika geschieht, wie Menschen es machen, wie Menschen es verderben, zum Elend der Vielen, und in den Gesichtern, die in dieser Nacht zwei, drei Museen schaffen, mehr wird es nicht sein was man oberflächlich aufnehmen kann, da wird nicht viel mehr Wissen aufkeimen, und es wird sich kein Steinchen verrückt haben in den Beziehungen zueinander. Das Einfühlungsvermögen wird keine Stufe oder Öffnung erklimmt haben, um den Menschen aufnahmefähiger zu machen für seinen Nächsten.

Was für eine absurde Idee, die Nacht der offenen Museen, wo doch der Tag der offenen Herzen dringend gefordert ist, ja täglich notwendig ist, um diese Not zu wenden die zwischenmenschlich aufklafft, elendiglich zerstörerisch mörderisch aufklafft, und kein Schritt dazu unternommen wird, um dies zu ändern.

Arme Menschen, sie gehen in ihr eigenes Verderben, in hellerleuchteten fehlgeleiteten Schritten, die nichts verändern in Zwischenmenschlichkeit, des so notwendigen Sichtbarmachens dieser zwischenmenschlichen

Dürre, die hier herrscht, wo die einen sich sattessen, überfressen bis zum Überdruss, und so viele Nahrungsmittel wegwerfen, dass die anderen nur erschrocken zusehen können und verhungern müssen, weil diese Empathie fehlt, wo nur diese das Menschsein ausmacht, und ihre Augen die noch das Funkeln in sich tragen, was Menschsein ausmacht, wo Lebensfreude und Empathie herausleuchtet, das muss alles gelöscht werden, wie die Lichter dieser hellerleuchteten Nacht verlöschen, die nichts am Menschen verändert haben. Alles eine Chimäre, oder ein Klamauk, wo der Gaukler in den Morgen springt und verschwindet, wo alles hier weiterläuft in einem unermesslichen zerstörerischen Weitertrampeln einer Herde, die fehlgelenkt und fehlgesteuert von sich selbst nichts weiß, nur wie schlafend noch nicht erwacht dahintrampelt und alles zertrampelt, dahin schwätzt und alles zerredet, dahin dahin, alles dahin...

Hingabe

Wer weiß was Hingabe ist, dachte Natalie, vielleicht sind viele noch gar nicht auf diese Vokabel gestoßen, ja es ist ihnen zwischen Arbeiten, Herumhetzen, Verlangen nach tausend Dingen, nie in den Sinn gekommen, denn all ihre Tätigkeiten haben es nicht hochgespült ins Bewusstsein, als gäbe es diese Vokabel nicht, und auch nicht dahinter die Tätigkeit des Auslebens, sie haben es für dieses Leben nicht in ihrem Programm, das sie täglich neu anstreben, ohne zu bemerken, dass ihnen genau der Teil fehlt, der ihnen unentwegt den ewig ungestillten Geschmack auf die Zunge legt, und jede Handlung sucht nach Befriedigung, endlich Befriedigung und jeder Schritt, der darauf zuführt, brachte nie dieses ewig ersehnte Gefühl, so als ob das Ziel wieder verpasst, verfehlt, verloren wäre, auch wenn es nur ganz knapp daran vorbeiging, es konnte nicht erreicht werden, und alle Anstrengung nützte absolut nichts, weil sie etwas anstrebten mit halber Kraft, weil die zweite Hälfte der Kraft immer der Hingabe dienen muss, und niemals dem Unbedingt und dem Erreichen-Wollen, sondern diese zweite Hälfte muss eingewoben werden in das Geschehen, und nur das was dabei herauskommt steht dir zu, nichts anderes, nicht mehr kannst du erreichen, die totale Hingabe, ist letztlich die totale Erfüllung und Befriedigung des eigenen Seins, mehr ist nicht zu tun.

Nachwort

Im Zentrum Dorothea Schafraneks Buch steht der Atem. Nicht, wie seit 5o Jahren in zeitgeistiger Literatur geklont: der Mensch. Welcher dann sich auch gleich über die Tiere, die Pflanzen und die gesamte Welt stellt, und sie kaputtmacht. Nein, Schafrank folgt den Rhythmen der Natur. Und dem Atem.

Dieser hat auch seine Wichtigkeit im Yoga, im Pranayama, der Lenkung des Atems, und damit der Lebensenergie, denn allem Leben liegt das Prana zugrunde, was mittlerweile zwar in alternativer Medizin, aber weder in Literatur noch der Schulmedizin ankam.

Der Atem ist derart zentral in Schafraneks Gedichten, dass selbst ihre Interpunktionen eher diesem, als den grammatikalisch gewohnten Regeln folgen. Das Leben ist der Vielschreiberin lieber, als das Korsett der Gebote, was sich ebenfalls in den Themen äußert, die sie aufgreift. Der Atem ist der Rhythmus ihrer Arbeit. Er kann ein Sog sein, ein Strudel, der unter die Oberfläche zieht, wo man tiefer blickt, als für gewöhnlich, wo man mithechelt mit all den Zeitgenossen, die sich Wissenschaft, Technik und Konsum hingeben. Doch unter der Oberfläche, tief und tiefer gezogen, kann auch die Atemlosigkeit einsetzen, das Gefühl, ersticken zu müssen, bis der mitgerissene Leser wieder emporschnellt, aus der Tiefe, um etliche Erkenntnisse reicher, an der Oberfläche nach frischer Luft schnappend, und nun die Farben der Welt, den Ton des Lebens klarer wahrnimmt. Der Rhythmus, der dies Ergebnis zeitigt, ist wesentlicher als der „reine" Versuch, Literatur zu verfassen, sinnstiftender, als immer und jederzeit eloquent und originell zu wirken.

Zu den Themen gehören speziell die Empathie, die als wichtiger geschätzt wird, als rein technisches, buchstäbliches Wissen, das nichts an der Welt zu ändern imstande ist, außer durch noch mehr Technik endgültig diese ins Verderben zu stürzen. Empathie, Sorge füreinander, Einfühlung sind die Medizin, welche die Welt, die Beziehungen der Menschen, die Einzelnen zu heilen vermögen. Oft kreisen die Gespräche, die Geschichten im Buch um das Spiegelgesetz. Was am meisten am Gegenüber stört, ist das, was man an sich selbst verdrängt. Immer wieder fordern die Protagonisten in ihren Texten auf, bei sich selbst zu forschen, den eigenen Anteil an Konflikten zu sehen, dadurch sich zu entwickeln. Gerade dass das Gegenüber die eigenen Taten spiegelt, ist die gewichtige These ganzheitlicher Spiritualität. Mittels dieser Methode lassen sich

exakt die verdrängten Impulse wahrnehmen, sie möglicherweise auch verarbeiten, jedenfalls aber bearbeiten, statt sie auf andere zu projizieren und dort abgrundtief zu hassen. Meinem Wissen nach findet man in der Gegenwartsliteratur solch tiefschürfende Erkenntnis nirgends. In der aktuellen Spiritualität ist sie Basis, allerdings auch noch zu diskutieren. Es gibt Situationen, in denen das Spiegelgesetz nicht anzuwenden ist. In hierarchischen Verhältnissen kann der Überlegene zu leicht behaupten, die – gerechtfertigte – Kritik an ihm sei nur Projektion: wir fänden uns in mittelalterlichen Missverhältnissen wieder, wo der Priester, Meister, Guru dem nach Freiheit Strebenden diese verwehrt. Die Ebenen dürfen nicht verwechselt werden. Was sich politisch, psychologisch oder gewerkschaftlich klären muss, auf jenen Ebenen bearbeitet zu werden hat, darf nicht auf die seelische getragen werden. Dort geht es um spirituelles Wachstum, dort ist das Spiegelgesetz unerlässlich. Wenn die Mutter der Tochter Vorhaltungen macht, sie kritisiere zu Unrecht, solle in sich selbst blicken, kann darin ein Funken Wahrheit glimmen, aber auch ein riesiges Feuer des Hasses, der Lüge und der Eifersucht lodern. In Paarbeziehungen, die in „Hingabe" massiv thematisiert sind, besteht die Gefahr für Frauen, statt den eigenen Anteil bei Konflikten zu sehen, bei sich *Schuld* zu suchen. Dazu neigen Frauen. Dann aber wäre die Anwendung des Spiegelgesetzes nur die Fortführung christlicher Leidenstradition, die vor allem die Frauen zu üben hatten, während die Männer sich der Doppelmoral, der Herrschaft und den Kriegen hingaben. Schafranek pocht derart vehement auf die Neubewertung der Geschlechter, ohne diese aus Bequemlichkeit, wie es heute Usus ist, aufzugeben, dass oft das Wachstum, das Erkennen der Muster der Beziehung wichtiger scheint, als der Fortbestand einer verlogenen Liaison. Lieber erkennen, was frau sich zu oft gefallen lässt, wo sie zu geduldig, zu nachgiebig war, zu sehr indirekt lenken wollte, als dass der Mann aus seinen Irrtümern lernen konnte. Dann muss frau die Beziehung, die ja eigentlich keine war, abbrechen, denn die Hingabe bezieht sich primär ja aufs Leben, nicht aufs naive Nachgeben einem Typen gegenüber, der seiner patriarchalen Prägung auch als „neuer Mann", nicht entkommt. Bloß seine Infantilität und seinen Narzissmus für Weichheit und Mitgefühl hält. Empfindlichkeit hat aber mit Sensibilität nichts zu tun. Schafraneks Werk aber viel mit wahrhaft zeitgemäßer Literatur, die den Negativ- und Ausweglosigkeitsschund der gehypten Gegenwartsliteratur leuchtend in den Schatten stellt.
Manfred Stangl

Inhalt

DOROTHEA SCHAFRANEK 1938 / Wien
Dekorateurin, 1964 selbst. Werbegestalter
Texte in Anthologien, Literaturzeitschriften,
ORF, div. Lesungen, Theodor Körner Preis.
1991 „Liebster meine Sinne wechseln
        das Sprungtuch" WR. Frauenverlag
1992 „Lichtnarben" WR. Frauenverlag
2002 „Lichtflutsog" Edition VA BENE
2009 „Hautlichtpartikel" / PRO VERBIS V.
2012 „CD Lyrap Projekt" Team HTL Sprengerg.
2015 „Drei Spiegel drei Frauen"/ Löcker V.
2017 „Black Affaire" / Löcker V.

Peter Sonnbichler vergisst die Tiere nicht. Und er beschwört eine Zeit, in der wir die Nachbarn kannten und deren Geschichten.

Als Allernächste begreift er Meer und Landschaft, Pflanzen und alle Lebewesen. So wundert es nicht, dass er seine lyrische Stimme erhebt gegen die Naturzerstörer. Und gegen jene Unmenschen, die auch die Sprache demolieren sowie die Erinnerung, auf dass nichts bleiben solle, als die nutznießende Sicht der Dinge, ihre Definition von Wertigkeiten und Glück.

Daher ist dieses Werk so wichtig: Weil es vorm Verstummen bewahrt, weil es das Leise, Kleine, Anmutige davor schützt, überbrüllt zu werden.

Die Qualität des Dichters zeigt sich auch formal: Der spärliche Gerbrauch der Interpunktion folgt dem Gebot der Einfachheit, dient nicht eitel moderner Mode.

Die sensiblen und zugleich kraftvollen Sätze lassen eine Welt sprießen, wie wir sie lange suchten, erinnern an die Vergangenheit und feiern das immerwährend Schöne.   *Manfred Stangl*

Gedichte von Peter Sonnbichler

Wirf deine Krücke ins Abendrot!
edition sonne und mond, 2020,
208 Seiten, 16,50 Euro
ISBN: 978-3-9504897-5-0

Die Gesänge der Gräser entführen uns in eine sachte, poetische Welt. Eine Welt voll Magie und Staunen, Schönheit und Lebendigkeit. Der zerrissenen und schrillen Gegenwart wird eine Art des Seins gegenübergestellt, in der es sich nicht nur für Dichter und Feen erfüllt leben lässt. Aus der Gewissheit der Beglückung heraus erfolgen die Klagen von Mutter Erde und der Nacht an eine sinistere, gierig gewordene, weltverschlingende Menschheit und die Warnung vor dem jähen Ende.

„Gesänge der Gräser"

Manfred Stangl, edition sonne und mond,
ISBN: 978-3-9504897-0-5
2019, 112 S, 12,30 Euro

Obwohl Stangl überall das Positive vertritt, provoziert er den dogmatischen Vernünftler mit echtem Schwung und lässt so auch den Liebhaber der Satire manchmal hell auflachen. Man hat das Manifest von O. Wiener, des Kopfes der Wiener Gruppe, einst ein „Kultbuch" genannt. Mit mehr Recht könnte man der „Ästhetik der Ganzheit" von Manfred Stangl dieses Prädikat verleihen, denn Stangls Gedanken sind weiter und kohärenter ausgespannt als die des wissenschaftsgäubigen Oswald Wiener.

Martin Luksan

„Ästhetik der Ganzheit"

Manfred Stangl, edition sonne und mond,
ISBN: 978-3-9504897-2-9
2020, 416 S., 18,90 Euro

Direkt bestellbar unter
bestellungen@sonneundmond.at

oder Tel: +43(o)699-1144634o

Man kommt ins Blättern, Staunen, Innehalten, zufällig Von-Rechts-nach-Links oder Von-Unten-nach-Oben-Lesen. Und im ziellos neugierigen Lesen, ergibt sich die Offenheit als Empfänglichkeit für Poesie im Kopf oder besser: in der Seele des Lesers. Wie ein Gewirr von Gassen in einer alten Stadt, so entfalten sich die Gedichte in Manfred Stangls Zusammenstellung.

Peter Oberdorfer

Alternatives Lyrikjahrbuch
2o2o – 2o21
Seelenlieder

Hrsg: Manfred Stangl, edition sonne und mond,
Hardcover 176 Seiten, 2021, 18,90 Euro
ISBN: 978-3-9504897-7-4

Die Natur erleben, leben. Spüren. Notizen machen. Die Natur gar nicht sehr als Material für Literatur behandeln. Schon gar nicht in sie mittels Metaphern menschliche Befindlichkeiten projizieren. Sein. Oder anderes Glück. Die Einfachheit der Natur feiern. Die Bedeutungslosigkeit. Ihre Bedeutsamkeit für uns Menschen. Augenblicke zählen. Momente, wie im japanischen Haiku. Das Verschwinden in solchen Satoris. Amseln, Bäume, Ameisen und inmitten des Orchesters die Gesten und Stimmen der Menschen. Die eher Disharmonie stiften. Dennoch Teil sind. Nichts Bestimmtes, nichts Bestimmendes. Und mittendrin schaut Jonathan Perry, lächelt, lebt, nickt, notiert: „Schilfgrasbüschelchen, die flüstern, rascheln, sich biegen, aber dann, als ich näher komme, plötzlich verstummen, sich versteifen."

Manfred Stangl

Oder anderes Glück

Jonathan Perry: „Oder anderes Glück, – Aufzeich-nungen", edition sonne und mond, 2021, Tb, 64 S.; ISBN: 978-3-9504897-8-1

„Ganze Zeiten" stellt das Unterfangen dar, die zerteilten Zeiten in dieser halben Welt, in der die Erde fehlt, zu einem Ganzen zu formen. Dies versucht der Autor mittels seiner Editorials aus der Literaturzeitschrift Pappelblatt, sowie durch Rezensionen, in denen die spirituelle Seite des Seins nicht zu kurz kommt. Und ebenso wenig die Kritik an den Immunisierungsstrategien des herrschenden Literaturapparats. Auf dass die Welt in der wir leben als eine schönere erblüht.

Ganze Zeiten
Politik, Wissenschaft und Kunst
in ganzheitlicher Schau
Editorials, Rezensionen und offene Briefe
aus dem Pappelblatt 2o13 – 2o21,
v. Manfred Stangl

TB, 176 Seiten, 12,90 Euro
ISBN: 978-3-9504897-6-7